吕茜
和她的母亲

ET SOUDAIN,
LA LIBERTÉ

Évelyne Pisier
Caroline Laurent

［法］埃弗利娜·皮西埃
［法］卡洛琳娜·洛朗 著
彭怡 译

海天出版社
·深圳·

图书在版编目（CIP）数据

　　吕茜和她的母亲 / (法) 埃弗利娜·皮西埃, (法)
卡洛琳娜·洛朗著；彭怡译. — 深圳：海天出版社，
2020.1
　　（海天译丛）
　　ISBN 978-7-5507-2790-8

　　Ⅰ. ①吕… Ⅱ. ①埃… ②卡… ③彭… Ⅲ. ①长篇小
说-法国-现代 Ⅳ. ①I565.45

　　中国版本图书馆CIP数据核字(2019)第263685号

版权登记号　　图字：19-2017-209号
本书封面封底图片 Copyright Una Liutkus
ET SOUDAIN, LA LIBERTÉ
© Éditions Les Escales, 2017
Simplified Chinese language edition published by arrangement
with Editions Plon, through The Grayhawk Agency

吕茜和她的母亲
LÜXI HE TA DE MUQIN

出 品 人　聂雄前
责 任 编 辑　岑诗楠　胡小跃
责 任 校 对　赖静怡
责 任 技 编　梁立新
装 帧 设 计　龙瀚文化

出版发行　海天出版社
地　　址　深圳市彩田南路海天综合大厦（518033）
网　　址　www.htph.com.cn
订购电话　0755-83460239（邮购、团购）
设计制作　深圳市龙瀚文化传播有限公司 0755-33133493
印　　刷　深圳市华信图文印务有限公司
开　　本　889mm×1194mm　1/32
印　　张　12
字　　数　240千
版　　次　2020年1月第1版
印　　次　2020年1月第1次
定　　价　48.00元

版权所有，侵权必究。
凡有印装质量问题，请随时向承印厂调换。

致

JMR[1]，一个朋友。他知道："两辈子好过一生。"

---

① 法国作家、出版家让-马克·罗贝尔（1954—2013）的姓名首字母。

给一位父亲，一位母亲，一个姐妹，他们不知道这事。

——埃弗利娜·皮西埃

给你，给让我们的生活变得更加美好的友谊。

——卡洛琳娜·洛朗

目 录

第一部分

人们把我当作一个女疯子，一个动不动就激动的人，一个讨厌的狂人，一个脆弱的女孩。他们老是对我说："你不能这样做""这简直闻所未闻"，或者声音不安地问："你能肯定吗？"当然不能，我不肯定。我怎么可能肯定呢？一切都过去得那么快。我什么都把握不了。更确切地说，我什么都不想把握。有埃弗利娜，这就足矣！

2016年9月16日。这应该是一场工作约会，简单的约会，就像我常有的那样。跟一个作者约会，我想出他的书，急着想出。我想跟他分享我的这种急切而美好的心情，然后，给出明确的指导意见：这里要松，那里要紧；结构要重来，要具体，要深，要纯。

有的编辑深思熟虑，手指又细又长，石膏般光滑，思想平静，就像是禅园和微型的耙。我属于另一类编辑，修车工那样的编辑，喜欢把自己的手伸进发动机里面，抽出来时满手机油和油污，然后又提着工具箱回去。但这不是随便什么书稿，更不是随便什么作者。

在我堆满了资料和钢笔的书桌上，放着一部书稿，上面标满了记号。这次，吸引我的不再是文体，也不是结构，而是我所看见的书稿后面的女人。合上书稿时，我心里产生了一种奇怪的感觉，它从我的心中升到头上，又从头上回到心中。一团蓝色的火焰。也许是预感到马上要见她了。我鼓足勇气，给她打电话："喂？"我屏住呼吸，"您好，是皮西埃夫人吗？"

她沙哑的声音很迷人。我越跟她说话，心里越不感到害怕，心情放松了，正如一块绷得过紧的布，松开了；它成了肾上腺素。她的故事打动了我。她很惊讶，不相信是真的："啊，是吗？啊，是吗？"我好像看见她的疑惑在我面前变成了现实，奇怪的是，她的每个疑惑都坚定了我的决心：必须把这个故事写成一本书。我们约好下周五见面。在挂断电话之前，我感觉到她在电话那头笑了。

风夹着雨，这个夏末竟然冷得很。塞纳河边朦朦胧胧，变得一片深蓝。巴黎圣母院淹没在浓雾之中。我没有带伞，脚上穿着轻便凉鞋，袋子里放着沉甸甸的书稿。时间到了。我深深地吸了一口气，按响了门铃。

一个身材瘦小的仙女。我看到她出现在门口时，觉得她像鸟一样精美。我马上就喜欢上了她的眼睛，它像普罗旺斯的天空一样明亮。眼睛四周，皱纹形成了微笑。她问候了我，我喜欢她从嘴里说出我的名字，不是很清晰，因为抽烟，她的声音有些沙哑。我走进了她的单身公寓，在一楼，前面是一个种满树木的花园。"你好像很冷！要毛衣吗？"我拒绝了，由于害羞。几个月之后，我寄给她一条皮毛长围巾，但她没来得及用。

我们面对面坐着。我面前放着一杯滚烫的咖啡，是刚从浓缩咖啡机里压出来的。我不得不帮她。"等等，这是胶囊咖啡……好啦。"通常，这是她丈夫的事。"奥利维埃不在的时候，我不吃不喝。我无所谓。"我一定是露出了吃惊的样子，因为她连忙补充说："我不会做饭。我母亲一直禁止我下厨房。就是这样的，这您知道。"她抬了抬下巴，指着放在桌上的书稿。我笑了，喝光了咖啡。

雨水敲打着半圆形窗户。屋内很舒服，光线温暖，色彩柔和。埃弗利娜点着一支香烟。"您不介意吧？"但这个"您"马上就变成"你"了。"我不介意。我不抽烟，但我喜欢抽烟的人。"她笑了，双手翻起我记在书稿上的标记，微微点了一下头："你下了功夫。"

我发现她手指上有褐色的斑痕，那是时间不知不觉留下的印记。她把年龄当作一件宽松的衣服，它不会妨碍她。过去的75年，她的头发一直是金黄色的，皮肤像阳光下的白雪；一副淘气顽皮的样子——青春永在的迹象。

我们谈了三个小时。从她的书稿谈到她母亲，谈到妇女在社会中的地位，谈到宗教给我们带来的伤害，谈到男人、性别和文学。她的微笑中掠过一道阴影，目光黯淡了瞬

间，然后又朝我看来。我觉得她很漂亮。我们默契地省去了
开场白，也许我们都觉得时间不多，也许是一种神秘而美好
的承认：还是分享重要的东西吧；也可能是不得不这么做。
某些相遇早就发生，但在生命过程中中断了。这种相遇——
我犹豫着要不要把这个字写出来，因为我和她都已经不信上
帝——被"刻"在了某个地方。现在到时候了，该继续了。
想起这事总让我那么高兴；一种短暂而巨大、完整的友谊，
它毫不在乎我们之间隔着47年。

埃弗利娜想讲讲她母亲的故事，并通过她母亲，也讲讲
她自己的故事。一个迷人的故事，包含了60年的政治生活、
战斗、爱情和悲剧——也是某个时期法国的反映，殖民、革
命和妇女解放时期的法国。她写的东西仍徘徊于纪实与自传
之间。我们俩一致同意，必须把它写成一本小说。不寻求传
记那样的准确，而是写一本真实的小说。可以改名换姓，充
分发挥想象力，探索深刻的情感，创作一部具有普遍意义的
作品。埃弗利娜鼓起掌来。我们将一起完成这个任务。

我们几乎每天都写信。她住在法国南部，但不是太远。
当她来巴黎的时候，我们就在那个蜗居里见面，在酒瓶和烟
灰缸之间埋头工作。我听她说话，笑她的笑，愤怒她的愤
怒，有时和她一起大笑——到了吃饭时间，我们就去餐馆，
在那里继续聊天，并常常停下来喝酒、抽烟。我很高兴。

一切都停在了二月的那个星期四。她已经在医院里住了

几天，情况令人担心——再次对她进行考验，虽然她已经经受了那么多考验。"你是最强大的。"这是我写给她的最后一句话。真的。当我看见电话机的屏幕上出现奥利维埃的名字时，我就明白了。灾难发生了。我哭着挂上了电话。

在我四周，在我位于意大利广场的办公室里，生活在继续，粗鲁成这个样子真让人愤怒。我不想看见这些人在马路上匆忙行走，汽车拼命地按着喇叭，邮件挤满了我的邮箱。我突然想起了一个作家朋友的话："死神，这无能的荡妇。"没有比这说得更好的了。愤怒涌入我头脑，就像一股红色的巨浪。回想过去，但愿一切重来。

剩下的不会让任何人感兴趣：悲伤，双手乱动，空虚，同事和老板的好意，甚至老板也激动了。我摇摇晃晃地回到家中。家里没有一个人，我的同居男友出差了，母亲在外省。我在音响设备里放了巴赫的大合唱，旧曲子。旧曲子有时让人感到安慰。我点燃一支蜡烛，茶杯里流淌着满满的回忆，它把我们紧紧地联系在一起，我们的相遇，我们的谈话，我们一起进餐以及其他的一切。属于她的回忆，由于一种既让人不安又很美好的行为，它成了我的回忆：她家庭的故事，她的生平，她选择了虚构这一形式，作为礼物送给了我。

大合唱陷入了沉默。我把CD唱片放好，关了音响。某个沉重而十分平静的东西刚刚落到我身上。我打开电脑，打开书稿文档，写了起来。

埃弗利娜最后的话，在我身上燃烧，那是奥利维埃作为宝贝告诉我的，"不管我发生了什么，答应我，和卡洛琳娜一起写完这本书。"圣诞节前，她把什么都给了我：线索、所缺的信息、逸事、重要的插曲。只要把这些东西写出来就可以了。我们会一起写的。会有欢笑，会有温和的白葡萄酒，会有没完没了的问题。要不要讲述那个场景？这个细节没有什么意思？你觉得它会让人感兴趣吗？会有一些疯狂的温柔和温柔的疯狂。我们打算夏天大大地庆贺一番。

在开始笼罩巴黎的夜色中，我看到了她蓝色的眼睛和她的微笑。她用手指着我，好像在对我说："轮到你了。"我朝她眨眨眼。我是她的编辑，她28岁的朋友。她是我最疯狂的故事。我答应了。

我会写完这本书。

吕茜在笑。孩子们在阳光下闻到糖果和节日的味道时，就是这样笑的。厨房里，刀叉碗碟和各种大小的铁锅堆在一起，她独自面对这一大堆炊具和餐具，等待保姆回来。她沉浸在自己的美梦中。

这是西贡的一个星期天，生活似乎还是那么甜蜜。从黎明开始，公寓里就鲜花怒放。炎热的风从装着铁栅栏的窗户渗透进来，带来外面的新奇。人们答应了她几个月的这一天终于到来了，它将改变一切：独自淋浴，在衣柜里选择自己的衣服，学习看书写字。她成了"大人"了。这两个字包含着许多诺言，具有神秘的魅力。在她周围，童年的圈子扩大了。她准备好了。那天上午，当神甫说"我给你们和平，我把我的和平给你们！在基督的爱中，给我们一个和平之吻"时，她走在父母前面，伸出她的右手——弥撒的吻已经不符合她的年龄了。"基督的和平。"她轻轻地说。成年人也这样说，模仿他们就行了。

厨房的门嘎吱一声，提巴伊出现了。吕茜喜欢她没有皱纹的皮肤、疲惫的杏仁眼、比铅笔画的线条还要细的嘴唇。保姆擦去自己脚上从院子里带来的灰尘，把一盘盖着布的盘子放在桌上。

"是给我的礼物？"

保姆点点头。

吕茜激动地拍起手来："这是什么？这是什么？"她想掀开布，但提巴伊动作迅速地拦住了她："你要答应我，不告诉先生……也不告诉夫人。好吗？"吕茜答应了。远处，教堂的钟声敲了12下。大家都以为是在法国，确实是在法国。

突然，那个"女魔术师"一把揭开了盘子。

吕茜先是惊讶地噘了一下嘴。是一块黄色的东西，有的地方是白的，像蜜糖一样香。提巴伊闻了闻那个盘子，闭上了眼睛，然后把手伸了进去："尝尝。"吕茜也把手伸了进去。咬上去咔嚓咔嚓响，多汁，又甜又咸。很好吃。她贪婪地吃起来，不用叉子，糖浆沾满了她的手指，她一一吮干净。很快，盘子就空了。

保姆倒在椅子上，吕茜跪坐着，问："提巴伊，这是什么？"

"你猜不到？"她笑了。

"胡蜂的幼虫！"

吕茜扑哧一下，连忙用手捂住嘴。她这是第一次吃昆虫，父母绝对不会允许的，哪怕是在节日里。保姆执着地问："你不会说的，对吗？"然后，她把盘子从桌上撤下，用海绵抹了一下，去装已经很熟的木瓜。木瓜黑籽很像是弹子。"如果把它洗干净，你可以用来玩。"提巴伊说。她把这水果切成一片片，拿出糖和香草，在锅里融化黄油。一只蜂鸟停在窗前。"那我们就来玩玩！"吕茜说。保姆没有回答，而是把她长长的黑发往后捋了捋。

"可今天是我的生日！"

"我已经把籽扔掉了，吕茜。"

"不是玩这个，而是玩警察与小偷。"

"谁扮警察，谁扮小偷？"

"跟以前一样，你扮小偷。"

橙色的水果片开始变焦黄，提巴伊不断地搅动锅里的东西。房间里充满了香味，跟桂皮的味道不一样。吕茜一直保持警惕，保姆还是那样，若无其事地忙自己的事，最后一刻才会发起进攻。吕茜盯着她的后背，一言不发。待会儿还是现在？提巴伊转过身来时，还是被吓了一跳。

一缕金色的头发划破长空。她的头发在打架，裙子在飞舞。几个小时前她就已经7岁了。"抓小偷！"她笑着大喊。走廊里，尖叫声和赤着脚慌张地跑来跑去的声音混合在一起，提巴伊必须追上她。"你抓不到我的！"客厅的门砰一声关上了。

"吕茜！"一个严肃的声音吓了她一跳。"爸爸……别出声！"父亲从椅子上站起来，把报纸放在圆桌上。"你们在那里干什么？"提巴伊低下头，嗫嚅着说对不起，后退着走掉了。吕茜想追上去："等一等。"但又长又细的手指抓住了她的脖子。"蒙娜？"父亲朝房间里喊。一个声音轻轻地回答他："亲爱的，什么事？"安德烈耸耸肩，说："看看你女儿！"

蒙娜的指甲红得像贝壳，细心地涂了油彩，在中午的阳光下亮晶晶的。她蓝色的眼睛盯着女儿，看到吕茜完整地站在那里，亭亭玉立。几个月来，吕茜的身体和思想就属于自己了，蒙娜不禁暗中感到惊讶，那是她身上掉下来的肉，是她血缘的延续。总之，她一直不明白这么奇妙的事情怎么也会发生在她身上。

她坐在丈夫旁边，听着。自从认识他以后，她就一直听他的。他穿着三件套的制服，有一种庄严的美，穿制服的军官呈现出来的美。安德烈以前没有这样正式过，他伸出食指："必须这样。"蒙娜笑了，男人就应该这样说话——带着威严。

"吕茜，你必须明白……"他指着桌子、高级桌布、兰花、中国的瓷器、水晶酒杯和银器。吕茜站得笔直，像个小军人，可爱又严肃。

"今天……"

"我知道，"她打断父亲的话，"今天，我到了懂事的年龄。"

他差点喘不过气来，连忙靠在椅子上，转过头去。蒙娜感到自己的心怦怦直跳，丈夫的眼睛里，颤抖着巴黎冬日的天空那样的颜色。8年前，11月的一个夜晚，这片灰色的天空吸引了她。

当时，印度支那银行在罗浮宫旁边举办鸡尾酒会，大家喝着香槟和杜松子酒。她父亲冯·马加拉已经当了多年行长，这天，邀请了德福雷-亨利一家。亨利是她父亲喜欢的一个同事。大家很快就作了自我介绍。鸡尾酒会还有这方面的用途：嫁女，给儿子找对象。当那个比她大的年轻小伙子向她走来时，蒙娜这个18岁的少女首先看到的，是他朦胧的大眼睛。

"懂事的年龄……"安德烈重复道。

他不知道，几个星期前，妻子就已经在给吕茜准备一件大事了：7岁，7岁，宝贝！穿花边裙子、慢慢地懂事了的年龄。女儿天天都在说10月21日那一天。

"懂事的年龄？那你还到处跑，像个野孩子一样？还有，你的鞋子哪儿去了？"他抓住女儿粉嫩的胳膊，"你表现得还不如保姆！"

蒙娜知道接下来会发生什么事。安德烈很快就会发火，太阳穴上的青筋会暴突起来，然后会粘在一起——就像紫色的小鳗鱼。

"你听到了吧，吕茜？比农民还不如！"

她抓住丈夫的手："安德烈，请不要……"

"闭嘴，现在是我说话！"他严厉得脸都变尖了，目光黯淡，嘴唇的线条也更明显了。蒙娜喜欢这种暴怒的时刻，因为只有她知道怎样用一个微笑或皱一下眉头让安德烈平静下来。她重新寻找他的目光，并伸出自己赤裸的腿，碰了碰他的腿。一次，两次。徒劳。丈夫的心全放在女儿身上。她心里感到一丝苦涩。此刻，她是多么希望自己不是母亲，而是那个顶嘴的女孩……

公寓里弥漫着一股东西烧焦的味道。"又出什么事了？"蒙娜好像想起了什么，"亲爱的，你在这里别动，我去看看。"她站起来，跑向走廊，突然又改变了主意——不应该跑。

在烟雾弥漫的厨房里，提巴伊正想把烧焦的糖水木瓜扔掉重新做。她的动作没有以前那么利索和稳当。蒙娜对她说："快，马上就要一点钟了……"保姆对她苦笑着，悲伤得让她难受。"算了，没事的，"她鼓励道，"不过，行行好，让厨房通通风！"

提巴伊连忙道歉。这时，蒙娜不由得轻轻地惊叫一声，她走到窗前。窗栅后面，有一只蜂鸟正看着她，然后马上飞走了。

客厅里，安德烈在继续教育妻子："你不必对下人那么客气，有礼貌就可以了。"蒙娜在他身边坐下，抚摸着他的胳膊。有一天，他曾对她承认说："我喜欢你这样。"几年来——其实一年就够了，她在心里默默地盘点他都喜欢些什么，不喜欢什么。身体不是无限的游戏场，它有其局限和习惯，有感到舒服的区域，也有觉得讨厌的地方。

蒙娜并不以为自己多有能耐。结婚后，她很快就从医学院休学了，她只上了一年大学，但她清楚身体的用处——但这种能力是会退化的，不忠诚的，永远会受时间的威胁。

吕茜轻轻的声音把她带回到现实。

"我不明白，爸爸。客气和礼貌，不是一回事吗？"

"完全不一样。"

一道阳光掠过她沙子般金黄的头发："为什么？"

蒙娜心想：我也想生出来就一头金发。

"因为他们是仆人！"

自从结婚后，她就把头发染淡了，她想让它变得更浅一些，浅黄色，金黄色，但别人一眼就能看出这是染的。安德烈对褐发女人非常警觉，觉得那是一些敢色诱的女人。他也提防蒙娜："小姐，"11月那个永恒的夜晚，他曾对她说，"你比时装模特儿还要讨人喜欢，可男人们可以信任你吗？"订婚那天，她答应把头发染成金色。他由此看到了她服从他人的天性。

"仆人是有色人种，而你是白人，你不可以跟他们成为朋友。"

吕茜坐在椅子上，摇晃着身体，她显然厌烦这类道德教训。蒙娜感到安德烈越来越生气，一切都将变得很糟糕，而生日的午餐还没吃呢！她试图打圆场："宝贝，答应你父亲下不为例……"但安德烈再次打断她的话："必须让她明白！吕茜，你给我听好了。如果你对仆人客气，这其实是在欺骗他们，让他们以为他们跟我们是平等的。他们跟我们是不平等的！"

蒙娜很清楚他接下来要说什么，她激动得无法自持，代替他讲出了这些话："因为我们生活在一个等级社会中，永远都会如此，历来如此。"昨天晚上他还在生气，法国在外交上竟然主动接近越盟①。这些话根深蒂固，深入骨髓。白人不能屈服，黄种人低人一等。我们的社会现在是这样，将来还是……

安德烈的脸上意想不到地浮现出灿烂的笑容，让她的心跳得更快了。丈夫高兴地重复道："社会当然是分等级的，现在如此，将来也永远如此。"说着，他轻轻地分开双腿，解开上衣的扣子，对女儿说："吕茜，你母亲是我遇到的最聪明的女人。"不过，他说这话的时候，眼睛看着的却是蒙娜。

提巴伊弯着腰，站在门口。午餐准备好了……安德烈挥挥手让她走。至于小吕茜，她没有动，好像觉得空气比以前更沉重、更热了，把他们包裹了起来。蒙娜示意她走，她很快就离开了。

客厅里只剩下他们俩。红色的客厅很潮湿，像一张巨大的嘴。她朝丈夫那个方向架起腿，又放下，神情严肃地盯着他。一阵轻风吹来，让她的刘海颤抖起来，落在她的眼睛上。当她向他微笑时，他便知道时候到了，于是弯下腰，吻了吻她的脖子、她的脸颊。在沉重的呼吸声中，他的动作很慢。当混杂着琥珀和檀香的高贵香味停在她胸前时，她闭上了眼睛。

---

① 越南独立同盟，1941年5月19日在胡志明领导下建立的反法西斯民族统一战线。

一天晚上，埃弗利娜要我给小说起个书名。她说："我起不了，想象力不够丰富。"

这当然不是真的。但"想象力"这个词她却很喜欢，听起来很美，真的让人向往。

蒙娜很快就强闯进来。我在这里把原书开头的最初几行抄写如下：

必须把一切都讲出来。

追溯一个获得自由的妻子、母亲和女人的命运，她的名字叫蒙娜。

我们认真地寻找50年前的旧本子、星期天拍摄的全家福黑白照、散发着干柴味道的书信和其他资料。

但关于这个获得自由的妻子、母亲和女人，没有一个字，没有一张照片。蒙娜带走了一切。

她的自杀需要解释，但是没有。也许唯一的解释就是她名字中的这两个暖暖的音节：蒙娜。像蒙娜丽莎一样，她就是一个微笑，一个谜。

这个开头已经开始虚构了。埃弗利娜不得不代替自己的母亲，成了书中的主题、出发点和远景。但是蒙娜，她留给我们的是微笑和谜。

　　当你得知，你在世界上最亲的人，你的母亲自杀了，你会怎么样？那一刻，你身上的哪部分崩溃了？写这几个字的时候，我忍不住想起德尔菲娜·德·维冈①和她的《无以阻挡黑夜》："我不可能这样想，这不能接受，这是不可能的。不行。"

　　然而，那景象却展现在我的眼前：周末，埃弗利娜带着她的孩子们回家，打电话给母亲。没有人回答。她又打了一次，还是没有人应答。她跟弟弟联系，弟弟也不知道。大家担心起来。母亲为什么不应答？通常，她是会应答的。必须到母亲家里去，大家连忙赶过去。里面没有声音。"妈妈！"没有声音，也没有人。怎么办？"妈妈！"大家的声音都变了。他们在信箱里找到了钥匙，打开门，双手颤抖，意识停止——走了进去。

　　埃弗利娜在我面前抽了第三支烟。可以像写调查报告一样写小说吗？追溯生活，试图弄清这种决绝的行为？自杀有其理由，这种理由是理智无法明白的。蒙娜自杀的理由一直是个谜，不是因为埃弗利娜不知道为什么，恰恰相反，而是因为她太清楚了。母亲拒绝衰老。她没有失去美貌和魅力。在这方面也同样，也许有个十分平常的动机。在她身上，进行了30年的女权主义斗争。她是一个战士，为获得女性的解

━━━━━━━━━
① 德尔菲娜·德·维冈（1966—　　），法国中生代最受瞩目的小说家。

放，为了争取流产和堕胎的权利而斗争，但却不知如何超越自己的身体。

"到了50岁，55岁，女人就引不起男人的欲望了。"

埃弗利娜跳了起来："这话是你说的吗？你还是女权主义者吗？"

蒙娜很固执。一个女人，如果不能再引起男人的欲望，那就什么都完了。埃弗利娜很生气，大笑着走了。

"你别笑。如果有一天，你跟一个比你年轻的男子一起生活，我可警告你，大家都会把你叫作老女人。"这不是真的，她母亲不可能这样想。埃弗利娜碾灭烟头，抬头看着我，说："她真的是这样想的。"

　　一个由水与石组成的迷宫。河流绕着西贡流淌，泛着道道反光，让人不得不眯起眼睛。星期天的散步，悠闲而甜蜜。"远东的巴黎！"安德烈激动地比画着，给吕茜描述城市的结构、建筑和热闹非凡的卡蒂纳路，当然，那是西贡最漂亮的马路，因为他们就住在那里。道路两旁种着罗望子树，路上有单人马车和轻便双人马车跑过。这是城里的主干道之一，用图卢兹①红砖建造的圣母院有两座塔楼，矗立着板岩尖顶，俨然一副法国城市的样子。最高级的饭店在那里互相竞争，城市剧院的外墙模仿着巴黎的小皇宫。大陆酒店的露台就像是驳船的甲板，可以想象里面的套间是多么奢华和舒服。马尔罗②和太太曾在那里住过10个月。"苏联人做得对！可尽管人们都唾弃殖民主义，却谁都想盖着丝绸被子打呼噜！"

　　稍远处，是格朗迪埃路，运动俱乐部聚集了城市最有钱的阔佬。他们在那里醉生梦死，快活如神仙——跳舞、打台球、打桥牌、喝鸡尾酒、开音乐会。那个街区干净整齐，比住在那里的白人精英还要白。安德烈只对那里的银行表示蔑

---

① 法国西南部大城市，其城市建筑始终保留着玫瑰红砖瓦的特色。
② 安德烈·马尔罗（1901—1976），法国作家，曾任法国新闻部部长、法国总统府国务部部长，后兼任文化部部长，其小说《人类的命运》获龚古尔奖，被列入"20世纪经典著作"。

视，低声说："有人在那里走私货币。"

"啊……"吕茜轻轻地叫了一声，害怕了。父亲让她不要害怕。那是一些临时路过的白人干的，他们平庸，没有价值，不像他们这种殖民者。

对蒙娜来说，没有什么比五颜六色的人力车、熙熙攘攘的牲口和蔬菜市场更好看了：卖油条的把剩下的油渣用报纸一包就扔到人行道上，骑自行车的被肩上的母鸡、笼子或是切成碎块的青蛙压弯了腰，耍杂技的在路上跳舞。这就是梦想中的印度支那，也是埃皮纳尔图片①中的印度支那——穷人的聚居地。

当她感到烦闷的时候——这种情况很少见，或者是在俱乐部的朋友们都很忙的时候，她便跟提巴伊一起去圣路易小学，卡蒂纳路所有高官的孩子都在那里上学。离家步行还不到十分钟。教学楼宽敞明亮，校园里有一棵古老的榕树，遮挡着阳光，给院子带来树荫。外面的人行道上，保姆们聚在一起耐心等待。她们说话小声，看不出年龄。蒙娜欣赏这些保姆清秀的模样和柔软的头发，注意到她们的裙子布料很差，双脚粗糙，手腕却很细腻。亚洲女人说话不多，好像她们有个密码：眉毛一动，头一低，手指一弯，似乎都在讲述她们在白人家里的生活、家中的忧虑、自己的丈夫和孩子。她们在照顾别人的孩子，那谁去学校接她们的孩子呢？后来，她突然想起来：她们的孩子不上学。

----

① 埃皮纳尔为法国东部城市，以图片制作著称。

学校的大门开了，长着金发的脑袋如激流般涌出来，嘈杂声盖住了成年人的声音。一分钟后，吕茜出来了，满脸笑容，穿着镶花边的小裙子，只有无忧无虑的孩子才会有这种微笑。"宝贝……"蒙娜迎上去，但女儿首先扑到保姆的怀里，让她的心一落千丈。

在回家的路上，小吕茜用单调的声音背诵着乘法口诀表："二二得四，二三得六……"直至看到一个芒果才停下来。几天前，树上就结满了芒果。吕茜来了劲，快跑几步，用力拽着前面的树枝。又一个芒果掉下来，发出一个沉闷的响声，在地上砸扁了，乐得她哈哈大笑。"没事，夫人，这是她的新游戏！"提巴伊局促不安地解释道。

但蒙娜还来不及说什么，吕茜就去拽另一个芒果了，这次是朝着马路的方向拽。一个骑自行车的农民驮着一筐西红柿刚好经过那儿，芒果刚好砸到他脸上。他的车把突然一歪，车轮刹住了，但所有的西红柿都倒翻了。在汽车的喇叭声中，那个越南农民大叫着站起来，看着他的西红柿：大部分都被压扁了，没法卖了。提巴伊平时开心的脸阴沉下来。"吕茜！"蒙娜转身对女儿说，"你看你都干了些什么？"吕茜低着头，提巴伊则默默地看着灾难现场：那个男人站在路上，比树藤还要瘦。他突然间什么都没了，这和她的情况太相像了。

吕茜轻轻地走到提巴伊身边，把自己的小手递给她，轻轻地叫了一声："提巴伊。"这个名字就像是一声"道歉"。蒙娜两眼冒火。路上，西红柿如同一摊鲜红的血浆。那个农民用指责的目光看着她们，大叫大嚷，除了提巴伊，谁也听不懂他在讲什么。

"他在说什么？"

在她们周围，机械的嘈杂声又响起来，好像什么都没有发生过一样。大车、自行车和人力车的车轮很快就碾过柏油马路上的"血浆"，不到天黑，那团凄惨的糊糊就会了无痕迹。那个农民重新跨上自行车，最后冷冰冰地甩下一句话。

"她说什么？"蒙娜追问道。

提巴伊低着头，没有回答。那时，如果她看一眼女主人的眼睛，她会看到一道抖动的目光，夹杂着伤心、忧虑和愤怒。目光中，她会第一次惊讶地发现，竟然有负罪的成分。

我们见面后几个星期，埃弗利娜庆祝了她的75岁生日。她选择了爱自己的皱纹、白发和众多的外孙——她选择了生；蒙娜呢，在她75岁生日的前夜，走向了死亡。

"在这部小说中，不但应该揭示你们俩是如何成长的，可能也要展示你们俩是如何自毁的。"可以用一句话来概括：埃弗利娜·皮西埃成为埃弗利娜·皮西埃并非偶然。她母亲既是典型，也是个反典型，既是盟友，也是敌人，既是知心人，也是一个神秘的女人——一大团阴影与光亮。埃弗利娜以她为蓝本，这毫无疑问，但蒙娜也从女儿身上得到了灵感。两个人都应该出现，面对读者。

雨水敲打着窗户。多么奇特的夏末，天色如灰……我不敢再要咖啡。埃弗利娜沉思片刻之后，同意了："总之，我信任你。"

她的目光落在我裸露的双臂上。她站起身来，走了十来步，来到圆形玻璃窗前，细心地关上窗："我不想让你着凉。"

1949年，新的不安出现了。来自宗主国的士兵源源不断地在西贡港下船，在军乐队的欢迎下，被派往岗位。在那里，他们不但要与越盟战斗，还要面对蛇、蚊子、痢疾和安南①疱疹，潮湿的天气让人的皮肤上长出这些小蘑菇般的东西。2月，一年前在塞蒂夫②建立的第二外国伞兵队前来增援驻扎在东京③的部队。从此，印度支那有了外国军团的两支伞兵部队，大家都对他们赞不绝口——那些壮实的小伙子将制止红色力量的发展。

尽管气氛紧张，民众还是准备过新年。他们纷纷涌向市场，或在庙前焚香。挂着无数小铃铛的假狮子在街上跳舞，乞求健康和庇佑。

"你女儿有一个新的幻想。"安德烈没敲门就进了房间。蒙娜正坐在梳妆台前，准备去参加俱乐部的晚会。她按照母亲教给她的办法，把自己的头发弄卷，检查了一下口红，然后拿出首饰来搭配她的着装。她扬了扬眉头，请丈夫说下去。

"你听好了，她想庆祝越南新年！"镜子中，一声大

---

① 安南为越南古名。
② 阿尔及利亚城市。
③ 越南旧地名，指越南北部大部分地区，越南人称之为北圻。

笑回答了他，耳环也叮叮当当地响起来。"你觉得这很好玩吗？可是，蒙娜，这是不能接受的！我不同意学校宣传这类愚蠢的东西。"

蒙娜站起来，走到他身边。绿色的绸缎长裙非常合她的腰身，在初降的晚霞中，她看起来就像一个15岁的少女。她知道这一点。"别担心。我会跟吕茜说的。不过，要等明天了。"她轻吻了一下丈夫的嘴，弄得他的嘴红红的，然后带着他来到客厅。

她这是从母亲那里学来的吗？这是女性通过一种秘密而约定的形象代代相传的，还是出自本性？在她身上，诱惑属于天赋。从很年轻的时候起，她就感到有双重的欲望，要么是别人引起的，要么是让别人感受到的。在爱情方面，规则很简单。假如想触碰女人的梦想有望成真，男人们会颤抖着跪在他公开侮辱过的女人跟前。安德烈习惯发号施令，但有时也会服从，那是在静悄悄的床上。蒙娜明白这一点。男人既是主人，也是狗。

"你准备好了？"耳环让她的脸颊金光闪闪的，突出了她天蓝色的眼睛，"咱们走！"

在运动俱乐部，人们将久久地谈论年轻的德福雷太太的绿裙子和她神秘而迷人的微笑。关于她，人们都说，她这类女人，都让人不敢相信是真的，那是从童书里逃出来的仙女，一个难以置信的情人。

第二天一早，当吕茜端着碗在喝巧克力的时候，蒙娜发话了："这么说，你好像想让我们庆祝越南新年？"

女儿兴奋地睁大眼睛："对呀，妈妈，求求你啦！"

"能告诉我为什么吗？"

小女孩停下来，想了一会儿。"因为老师说，过越南新年时，可以吃越南春卷。"

就在这时，安德烈来到了厨房，头发散发出美发油的香味："你们在谈什么呢？"

"正在说越南新年呢……"

他皱起了眉头："我希望你告诉老师，我们不让你上圣路易学校了，免得你去学越南的宗教！"

蒙娜忍着笑："吕茜有充足的理由……"黄油刀在面包片上方停住了。吕茜向父亲扑过去，搂住他的脖子："对，爸爸，我有充足的理由！"他把她抱起来，吻了一下她的脸颊，"嗯……我很好奇地想知道……"

"是这样，爸爸，过越南新年必须吃春卷。春卷，你喜欢的。"

两天后，提巴伊做了80个鸡蛋猪肉油炸春卷，分给她的主人们及其众多的朋友。现场还有香槟和冒着热气的绿茶，蒙娜和安德烈吸引了所有人的目光。"请用，请用。"提巴伊殷勤地说。戴着大钻戒和名表的手纷纷伸向盘子。"保姆做的这些小点心真不错。"安德烈擦着嘴承认道。提巴伊在人群中跑来跑去，给这里端吃的，给那里端喝的，像旋风一样在桌布和餐巾之间来来回回。鞭炮带着略有不安的喜悦在迎接牛年，牛这种动物的行为是多么让人难以预料。

午夜时分，最后一个客人也离开了。吕茜已经睡了很久，安德烈和蒙娜关上房门。提巴伊收好桌子，洗完碗碟，一口吃掉最后一个油炸春卷。春卷已经冰凉了，像一截断指，躺在盘子里。厨房里终于安静了下来，只剩下她一个人。

在埃弗利娜的生活中，"奶妈"起着非常重要的作用，先是在她的童年，然后是当她做了母亲的时候。20世纪中叶的资产阶级有自己的规矩：高官的太太是不工作的。同样，她们也不可能照料孩子。革命年代也有自己的规矩：现代女性读书工作，不再待在家里照顾孩子。奶妈是一些悲剧人物。我想起了阿努伊笔下的安提戈涅[1]和她淡淡的失望："奶妈比发烧还要强大；奶妈比噩梦还要强大；比衣柜的黑影还要强大，那衣柜冷笑着，每个小时都在墙上变化；奶妈比沉默的千足虫还要强大，夜间，这虫在什么地方啃咬着什么；奶妈比黑夜本身还要强大，黑夜发疯似的呼呼叫着，我们却听不见；奶妈比死亡还要强大。"她们间接地给未来的灾难传递信息。

埃弗利娜小时候很黏她的奶妈们。提巴伊，在越南语中就是"奴奴"（奶妈）的意思，那是她的第一个朋友。后来，在新喀里多尼亚[2]，是罗莎莉。这些生活在黑暗中的女人，常常受到虐待，得不到尊重，而且都是当地人。我想，她们构成了埃弗利娜观察和喜爱的最初景色，由人类组成的

---

① 由法国剧作家让-阿努伊（1910—1987）根据古典神话改编的戏剧，1944年在巴黎首演。

② 位于南回归线附近的南太平洋，距澳大利亚昆士兰东岸1500公里，主要由新喀里多尼亚岛和洛亚蒂群岛组成，法国的海外属地之一。

景色，它会动，也很动人。她这一生从她们身上汲取了很多
东西。只有提巴伊和罗莎莉才能解释她后来为什么要为去殖
民化进行斗争。

后来也成了母亲的埃弗利娜将与奶妈们保持着密切的
关系。以出色的成绩获得了公法方面的教师资格后（当时，
女性是不参加此类考试的），埃弗利娜在雷恩大学谋得了教
职。她的第一个丈夫，是个喜欢介入社会政治的医生，不断
地在全世界跑来跑去。他们的三个孩子都很小，奶妈不断地
换。埃弗利娜需要她们，尽管她常常希望自己有更多的时间
陪伴孩子们。后来，她丈夫找到了一个非常理想的保姆：一
个成功地逃脱红色高棉的柬埔寨女人。自由啦！埃弗利娜相
信她，就像相信别人一样。她继续在巴黎与雷恩之间来往，
拼命工作。但有一天，她在孩子的衣柜里翻找东西时，在一
包包尿布之间发现了一把手枪。无论是政治原因还是民族原
因，这都不能容忍。于是，那个柬埔寨女人带着她的手枪和
秘密匆匆地离开了。

葬礼之后不久，奥利维埃让我追踪一个波兰女人的信，
她跟埃弗利娜关系密切，名叫于叙拉，曾是孩子们的保姆。
她在信中写道：

我住在你家的各时期的不同景象突然出现了：
她漂亮的小手放在你肩上，奥利维埃。早晨淋浴后她
散乱的头发像是她的爱犬的毛，一时遮住了她的面孔。

她瘦小的身体在过长过大的毛衣里现出轮廓。

她粉红色的睡衣已经走样，宽大的羊毛袜子让她看起来像个顽皮的女孩。

她每天都要寻找自己的汽车或者是车钥匙——她常常忘了前一天晚上把车停在哪里了——结果早晨总是匆匆忙忙的。

放在她书桌上的毛线球让我想起了她的香味。

我不认识于叙拉，但我想拥抱她，感谢她。钥匙、粉红色的睡衣、过大的毛衣，一切都在那里，形象十分生动。后来，我十分高兴地读到了下面这一小段文字：

当我忧伤的时候，为了鼓励我，她不断地跟我说："必须起来斗争。"当我不自信的时候（我常常自责），她总是对我说："人不是生来就笨的，而是后天造成的。"①

于叙拉必须出现在这本书中。

---

① 此句仿波伏瓦的名言："女人不是天生的，而是后天造成的。"

　　卡蒂纳路越来越不安全了，不支持越盟的商人经常成为打击对象：手榴弹、鸡尾酒燃烧弹、袭击。舞厅也成了目标，比如在德拉肖姆大街的金龙舞厅，两个乐手被枪打死，身上满是弹孔。但法国军官及其夫人以及高级官员们继续外出，69号的"卡蒂纳屋"总是人满为患。那是一个受到保护的俱乐部，因为某国的大商人们在那里娱乐，"友好"逗留期间，他们给盟友输送武器和现金。黑暗的大厅里，烟雾缭绕，在爵士乐或蒂诺·罗西①的歌声中，战争似乎已经远去。人们陶醉在女性的香味中，大家都相信，来东京和湄公河三角洲的小伙子们，最后总会来这里一次。

　　事实上，安德烈非常警觉，蒙娜感觉得到。他要她少带吕茜外出："好好享受这官邸，别出去。"在这个"白色"的西贡，有白色的围墙保护，有武装到牙齿的白人日夜站岗，生活过得平静而缓慢，让人非常享受。

　　蒙娜享受着这一区域的平静，在游泳池旁边慵懒地躺在折叠式帆布躺椅上。每个星期六，她都会把小游泳衣递给吕茜，教她在28摄氏度的碧蓝的水中学习游泳。女儿睡着时，她便伸展四肢，做形体操，想把自己晒得再黑点。外面，城市四分五裂，根据各方达成的默契进行分割，人的皮肤就

---

① 蒂诺·罗西（1907—1983），法国歌手、演员。

是分界，谁都不敢违背。白人住在卡蒂纳路，黄种人住在别的区，很远，尽可能远。这里尤其安静，官邸十分舒适。一天，吕茜担心起母亲晒成古铜色的皮肤：她不会也变成黄种人吧？如果被父亲发现，那会怎么样？蒙娜笑了，让女儿放心，安德烈不会分不清的，他拥抱妻子的肩膀时，甚至只碰被游泳衣的带子遮住的地方，那地方的皮肤是白的，像一条带子。西贡就像一个天堂。整个印度支那都是，像一个天堂。

这是多大的假象啊！

从1945年起，蒙娜就在容忍印度支那，出于对安德烈的爱。过去，在日军进犯之前，她喜欢这个地方，是的。但战争破坏了一切，如果可能的话，她是会逃跑的，比如说，逃到非洲，那是一个吸引她的地方。但印度支那拉住了他们。她让丈夫答应了一件事情：永远不要再回河内。那座城市，她觉得已经死了一百次，相信它已经消失了一百次。安德烈答应了。有时，她躺在帆布躺椅上，看着女儿。吕茜在周围跑来跑去，笑疯了，跳到水里，溅起一片水花。在她那个年龄，没别的，除了在花园里跑得上气不接下气，咬得果仁糖咔嚓响，然后数数自己的牙齿，看有没有咬掉了一颗，摸摸街上的猫，在夏天的酷热中午睡。死亡离得很远。童年是个盾牌，集中营的影子已经从她的记忆中消失。这很好。但遗忘也让蒙娜感到害怕。

一天晚上，她实在忍不住了，来到吕茜旁边。吕茜坐在床上，瞪着蓝色的大眼睛望着她，似乎有话要问。女儿的眼珠和自己的一样蓝。她第一次发现这一现象还是在产房里，当时，安德烈又高兴又激动，终于松了一口气："她的眼睛跟你真像！"接着，他咧开嘴笑了，补充了一句："我们没有儿子，却生了一个漂亮的金发小女儿。"1941年10月21日星期天，11点15分，几乎就在珍珠港袭击发生前的两个月，吕茜出生了。她还没出摇篮，战争就爆发了。蒙娜抚摸着女儿金黄色的头发发誓，永远不讲出这一真实的噩梦，但一种说不清楚的力量迫使她讲出来。也许是因为担心未来有别的悲剧，别的痛苦，或仅仅是因为她需要提醒自己，她并非独自一人穿过这地狱的。

河内的集中营一片漆黑。一道油腻腻的东西从墙上流下来，黏在她们身上，就像是第二层皮，必须把它揭开、烧掉。在牢房的一个角落，女儿蜷缩着靠在她身上。蒙娜倾听着敲打在屋顶的雨声，蟑螂迅速迈动小爪，窸窸窣窣，爬到她们的大腿上，就像噩梦中钟摆的声音那样整齐。一股刺鼻的味道，混杂着潮气和尿骚味，直扑她们的喉咙。周围还有其他女人，带着别的孩子，大家都在默默地哭泣。只要说一句话，突然动一动，看守就会挥起他们的大头棒。

第一天，一个越南女人试图反抗，她的左眼四周从此多了一圈紫色的伤疤，上面流出恶臭的脓水。蒙娜想给她治治："让我来，我是学医的……"但那个女人扭过头去，她本能地知道别人帮不了她。牢房的另一头，有个白人女人，红色的头发就像在黑暗中洒了一点阳光，她前后摇晃，不断地重复道："菲力普，菲力普……"蒙娜紧紧地抱着女儿，让她靠在自己的肚子上，以驱除恐惧。

"Soto ni！①"有个男人大喊道。"出来！"集中营里没有别的男性，只有他们，日本兵。他们在牢房门口站岗——有人私下里把牢房说成"笼子"。散步的时间到了，女囚们排起队伍。院子里也是黑乎乎的，围墙很高，污泥在脚下发

---

① 日语，"出来"的意思。

出噼里啪啦的声响。第一天，吕茜还觉得这挺好玩，4岁的孩子喜欢这种事情，但被关了几个星期后，她就笑得越来越少了。

开始行走了。她们冒着雨，沿着围墙走了一遍、两遍、三遍。雨水洗刷着她们肮脏的头发。走到第四圈的时候——一共要走五圈，蒙娜拉了一下女儿的胳膊："快！"黑暗中，有个绿色的影子在颤抖。"抓把青草，吃了它！"吕茜没有问任何问题，她拔了几根青草，塞到嘴里。大家继续绕圈子走路。

一切都始于1945年3月9日。巴黎已经从德国人手中解放出来好几个月了，法国继续在印度支那与日本帝国主义战斗。作为殖民地的高官，安德烈在决策时起着相当重要的作用。他黎明即起，一直工作到很晚，每天都在跟让·德库①总督讨论问题，向法国临时政府汇报情况。他以前也是这么做的，但跟维希政府的人打交道，他更加主动。不过，他绝对想不到什么事在等待着他。

河内的夜晚，灯光渐渐亮起来，富人家的孩子该上床睡觉了。但那天晚上，吕茜却任性得很。她的面条还泡在汤汁里，断手断脚的布娃娃躺在桌下。蒙娜强迫她吃："快，至少要吃掉一半。"她没有吃。蒙娜生气了，最后扭过身去不理她，去检查仆人们的任务单了，急着在安德烈回家之前把

---

① 让·德库（1884—1963），法国海军上将，1940—1945年任法国驻印度支那总督。

小屋整理好。就在这时，一阵穿堂风刮进房间，进来一个苍白得像幽灵的人。那是定，家里的园丁。

"日本人来了！"

蒙娜呆住了。

"他们进攻了！要过来抓你们……"

蒙娜一手抓着椅背，另一手捂在胸前："安德烈呢？"

"我不知道，太太，我没有他的消息。请相信我，赶快走……"

她先是想起了家，又想起了丈夫工作的光延堡，然后缓过神来，把吕茜推进房间："穿上鞋子！"她从柚木柜子里拿出一个小提箱，胡乱塞进一些东西，抓住女儿的小手，小手冰凉冰凉的。"快，宝贝！"但她马上就站住了：院子里进来了4个士兵。定大叫一声，跑去躲了起来。几声枪响和叫喊声。吕茜哭了，敌人已经把她们包围了起来。蒙娜倒在地上，想让自己的身体变得更重一些。她的想法真是荒谬。她的裙子要被弄坏了——安德烈刚刚送给她的漂亮的新碎花裙子。一个敌人朝上面吐了口痰，黏糊糊的痰液在裙子上印上一个斑点，颜色比别的斑点浅。

　　"我没有童年回忆。"乔治·佩雷克①说，他的一家曾
被流放到奥斯维辛。埃弗利娜和她母亲被关在河内的集中营
里，那段日子已无从回忆。她们在那里面被关了多长时间？
不知道。牢房是什么样子的？里面关了多少个人？埃弗利娜
所记得的那些细节都是母亲讲给她听的。可以想见，那都是
重新编过、稀释过的。在小说中谈论集中营，就是虚构，甚
至只有虚构才能填满过去的黑洞。

　　她记得最清楚的，就是母亲不断地重复这句不可思议的
话："抓把青草，吃了它。"埃弗利娜甚至在接受采访中几
次谈到这一点。我希望她能深入挖掘这一情节。跟母亲一起
坐牢，这种经历肯定会给她的成长指明道路。童年时期的这
种囚禁一直沉重地伴随着她寻找自由。

　　我们第一次见面，埃弗利娜就在我给她的资料上做了
批注，我后来拿了回来。纸张被折了角，有些污迹，闻得到
上面有烟草味。我的喉咙一紧。纸张的上方，是我用电脑打
印的"故事情节"几个字。我找到了自己的提示："这里写
战争英雄父亲的神秘故事"，背面是她手写的蓝色钢笔字，

---

① 乔治·佩雷克（1936—1982），法国当代著名先锋小说家，其《生活使用
　指南》被认为是法国现代文学史上的杰作之一。

上下都有："父母亲人物小说化""弄清事实""强调"
"女性的身体"。第二页的中部，写着一个不可思议的词，
并清楚地画了一条线以示强调。我不禁笑了："春卷。"

我非常小心地把这些笔记收好，把它们放在我家的一
个小抽屉里，就压在我们全家在毛里求斯岛拍的旧照片上
面——那是我最宝贵的隐私盒。

现在说回河内的集中营。我收集了一些资料，发现了
一些有用的证据，法国历史的一个方面，而我之前对此一无
所知。在我的头脑中，印度支那以前只有一些瞬间的场面，
而且没有给我留下什么印象，除了奠边府和杜拉斯的《情
人》。《情人》中的一个段落，我想，在三年级的所有教材
中都有，它曾深深地吸引了我："那个优雅的男人下了小汽
车，抽着一支英国香烟。他看着戴着男帽、穿着金色鞋子的
少女，慢慢地向她走去。显然，他很害羞，起初连微笑都没
有。他先是递给她一支香烟，手颤抖着。种族不同，他不是
白人，他必须克服这一点，所以他的手才颤抖。"

这个段落与一部著名电影（《印度支那》）的海报如
此吻合。海报上有个女人的背影，手里提着鞋子（卡特琳
娜·德纳夫扮演），靠在栏杆上，下面是一片金色的海湾。
但关于法国人和日本人在那个狭长半岛上的直接冲突，什么
资料都没有。历史是谁写的？集体回忆？士兵、总督、史学
家还是教授？也许吧！但历史的第一个制造者，是现在。不
知道为什么，21世纪不需要印度支那。人们告诉过我希特勒

的大屠杀、斯大林主义、阿尔及利亚战争、越南战争（但不
是印度支那战争）。我承认这已经够多了。埃弗利娜还告诉
了我其他一些事情。列维–斯特劳斯①的伟大教诲："目光要
放远一点。"

---

① 克洛德·列维–斯特劳斯（1908—2009），法国作家、哲学家、人类学
家，结构主义人类学创始人和法兰西学院院士。

"菲力普，菲力普……"那个红发女人在牢房里不断地喊道。几个星期过去了，炎热、潮湿混杂着疫气。饥渴、缺乏卫生设施让女囚们难以忍受。

还是没有安德烈的任何消息。

"菲力普……"那个疯女人有名字，大家悄悄地在传，像是有点不吉利：伊莎贝尔·沙普利埃。蒙娜觉得很耳熟，也许是安德烈的一个朋友，或者同事，但记不清了，一切都迷迷糊糊。她喜欢伊莎贝尔火红色的头发，几天前，它们就成片成片地掉，斗累了。

"菲力普……"每次散完步，那疯女人都会重新叫喊。皮肤上感到了风的气息，别处的召唤，希望重逢——这一切都刺激着她的神经，不是想让她马上回到笼子里去，就是让她焦躁不安。穿绿制服的看守走近栅栏，用步枪顿了顿地面，威胁她。一个女囚示意她不要说话。她常常遭到虐待，也会受到惩罚，但她继续呻吟。别的士兵又旧戏重演。蒙娜感到了恐慌，向那个疯女人伸过头去，轻声地说："菲力普会逃走的。男人很强壮，比我们有力气……"听到这话，伊莎贝尔抬起浑浊的眼睛望着她，不，并不茫然，而是很充实，充实得像大地。她正要回答，一个看守打开牢房的铁栅门，踩着躺在过道上的女囚和孩子们的脚、肚子和头，进来抓住伊莎贝尔的最后几根头发，把她扔到了外面。穿绿色制服的士兵们把她带走了。

5月也来考验她们了：让人肺部透不过气来的酷热，还有大雨和痢疾，但最糟糕的是蚊子。蒙娜还记得跟吕茜年龄一般大的那个小女孩，把自己搔得浑身是血。蚊子的嗡嗡声传播开来，虽然看不见，却能感觉到它们爪子正落在红肿的身体上……奇痒无比，甚至连那些士兵也觉得不舒服。必须忍耐，每天都要在死亡和疯狂中挣扎。

女囚们瘦得可怕，皮包骨头。吕茜很伤心。前一天，她在妈妈的要求下，又匆匆地拔了几根草。蒙娜没有看见。但吕茜并没有把它吃掉，而是紧紧地抓在手心，那是爱与痛苦的小宝贝。回到牢房，士兵一走开，她就轻轻地叫了一声"妈妈"，把草递给她。由于太热，草已经湿了。"给你治病。"

时间停止了。

蒙娜体力恢复时，不断地对吕茜说："你父亲是个英雄。"大家都知道，英雄是不会死的。"他的首领贝当元帅①非常喜欢他，你可以为他骄傲。"为了让母亲开心，她点点头。但这个贝当是谁，她一无所知。

伊莎贝尔没有回来。时间一天天过去，没有了她——她

---

① 亨利·菲利浦·贝当（1856—1951），法国军事家、政治家，陆军元帅、维希政府时期法国国家元首，是个集民族英雄和叛徒于一身的坎坷人物。

火红色的头发和无尽的呻吟——蒙娜感到很难受。她安慰自己说，那个女疯子会回来的，安德烈也会回来的。可是，谁都没有回来。看守们不时地打开铁栅栏，她等待着红头发和那张疲惫的脸，但都是徒劳。日本人指着某某女囚，最年轻的，最漂亮的，或者是最老的，病得最重的，把她们带了出去。不过那些女人总是会回来，面容憔悴，面无表情，但她们毕竟回来了，除了伊莎贝尔。

一天，一个看守指着蒙娜。蒙娜尽管很瘦，但才二十来岁，细皮嫩肉，嘴唇红润，"如盛开的樱桃花"，正如安德烈所说。吕茜大叫起来，旁边的一个女囚用手捂住她的嘴："别喊，别喊，笨蛋。"蒙娜挤出一丝微笑，安慰女儿，然后走向看守。

那一个小时，像胶水一样又黏又稠。在这期间究竟发生了什么，她没有说。但对一个女人能做的最坏的事，他们都做了。一个小时，就像一辈子那么长。

后来，她回来了。

这一幕，让我和埃弗利娜隐约看见了本书重要而深刻的内容。讲述集中营，在两个方面很重要：首先是为了强调贯穿整部小说的对立主题：监狱与自由，但更重要的是它能让人学会沉默。

蒙娜当时22岁。那是一个女孩在保护另一个女孩。母亲和女儿只相差18岁。于是，她观察着，分析着事实，得出自己的结论。伊莎贝尔为自己的叫喊和抗议付出了沉重的代价。蒙娜将选择沉默。

人们习惯了沉默，最后从中找到了一种乐趣、骄傲和平静。蒙娜是在治自己的乳腺癌之后才告诉埃弗利娜的。手术、化疗，治疗、痛苦：别出声。她假装在度假，不想破坏女儿的度假，甚至还假装在意大利给埃弗利娜寄明信片，打电话向她吹嘘在威尼斯有多享受。但沉默之后，该炫耀了！做了乳房切除手术之后，蒙娜决定做乳房再造术，并自豪地展示自己的新乳房。

从某种意义上来说，整部小说都包含在这种寻求中：把话说出来。蒙娜在自己身上寻找声音；埃弗利娜把自己的声音传给了我。

　　囚犯天天都要到外面转圈。一天，一个女囚追上蒙娜，在她耳边悄悄地说："你丈夫还活着。"然后又若无其事地继续往前走。那是一个头发长长的东京女人，在总督家的一次鸡尾酒会上遇到过她，那好像是上一辈子的事情了。安嫁给了法国人路易·若里斯，路易是安德烈的下级，在光延堡工作。蒙娜感到自己的脚都软了。

　　她不得不等到晚上才敢问得更详细一点，但必须压低声音。她问了好多问题。"你能肯定吗？安德烈还活着？他好吗？"安的回答很简短。德福雷先生在光延堡死里逃生。什么时候？日本人进攻的那天晚上。怎么逃的？不知道。谁告诉她这个消息的？她的表弟，一个仆人。他从高墙那边扔了一张纸条过来。怎么能肯定这是真的？他见到了两个白人，一个是路易·若里斯，另一个是德福雷先生。可在哪里见到的呢？她不知道，也许是在监狱里。他们好吗？她不知道。他们还活着，她就知道这么多。

　　一个个星期过去。雨季来了，这么多人同住一起，生活变得更加困难。有些孩子死于脱水、疥疮、败血症。饥饿王国的范围扩大了，集中营是一个黑暗之地。蒙娜忘了河内，忘了外面的生活，忘了俱乐部里的朋友，但有一点她现在可以确定（或者应该说是一种信念？），那就是安德烈没有死。她开始梦想，在天天定额分配的一小份饭后面，好像藏着宴会上的大餐——多汁的肉和多层蛋糕。她每天都给女儿一碗炒面，香喷喷的，她悄悄地给自己留着几块白奶酪。

她的烧一直没退，感到越来越没力气。她轻轻地抚摸着吕茜的脸，如果不是那么难受，她会连手指肚儿都感到不安。

后来有一天，奇迹发生了。7月的暴雨拔掉了院子旁边的树枝。转圈变得越来越难，有时，看守远远地监视着女囚们，让她们避开又厚又黏的污泥。一天，她们不得不与洪水做斗争。蒙娜跟第一次一样，紧紧抓住吕茜的胳膊。她们脚边的树枝当中，扔着一盒牛奶，好像闪着光亮。她抬头朝墙上看了一眼，刚好看见安的脸。她马上把牛奶藏在上衣的袖子里，然后久久地看着女儿。小家伙明白了，使劲忍住不出声。

下午时间漫长，女囚们睡得很久，孩子们也同样，或者就一动不动，睁着眼睛，目光在某个说不清是哪里的地方飘来飘去。但是那天，她满脑子都是那个美好的秘密，母女俩很快就能尝到，谁也阻止不了。要有耐心。

半夜里，四周静悄悄的。蒙娜轻轻地推醒吕茜，食指放在唇上。她轻轻地打开安从墙上扔过来的牛奶，递给女儿。奶盒里散发出一股农场里的味道，浓浓的，奶牛的味道。小家伙接过奶盒，蒙娜觉得自己差点晕过去，她太想喝了。

她几乎都能感觉到牛奶滑进女儿的喉咙，奶味浓郁，神奇极了。吕茜一口喝掉了这仙露——最初的喜悦像一道强烈的光芒，闪闪发亮。当她把奶盒递回来时，蒙娜很想哭。吕茜喝得一点不剩，空了。她摸了一下奶盒，舔着沾在上面的牛奶，一舔再舔，直到一滴不剩，然后把奶盒藏在草垫下面。现在又要面对牢房，黑暗，蟑螂，漫漫长夜，似乎没有任何东西能把它打破。

集中营有自己的规章、规定和规矩。每天早晨，看守都强迫女囚们"念经"。值班的看守指定一个女囚跪着——背诵行为规则：严格服从看守，不经允许不说话、不抱怨，不在监仓里随便走动，每次"进餐"前要感谢。

1945年8月9日上午，士兵们忘了"念经"这事。他们非常紧张。安给蒙娜做了个手势，但蒙娜不明白是什么意思——肯定发生了什么大事，但狂怒的看守劈头盖脸地毒打违反规定说话的女囚。安像给自己戴上了一个蜡做的面具，把自己封闭了起来。

不一会儿，集中营四周响起了巨大的骚动声。下午，士兵们都消失了，所有女囚都贴着铁栅栏，想弄个明白。确实发生了什么事。事情发生在马路上，庄严的声音传到了她们的耳朵里，但经过了监狱围墙的过滤。安和别的越南女人终于听懂了几个字，急忙把它们翻译给大家听："日本人战败了！"一个巨大的声音，好像是同一个女囚，从同一个肚子里发出来的，响彻了牢房，然后是整个集中营。法语和越南语混在一起，笑声与泪水、泪水与祈祷声夹杂在一起。蒙娜唱起歌来。"宝贝，我们要找到爸爸了……"吕茜被大家的欢乐情绪所感染，也拍起小手来。当时还没有任何人说起广岛和长崎的名字。几天后，当消息传来，所有的人，真的是所有的人，全都高兴得疯狂地拍起手来。当时，没有人想到，有多少和她们如此相像的妇女、儿童和平民，在原子弹强烈的灼热中丧生。

几个小时过去了，她们还在等待。蒙娜一直被关在牢里。慢慢地，笑声消失了。难道，这是假的？日本人是不是反攻了？她真怕让自己失望，嘴里轻轻地念道："安德烈，求求你了，快来找我们……"吕茜依偎在她的胸前。

大家继续等待。白天一片死寂。现在，没有饭，没有草，也没有牛奶。什么都没有。看守比以前更粗暴，神经高度紧张。他们允诺释放她们，但没有行动。

半夜里，院子里响起了巨大的嘈杂声。几声枪响。被关在牢房里的女囚只看见影子越来越多，那是太黑的缘故，也因为累。终于，有人来开门了，把监狱的门开得大大的。一些男人，法国人和亚洲人，手里拿着十字镐、长柄叉和步枪。"你们自由了！"一个白人大声地喊。女囚们全都冲出来，力气大得连她们自己都不敢相信。蒙娜拉着女儿的手。外面，人流如潮，热泪、拥抱。院子里高高的大门终于通风了，解放者把火炬举得高高的。借着火光，蒙娜在寻找丈夫。

"您见过安德烈·德福雷吗？""您知道法国侨民德福雷先生吗？"谁也没有听说过。她恐慌地跑起来。吕茜跟在她身边。

"蒙娜！"

她转过身。安扑在一个穿军服的白人男子怀里哭。是路易·若里斯。

"蒙娜，好消息……"安结结巴巴地说。那个骨瘦如柴的法国军人点点头，他岩石般刚硬的脸被雕刻得棱角分明。

"安德烈活着，他很好。总之……这样已经很不容易了。他马上就会到码头来找你们，你们将回法国去。"

"马上？"

是的，天亮的时候。安笑了，紧紧地抱着蒙娜，然后弯腰抱了抱吕茜。若里斯轻轻地拍了拍吕茜的脸蛋，说："宝贝，你父亲是个英雄。"

蒙娜看着他们离开，突然又想起了那个疯女人。

"路易！"

那个脸如岩石般刚硬的男人停住了脚步。

"请问……您知道沙普利埃吗？菲力普·沙普利埃。您认识吗？"

路易·若里斯消瘦的脸上掠过一道阴云："您是说雅克？雅克·沙普利埃是我的一个朋友。他跟我们一起在总督府工作。可惜他死在了和平市①。至于菲力普……"

蒙娜感到很痛苦。

"菲力普不是伊莎贝尔的丈夫？"

路易·若里斯抬起黑色的眼睛，那眼睛比哀乐还让人伤心。

"不是，菲力普是她的儿子。"

---

① 越南北部和平省的省会城市。

他的嘴角浮现出一个抱歉的微笑，然后就被黑夜淹没了。
在这之后的几分钟将永远模糊不清。

房子已被炸穿，四面透风，就像一座破屋。地上布满了
砖瓦、被毁坏的家具和散乱的资料。

蒙娜先给女儿喝水。终于有水了。她自己也喝了足足一
升，然后开始准备澡盆。她给女儿脱掉衣服，用厨房里剩下
的海绵使劲擦她的身体。水变黑了，水面上，一团棕黑色的
物质，厚厚的，形成了一层会动的表皮——是虱子。她换了
五遍水，直到水变清，然后用房间里留下的床单把吕茜的身
体擦干。她在抽屉的最里面找到了自己的一件绉纱旧衬衣，
安德烈最喜欢她穿这件衬衣。她放在女儿纤瘦的身体上比
画，衬衣在她四周飘动，就像一个船帆。"宝贝，我们去找
爸爸。你知道……我也要洗一洗。你在房间里等我好吗？"

不一会儿，十分钟？半个小时？轻轻的脚步声传到了厨
房里。蒙娜坐在一张圆凳上，精疲力竭，凝视着放在脚边的
大盆，身上的囚服还没脱掉。

黎明的微光下，河堤渐渐地从黑暗中露出来。岸边停着
一艘大船。蒙娜拉着吕茜，一路小跑，来到码头。她收拾了
一个小手提箱，随便装了一些东西，头脑里乱糟糟的，认不
出陷入黑暗的城市。不过，那些地方似乎很熟悉。她又饿又
怕。害怕不信守诺言，安德烈答应在那里等她们的；害怕4
岁的小家伙倒下去；害怕安德烈不再觉得她们够格——英雄
对别人的要求是很高的。

吕茜尽管才十来公斤，但已显得很重，蒙娜再也抱不动
她了。"坐在这儿。"她把她放在堆在河堤的一袋大米上。
"不要跟任何人说话，不要动。好吗？我很快就回来。"她
来到船边，向开始装食物的工人们打听。几辆人力车按着喇
叭交错而过，一辆大车在她面前停下，开始卸其他袋子。突
然，女儿不见了。蒙娜赶紧跑过去。

"吕茜！"
与此同时，一个低沉、沙哑的声音也在喊吕茜的名字。
她的心怦怦直跳。
"吕茜！"那个声音又喊了一声。
蒙娜立即冲过去，跌倒了，又爬起来，向另一座堆得像
山一样高的黄麻布袋飞跑过去。小女孩蜷缩在米袋当中，她
前面站着一个灰眼睛的男人。"妈妈！"小女孩哭喊道。哭

泣声中，她又喊了两声"妈妈"，但蒙娜的嘴里却只喊出一个名字："安德烈！"

回忆就像幽灵，穿过我们的皮肤和梦想。当蒙娜坐在女儿的床上，在西贡的夜晚，听着蜥蜴和蝙蝠的尖叫声混杂在一起；当她向他讲述这个故事，选择性地补充或省去她们所经历过的某个细节；当战争一再回来纠缠她时，她的舌头上还能感觉到青草和牛奶混杂在一起的味道，就像是往事给她的一种安慰。真是奇怪。

马克·格林写过一本非常漂亮的书，书名叫《如何建造哥特式教堂》。他在书中对"按提纲写作的作家和想到哪里写到哪里的作家"做了区分。我觉得这样就把小说的两个声音永远堵死了。蒙娜和吕茜的漫长故事是有计划有提纲的，它按规划建设，逐步进行，加上一些动作；而第二个故事是信手拈来的，它摸索着，试图弄清另一个真相，也许是埃弗利娜·皮西埃的真实故事。填补两者之间空白的，是我们之间的友谊。那是我个人的探索。我想弄明白，这种相遇为什么会带来如此大的震动，想弄明白它对我们两人合写的这本书说了些什么，或轻轻地耳语些什么。

我当编辑并不是偶然的。总之，偶然并不存在，艾吕雅[①]已说过多次。我仿佛看见自己站在中学校长的办公室里，我那时才10岁，即将升初中一年级，我得像未来的同学们一样，不得不接受一场进预备班的面试。母亲就在我身边。我们说了些什么？全忘了——是的，包括我的成绩、我喜欢的科目和我喜欢的课外活动。校长停了一会儿，然后越过办公桌弯下腰来，问："你长大以后想干什么？"我平静地说："当作家。"他的眼睛睁得大大的，跌坐在椅子上。

---

① 保尔·艾吕雅（1895—1952），法国诗人。

他没有笑，也没有嘲笑。出现了一段空白。母亲没有动。校长戴上眼镜，在我的档案上写道：作家。我还记得这个词用钢笔圈了两个圈，就像我踏入成人生活的第一步。

这些话很难写在纸上，我说得太大胆了，就像脱光了衣服一样。但我相信我说的是心里话，有必要说出来。不是为了谈论我自己——这没有任何意义，而是为了让埃弗利娜知道，她送了我一个大礼。写作将是我走向自由的第一步。

在法国，作家往往都是教师、文化工作者、编剧、医生、记者和编辑，但编辑很少会与自己的作者合作写书。

要么是……

要么是他们一直如此。编辑就像个幽灵，他的影子在稿子上面盘旋，他在跟读者捉迷藏，通常不说什么，因为作者的光芒足以让读者满意。当时，我对出版一无所知，第一次实习时，我感到十分惊讶：什么？有人竟敢动作品！后来，我明白了。我们都是雨露与大地的产物。作家本人是由他的阅读和文学灵感所组成的，编辑则在书中加入自己的灵感，让书变得更加丰富。作者与编辑的讨论能丰富作品。一切都糅合在一起，直到有一天某作者的书问世。我突然想起了拉康①的那句名言："性关系并不存在。"我们同样也可以

---

① 雅克·拉康（1901—1981），法国作家、学者、精神分析学家。

说："作者并不存在。"

　　埃弗利娜的才能。她与精神分析做斗争，所以会让我去引用拉康的话。

河内在嘈杂中清洗它的马路和监狱，但这种喧嚣遮不住死者的沉默。蒙娜想找到定，可找不到，也许她已经被枪毙了，再也找不到她了。安德烈呢，贝当被审让他前程尽毁：元帅被判死刑，但由于年岁已大，死刑不会执行。耻辱缓期，他觉得这毫无意义。蒙娜为丈夫感到遗憾，可她再也不想听人谈论政治。重新开始已经很不容易了。

1945年9月，就在日本投降那一天，他们上了邮轮。他们早前就从越南宣布独立中得知这一消息。安德烈又气愤又疲劳，最后，疲劳占了上风。旅途的前三天，他睡得像块石头，连梦都没有一个。

船上散发着柴油、盐和自由的味道。四周一片湛蓝，蒙娜被深深地迷住了。太阳下的大海像个闪闪发光的珠宝。她已经找到丈夫，这是一场新生。他们在小小的船舱里拥抱——好像是两副骨架在拥抱。不过，两人都慢慢地恢复了体力。必须什么都吃，一直吃，但量不能大。要让胃重新适应。吕茜喝着牛奶，但她不是很喜欢。

第二个星期，蒙娜看见吕茜在栏杆旁边玩，便用一根绳子拴住她的腰，另一头牢牢地绑在系锚的缆柱上。她怪自己再次用绳子把女儿绑起来，但事故太容易发生。吕茜像她一样，喜欢晒太阳，但晒了几天眼睛就疼了，所以现在光找阴凉的地方。蒙娜总是待在她身边，看着景色。

大海，她爱它的绝对和永恒；大海迎接她，就像是第二个天空，是她唯一的知己。

安德烈也坐了牢，但他没有说。在离河内60公里的和平市。强劳营、士兵、军官和平民混在一起，被迫挖战壕、挖隧道、筑路、修桥梁、挖墓穴。囚犯按三人一组分配：如有一人试图逃跑，另两人将被处决。

几年后，回顾这场战争时，蒙娜读了一个法国越狱者的回忆录。他被怀疑想逃离和平市，结果他最好的朋友贡特朗双手被绑在一棵树上，折磨了几个小时后被放了下来，扔在路上。日本人以为他死了，其实他只是昏了过去。后来，他突然醒来，让士兵们大吃一惊，他们用棍子打得他皮开肉绽，然后脱光他的衣服，把他铐了起来，让他在中午的阳光下晒了三天。几个生病的囚犯被迫在旁边挖了一个几米深的坑。一天，日本人把贡特朗带到洞边，强迫他跪下："把头低下！"刀举了起来，他的脑袋被砍了下来，直接滚到了坑里。

晚上，在船舱里，当成年人都以为孩子们已经睡着的时候，吕茜却伸长耳朵，听父母说悄悄话。"究竟出了什么事？"蒙娜轻声地问。"日本人向德库下了最后通牒：签约同意接受日本人的统治，否则他们就发动进攻。我必须把这个消息报告给巴黎，但我们刚把消息传出，那些坏蛋就扑了过来。他们根本没有等我们的回复，就突然发起了进攻……我们毫无办法。一方面是6万日本人，另一方面是只有不到他们一半的法国人……男人们个个都很勇敢，不幸的是，力量对比太悬殊，我被迫向他们请求投降。"

"你做得对，这救了你的命。"

"如果所有的'左'派都这样做，被杀的人就会少得多。"

"我知道，亲爱的。"

长时间令人难堪的沉默，只听见海浪噼噼啪啪敲打着船身，渐渐远去，最后归于平静。

"你还没有告诉我呢！"安德烈的声音变了，"不说些什么吗？在集中营里。强奸。"

吕茜屏住呼吸。这个词，她常常想起来，在河内的牢房里常有人说。

"为什么要说这事，亲爱的……"

"也就是说他们确实干了。"

"我没有这样说。"

"我明白，蒙娜……"

"不！"她大声地说，然后又压低声音重复道："我们会把吕茜弄醒的，别说了。一切都会好的，我向你保证。重要的是你，我的英雄……"

黑夜中传来接吻声、皮肤的摩擦声和抚摸声。

"你太勇敢了，安德烈……我太崇拜你了……"床单皱成一团。

几分钟后，蒙娜轻声地说："现在，还会发生什么？"

"只有那个讨厌的戴高乐知道。一到法国,我就要求去殖民地。"

蒙娜心想:"行行好,千万不要再回印度支那。"

第二天,蒙娜正在从鱼块中挑刺,女儿突然问:"妈妈,你被强奸过吗?"

叉子叮当一声落在瓷碟里。

"你疯了!你在说什么?你甚至都不知道那是什么意思!"

由于安德烈向桌子走过来,蒙娜便命令女儿不准再说:"这个问题,我再也不想听到,尤其是当着你父亲的面。明白吗?"

进餐时,船长过来向他们问好。那天,海浪有点大,高达两米,但东风正从另一边驱散风暴,几个小时后就会风平浪静了。

蒙娜微笑着,谢了他。船长去通知其他乘客了。大家匆匆吃了甜点,吕茜严肃地抬起头:

"爸爸。"

"什么事,宝贝?"

蒙娜感到一阵紧张。她不是已经告诉吕茜……

"战争赢了还是输了?"

惊讶代替了担忧,她和安德烈交换了一下惊奇的目光,肩膀不由自主地颤抖起来,过了一会儿才平静下来。

"我们当然赢了,神风敢死队投降了。"

她对女儿解释说,神风敢死队就是那些为了杀死别人而自杀的人。许多日本飞行员就是通过这种自杀式袭击来完成任务的。

"幸亏美国做出了反应。你还记得吗，那次，在集中营里，我们听见外面吵得不成样子？就在那天，美国人扔了两颗原子弹，打败了日本。广岛和……另一个城市叫什么来着？"

"长崎。"安德烈脸色阴沉地答道。

"对。长崎。"

"爸爸，你好像不高兴。"

他叹了一口气，瘦瘦的指头在桌子上敲着："我不相信美国人。他们一插手，殖民地就完了。吕茜，有一件事你必须明白：战争没有完全结束。在法国，贝当元帅……你还记得贝当元帅吗？"蒙娜示意她已经告诉过她。"那好。元帅受到了一个敌人的攻击，那个人叫夏尔·戴高乐。"

吕茜睁大眼睛，问："他也是日本人吗？"

怎么才能让一个孩子懂得这些事呢？但一个成年人对这一切又能怎么说呢？"法国人赢了还是输了？"对于这个问题，她丈夫很难做出回答。他离开了一个刚刚宣布独立的殖民地——法国坚决反对它独立，但无济于事。有的胜利是得不到承认的。

在海上航行了好几个星期后，土伦①港出现在布满乌云的天空下。蒙娜又是高兴，又是疲惫，又是伤心。走在岸边的时候，她好像还在滔天巨浪中摇晃。数百男女在焦急地等待他们中的某一个人，或仅仅是想看看他们，看看这些"亚洲人"。她听见人群中有人在喊："菲力普！"她的血都凝固了。她在寻找一张脸，一头火红色的头发，但只看见一个瘦骨嶙峋的小伙子扑到一个妇女的怀抱里。那女人穿着围裙，一头棕发，十分肥胖。"妈妈……"小伙子哭了。蒙娜感到一阵心酸。不是他，不是她要找的菲力普，也不是伊莎贝尔。那天，红发仙女真的死了，另一个母亲搂着另一个菲力普，那是她的儿子，她的奇迹。

几个月后，安德烈告诉蒙娜，有个集中营专门关押儿童。与父母分开的9岁到16岁的少儿都被徒步送到西贡北部350公里处的大叻②。哨兵让他们按纵队跑步，游戏非常简单：跑得不够快的，落在队尾的，脑袋上将挨上一枪。第一天是预热，强调规则。一个士兵朝天鸣枪，孩子们被吓坏了，在日本人的狂笑声中，像兔子一样跑得四散。真的，他们对这群孩子为所欲为。短短一个星期，孩子们就被迫跑了

---

① 法国东南部滨地中海的港湾城市，位于马赛以东65公里处。
② 越南南部城市，林同省首府。

350公里，而他们吃的仅仅是鱼干和米饭。之后，他们被投进一个集中营，那里的铁丝网都要由他们自己来架设。

饥饿了几个月后，到了法国，全家沉浸在让他们不敢相信的舒适之中。食物充足，水、肥皂、床垫厚厚的床、新鲜的空气……吕茜在长大，身体逐渐恢复。三个人在巴黎待了几个月后，搬到了尼斯。蒙娜的父母伊冯和吉耶梅特·马加拉由于工作原因住在努美阿①，他们在尼斯有一栋房子，很乐意借给安德烈一家住。知道他们自由了，总的来说还算健康，父母都松了一口气。

又过上了轻松的日子。但真正的轻松必须与美好的生活合拍，蒙娜又可以有自己的衣橱了，她细心地把头发染成了淡淡的金黄色。安德烈也恢复了体重，仪表堂堂，魅力无穷，无微不至地关心吕茜，带她去爬山，参观普罗旺斯的乡村。吕茜通过这一个新的地理环境发现了她深信不疑的根。法国不仅是满怀敬意地说出来的名字，也是一道风景：河水清澈，小路的两旁种满了棕榈树，建筑数不胜数，市场丰富多彩，散发出鱼腥味，到处都是法国南部的口音。吕茜常常把流浪猫抱回家，让不喜欢猫的蒙娜很不自在，但看到丈夫动情的笑容，她也就没有反对。

晚上，父亲给女儿读拉封丹的故事，扮演背柴的贫穷樵夫、可怕的橡树、柔软的芦苇、想变得跟牛一样大的青蛙。

----

① 新喀里多尼亚的首府和主要港口。

吕茜看到他弯成两截、扯大嗓门或鼓起腮帮子，手舞足蹈地想让故事变得生动些，感到很有趣。她很喜欢这种表演，激动得夜里都睡不着，要父亲再讲一个寓言或故事。她已沉浸在对主人公的爱慕之中。

一天，吕茜要他读《塞甘先生的山羊》①——"那个爱山羊的人"晚上都不肯回到自己的房间里去。

"这个故事是哪个笨蛋给你讲的？不会是你妈妈吧？"蒙娜常常站在走廊里悄悄地听丈夫说话。听到安德烈这样问，她呆住了。

"妈妈不是笨蛋！"

"那你为什么要我跟你讲这只山羊的故事？"

蒙娜在给她读都德的时候还以为自己做得很对呢……

"因为它跟你很像，爸爸！你是那么勇敢！"

蒙娜听到安德烈低声地骂了一句，她痛苦地迅速转身走了，对自己非常生气。

"你将看到自由会给你带来什么。"都德曾这样预言。布朗盖特和狼搏斗了一整晚之后，第二天早上还是被狼吃了。蒙娜认为这是在赞扬勇敢的精神，安德烈却认为她在赞扬失败。

---

① 阿尔封斯·都德（1840—1897）《磨坊书简》中的一篇小说。

"失败，我觉得这是我父亲最忍受不了的事情。"她摇摇头，好像在说"愚蠢"。原因就不用说了。埃弗利娜的这一想法我完全同意：试一下没有任何损失。有可能失败，这并不足以成为什么都不做的理由。在她的哲学中，梦想与行动是密不可分的：她希望活着，但必须是高质量的生活。

如果说她非常喜欢我给她母亲虚构的这个名字：蒙娜，她也被安德烈（André）这个名字迷住了。这是我根据词源andros（"男性"）所选的一个名字，但她却从中读到了别的意思："我希望他叫作马尔罗，但他可能会不喜欢……"

父亲对她还是一肚子气。我们所说的"面包头事件"（我们待会儿会讲这个故事）总是让他叹气。从某种意义上来说，安德烈是他那个时代的典型。他有至高无上的荣誉感、明显的男性特征、诱人的身体，确信自己掌握着真理，全世界都将被法国所征服。

"你对他有什么美好的回忆吗？"我怯生生地问她。她耸耸肩。读寓言，外出散步，全家圣诞团聚，生日……有，也许有吧！但在回忆中，哪怕只有一点点幸福的插曲，就会被立即通上电。安德烈永远处于气头上。高压驱赶了各种烦恼，将来有一天会像地狱般可怕——大家都知道，拉到头的橡皮筋最后总会弹到自己的脸。

埃弗利娜告诉我，她第一次参加大学法律教师资格会考的前一天，收到父亲的一封信，信中说："当你读到这封信的时候，我已经死了。"当时，母亲和女儿正在桌前吃早饭。沉默了一会儿之后，蒙娜爆发出大笑，并且鼓起掌来。"终于信守了一个诺言！"埃弗利娜尽管不愿再听别人说起他，还是报警求救了，提供了父亲在16区的地址，然后焦急不安地等待消息。安德烈并没有死，他很可怜，没有死成。埃弗利娜听到他在医院的走廊尽头大声喊痛，并且不断哀叹。母亲蔑视得嘴都扭弯了，"所谓的毒药……一支阿司匹林，是的！哼……他应该来咨询我的。"埃弗利娜抗议了，父亲差不多60岁了……谁知道呢，他是否有第二次生命？

出院后，安德烈要求见见不久前刚出生的第一个外孙。他为外孙的名字感到自豪，但对他的姓不怎么感冒，觉得听起来像犹太人。埃弗利娜嘲笑他。他没弄错。他告诉大家，他很快就要回努美阿，打算在那里安安静静地退休，也许还会找几个女人，但也会从事脑力劳动，学习，看书。离开之前，他将承认自己的耻辱：没有什么比自杀失败更可笑了。

吕茜在尼斯发现母爱的时候，安德烈在打发时间。他在腹地散步，在地中海游泳，与熟人聊天，就像假期延长了一样。蒙娜努力让自己安心下来。丈夫将重新被任命为殖民地的行政官。哪里？什么时候？一无所知，只需耐心。等待期间，她严格督促女儿学习，担心回忆起集中营会让吕茜精神崩溃。事实上什么事都没有。吕茜是个好学生，而且，行为举止无可挑剔。然而，一天下午，她放学回家时泪水满面。

"哎……出什么事啦？"

她一个字都说不出来，母亲一问她就哭得更厉害了。蒙娜慌了，叫来正在花园里看书的丈夫。父亲终于让她讲出了实情。

原来，班上的所有同学都不怀好意地取笑她，用手指着她说："这傻瓜，她以为第二次世界大战是法国和日本在打！"因为她在回答老师提问时就是这样回答的。

"C老师是怎么说的？"

"她让大家安静，然后问我是否听说过德国……"

蒙娜叹了一口气，安德烈把吕茜搂在怀里。这是他的错，他从来没有跟她提起过德国。他根据忠诚的德库将军的命令，只在印度支那打过仗。他拼命工作，赞同最伟大的民族英雄菲力普·贝当的主张。但德国人是法国的死敌，是1918年被元帅打败的死老鼠。

吕茜好像被弄糊涂了。

"在学校里，他们都说贝当把法国出卖给了德国人……"安德烈一听就怒不可遏。没有元帅，德国人会杀死更多的法国人，"被顺带杀死的犹太人就会更多。"贝当起了一个"盾牌"的作用，别听他们在操场上乱说。他突然站起来，手放在胸口，唱起歌来："元帅，我们来了！你是法国的救星，我们来到你面前……来，跟我唱，吕茜！"吕茜跟着他唱了起来。蒙娜见状，露出了微笑。

当母亲陪她回房间时，吕茜又转过身。老师还批评她另一件事。"什么！"安德烈生气地扬起眉头，蒙娜鼓励她说出来。"我不知道犹太人是什么人。"她吞吞吐吐地说，然后马上又补充了一句："老师说，不知道犹太人是不能被接受的事情，尤其是那么多人被屠杀了。"

蒙娜尴尬地咬着嘴唇。安德烈耸耸肩，回避这个问题。当然，他也应该跟她说这件事，况且，他还在印度支那推行过反犹太法。但有什么好处呢？

"别太信你的老师了，好吗？她夸大了纳粹对犹太人的迫害……"

"爸爸，告诉我，犹太人是黑人还是黄种人？"安德烈急于结束这个话题，便说那是白人。但那些白人跟他们不一样，必须加以提防。

"你以后会明白的。"

这几个字将成为他的格言。

1946年3月底，尼斯的春天来了，满街都是穿裙子和凉鞋的人。邮递员送来一封信，部里召见他了。"终于来了！"安德烈说。

"要是能去非洲就好了。"蒙娜轻声嘀咕道。她感觉到丈夫的身体都扭曲了，便改口道："去哪儿都没关系，只要我们在一起……"她拥抱着他："我的安德烈！"

自从离开河内之后，她一心想着非洲：萨瓦纳大草原及其淡黄色的光线，沉重的太阳，野蛮的猴面包树。小时候，她就常在外公外婆家里翻阅旅行杂志。非洲，非洲……这个神奇的名字伴随着乞力马扎罗平原上火红的夕阳，意味着在星空灿烂的夜晚观察来饮水点乘凉的羚羊和大象，穿着冒险家的服装狩猎远征，与萨赫勒①的王子们相遇，必须毫不留情地掐住眼镜蛇的脖子，在廷巴克图②的陵墓脚下享用的薄荷茶。

这些他们统统都没有得到。两天后，安德烈从巴黎回来，脸色苍白，怒气冲冲。他可以对期盼已久的晋级说再见了，还要"感谢"上司没有让他接受审查，那等于让他坐牢！

"到底出了什么事？"

---

① 非洲南部撒哈拉沙漠和中部苏丹草原地区之间的一条长超过3800公里的地带。
② 即通布图，位于沙漠中心一个叫作"尼日尔河之岸"的地方，距尼日尔河7公里。

"很简单！他们让我为自己的诚实付出了代价。"

临时政府希望安德烈签名承认，日本开战那天，他服从了命令。为了避免血流成河，他暂时投降，这是不够的。这种投降给人的联想太多了，所有通敌都应该被判罪。蒙娜满眼泪水。现在，戴高乐的人掌权，支持维希政府的人将一一受到处罚——除非怯懦地声称自己不过是元帅的一个小卒子，但安德烈是永远都不会这样做的。

丈夫接着说，"只有我和其他人相反，我捍卫我的信念，承担自己的责任。我受到了惩罚？我永远当不了总督？你永远去不了非洲？好啊，那我的名誉就保全了。"客厅都震动了起来。"我也成了德里厄·拉罗什①！不妥协，宁愿死！"那他被任命到什么地方去？"戴高乐是骗子，阴谋家！好像大部分法国人都是抵抗者似的！"

蒙娜感到头晕。房间里太热了。他们要去哪里？"好像全法国一个贝当分子都没有似的！大夏尔②知道得很清楚，1944年拥戴他的和一个月前赞扬贝当的是同一群人……"

他转身看了看太太，惊讶地发现她脸色苍白："亲爱的，你不舒服？"

蒙娜倒在椅子上，问："去哪里？"

一阵沉默。

"安德烈，你告诉我，我们去哪儿？"

"西贡。我知道，亲爱的，我知道……不过，你看好

---

① 德里厄·拉罗什（1883—1945），法国作家，德占时期曾与纳粹合作。
② 指戴高乐。

了。这次是在南部，情况完全不一样。"

她无法忍住自己的眼泪。印度支那的陷阱再次把他们关在里面。当然，丈夫捍卫了自己的主张，显示出罕见的勇气。但她一想到要回到那里，她就心如刀绞。她该怎样把这个消息告诉吕茜？

"我来负责，"安德烈允诺道，"别担心，北越政府很快就会被打倒的。法国比它强大。"

女儿放学回来后，全家人在客厅里坐下，吕茜不解地望着他们。安德烈说到做到，亲自告诉她，他们要重返印度支那。经过考虑，这是一个非常好的消息。还有哪里能比在受到威胁的殖民地更好地为祖国效劳呢？

吕茜没有作声，她不伤心，也不高兴，等待着母亲的反应。蒙娜强迫自己装出激动的样子："你父亲是个救火队员。印度支那需要一个能读能说能写越南语的行政官。派到那里的都是一些优秀的人。"

"不像非洲，"安德烈强调说，"黑人或阿拉伯人什么都不懂，谁都可以去领导他们，可越南人很狡猾……如果你听不懂他们说什么，那就要小心了！他们当面朝着你笑，背后向你捅刀子。"

安德烈向女儿弯下腰，假装用匕首刺她，然后哈哈大笑起来："你以后会明白的。去吧！"

吕茜笑了。父母都很高兴，她也就没有什么好怕的了。

明信片中的生活。当她的思想像精灵一样升起，盘旋在躺着她疲惫身躯的邮轮上方时，她想到的就是这样的画面。土耳其游泳池。她稍后会回去游泳。她不会感到烦恼的，不会的，但并不完全是真的。她心想，总有一天，也许很快，她会再生一个孩子，如果可能的话，最好是个男孩，如果安德烈在假期决定少干些活的话。那天下午，她跟俱乐部的女友们进行了一场网球赛。她的反拍技术提高了，直拍还有些弱。明天，她要去做头发。西贡是个天堂。

然而，时间已是1949年。一个仍在犹豫不决的越南。法国坚持自己的立场，越方也不放弃自己的主张。白人继续过着养尊处优的生活，晚会，娱乐，咖啡——但避免前往过于危险的区域。周末，他们有时会一直走到海边。芽庄湾①及其蓝色的大海唤起了他们的回忆，从河内到土伦，跨洋之旅，大海一望无际。海水的味道很美，蒙娜尝着嘴唇上的盐水——这跟游泳池里不一样。附近的稻田里，肌肉发达的农民们弯着腰，画出一条条直线，宛如白鹤微张的喙。妇女们没有一丝笑容，但一旦笑起来，连牙洞都看得清清楚楚。

"女儿啊，你得去看看橡胶林！那是咱们家族的遗

---

① 芽庄为越南中南部沿海城市，芽庄湾是世界上最美丽的海湾之一。

产！”一个星期天，安德烈这样说。他父亲名叫亨利·德福雷，命中注定要跟森林打交道①。父亲曾在越南中部拥有许多三叶橡胶树种植园，这些树会流下液汁。很快，他就因橡胶发了财：20世纪初，这是一门欣欣向荣的生意，跟技术进步并驾齐驱，收益颇丰。他还因此入股印度支那银行，并帮助安德烈在殖民地获得了官职——这是保护国家遗产的方式之一。德福雷家族现在虽然没有一寸种植园了，但仍然是一个橡胶种植主的朋友。

“你跟我们去吗？”他问蒙娜。蒙娜伸伸大腿，用一个哈欠拒绝了邀请：“亲爱的，你们去玩吧！”吻过他们之后，她看着他们朝西贡80公里外的迪安远去。

慷慨的红土地富含磷酸和铁，与郁郁葱葱的大树形成鲜明的对比。人工划定的道路让工人们可以在树丛中穿梭。空中到处都弥漫着植物的味道，新鲜而甜蜜，让人想起糖浆。

种植园庄主让-玛丽·特吕维耶在门口等他们。

“行政官先生，很高兴见到你。机会难得啊！”

“我也很高兴！这段时间情况怎么样？”

他们走进了当地风格的房子。房子是白色的，装有饰花，地板打蜡，楼梯宽大。有人大喊一声，是吕茜。

“那是什么？”小女孩指着台阶脚下的老虎问。那是一头大老虎，面对着他们，嘴中露出白色的獠牙，那种白让人

---

① 德福雷（Desforêt），法语原意为“森林”。

产生梦幻。

"啊！那是我最美的战利品！"让-玛丽·特吕维耶说，"别怕，孩子。里面装的是稻草。它不会伤害你的！来吧，我们坐到外面去。"

露台俯瞰着米其林工厂的一大角。安德烈和让-玛丽·特吕维耶开心地碰杯，喝着波旁威士忌酒，谈论着生意、政治、经济，吕茜则凝视着伸展在眼前的林海。远处，工人们在干活。

"乖孩子，想到跟前去看看吗？"肥胖的主人放下酒杯问。没等她回答，他就朝一个男佣打了一个响指。五分钟后，他们就坐着一辆红色的汽车，来到了林子中央。

扎着缠腰布的男人们旁若无人地在树皮已经剥开一半的树干周围卖力地干活，仿佛白人没有在看他们似的。他们用斧头在树干上砍出一个"V"字，让橡胶流下来。让-玛丽·特吕维耶告诉他们，橡胶树种上五六年后就开始出产。

"他多大了？"安德烈问。

"起码有8年了。"让-玛丽·特吕维耶拍着树干。

"不，我说的是他。"

安德烈朝一个每砍一斧都汗流浃背的半大小伙子扬了扬下巴。

"啊，他呀！老兄，我他妈的才不知道呢！啊，对不起，我们当中有女士……"

工人们把橡胶汁收集在小桶里，然后把它们倒在金属的大桶里。黏稠的橡胶汁过滤之后晾干，几个月后，再从中提取出柔软而有弹性的带状物。法国，欧洲，全世界的人都用它来做成重重的、圆圆的东西，那种神奇的东西就叫作轮胎，它对腾飞的工业必不可少。

在回去的路上，父亲快快地唱着歌。"你看，吕茜，只当个白人是不够的，还要懂得当殖民者，让当地人干活，监督他们。这正是让-玛丽·特吕维耶每天所干的活，也是你爷爷所干的活。你还记得他吗？离开河内后，你在巴黎见过他一次……"

她点点头，父亲却独自激动起来："不管怎么说，莫拉斯[①]，伟大的莫拉斯做得对。殖民的目的并不是带来文明。或者说，是带来混乱！"

吕茜摇摇头，殖民者、土著，这些她都不懂，但答应自己要弄懂它，将来有一天，让父亲为她而自豪。

回到家里，他们发现蒙娜穿着晚礼服，挽着头髻。"我们今晚出去，"她大声地说，"我想出去。"安德烈惊讶地看着她。她向前一步，两眼放光，把指甲涂得红红的手放在他身上，然后把女儿推进厨房，抚摸着她的头发。提巴伊准备了丰盛的晚餐在等待着她。"她会很乖的，是吗？"说

---

① 夏尔·莫拉斯（1868—1952），法国作家，曾为法兰西学院院士，主张极端的民族主义，拥护保皇党和法西斯，二战结束后被捕并判决终身监禁，1952年因病获释。

着，蒙娜挽起安德烈的胳膊："带我去大陆饭店。"

吕茜在厨房向保姆讲述自己的一天是怎么过的，橡胶树仍然让她开心得大叫。

水饺很烫，她吹着上面的热气，把一个手指伸进碗里，差点被烫着，她马上把手指放到嘴里吮吸。她感到很好玩，"桶里的东西像糖浆……"她讲述道。斧头不断地砍，树木流血了，工人们排成一条长龙。当然，还有那只老虎。然后，她想起了父亲，满嘴饺子地总结道："是'种族'这个伟大的词让我们成为优秀的殖民者。"

天刚蒙蒙亮，第一道曙光已经染红乌黑的天空，两个搂在一起的人影匆匆经过卡蒂纳路的那栋大楼前。他们忍着自己的笑声，但不时爆发出响亮的声音，然后接吻。他们喝醉了，她的外套和衬衣全都皱了，褐色的头发涂了发蜡，有点油腻。但只有他知道，她裙子里面没有穿短裤。她头发散乱，手里提着她的薄底浅口皮鞋。他找不到钥匙了。有的，在你外套的口袋里。啊，是的，你说得对。他试了两次才把锁打开。他们的呼吸中有香槟和爱情的味道。他们踮着脚尖，悄悄地走进公寓，然后条件反射地微微打开女儿的房门。吕茜捏着拳头睡着了，提巴伊在地毯上缩成一团，躺在她脚边。保姆这是第一次在主人家睡觉，她不敢违反禁令。但这次，安德烈什么都没说。

"真是疯了。人们永远不断地对你说，人是分种族的，正是种族奠定了人类的关系……当宗教无处不在，你又在反犹的环境下长大，大家都仇视新教、混血儿……你能怎么办？你母亲呢？你母亲！她是在这种观念中长大的，她同意她丈夫的观点……后来，关系破裂。真难以置信。这一切，你都是怎么克服的？"埃弗利娜又给我倒了一杯酒，笑着说："这就是这本书的主要内容，不是吗？"

一个个季节过去，一年年过去，吕茜现在已经9岁了，开始上一年级。她已经不再老想着战争，这让蒙娜感到很惊讶。那正是她自己梦想忘记的，她想从记忆中抹去红发伊莎贝尔的脸，抹去虐待犯人的士兵的模样，忘掉自己在监狱里度过的地狱般的时光，忘掉饥饿和耻辱。接着，她又寻思安德烈为什么有这么大的力量，这么大的勇气，心想，成年人应该与自己的记忆妥协，以免破坏未来。就是这样。

安德烈工作很卖力，最后被安排在财务部，这份工作要求他全身心投入。他监督着商业交易，核查外汇的进出，保证地方经济的正常运转。那是他的王国，他的权力范围。

一天晚上，他们正准备在家里晚餐，他的脸突然抽搐起来。蒙娜还没反应过来，就看见他那只像棒槌一样厚实粗大的手狠狠地砸在桌子上，可怕地大吼一声：

"啊，不！不！保姆在哪？让她马上过来！"

桌布上有一截面包，那是他的面包头，上面缺了一截。提巴伊惊慌失措地跑过来。

"你这个垃圾！竟敢动我的面包！动我的面包头！用你肮脏的越南人的手！马上给我滚！听到了吗？滚！否则我就把你扔到外面去！"

餐桌上一片死寂。提巴伊被吓坏了，泪流满面。她什么都没碰，发誓说不是她，但她的声音淹没在抽咽中。

"这条母狗，她还撒谎！"

吕茜泣不成声，说：

"爸爸……是我……"

"你什么？"

"是我吃了面包头。"

安德烈发疯似的用眼睛盯着蒙娜，蒙娜把自己颤抖的双手藏在桌子底下。

"你竟然不管管她？啊，好极了，我可怜的女儿受到了良好的教育！"

蒙娜感到血管一阵冰凉，嘴里一个字都说不出来。安德烈的粗暴仿佛割掉了她的舌头，她也想哭，但咬着牙关使劲忍住。女儿满脸泪水，接着说："爸爸，面包头，是面包中我最喜欢吃的一截……跟你一样！"

他站起来，猛地把她按倒，在她屁股上打了一巴掌，痛得她都吐了。蒙娜透不过气来，在桌下紧紧地抓住桌布。安德烈越打越起劲，女儿哭得更厉害了，涕泪纵横，但一边哭还不忘一边乞求父亲："求求你，不要赶走提巴伊……"

安德烈点点头，意思是说"好了"，保姆马上跑到厨房里躲了起来。他最后打了吕茜一巴掌，让她滚回房间去。家具好像转动起来，一切都在摇晃。蒙娜无力地喘息着，一字一句地说："就为了一个面包头……"

第二天，当保姆用一只虚弱的手把咖啡壶、果酱和法国进口的面包干放在桌上时，安德烈庄严地说："我为昨晚的事感到抱歉。我失控了，我不该那样。"

蒙娜挤出一丝强笑，疲惫的眼睛红红的，眼圈很深。结婚以后她第一次在床上背对着他。没有抚摸，没有说话——她拒绝了一切。

安德烈对女儿说："吕茜，你必须明白。"然后又对提巴伊说："你也是。"提巴伊点点头。安德烈盯着蒙娜，说："我们是一个家庭。在一个企业、一个机关或是一个国家，总会有一个领导。在家里也同样，应该有个家长，那就是赚钱养家的人。我们家的领导，就是我。面包头不单纯是好不好吃的问题，而是事关领导问题……"

吕茜在椅子上开始坐立不安。蒙娜轻轻地安慰她，抚摸着她稚嫩的脸——心里突然产生了一种新的、强烈的温情：真漂亮。

安德烈想起了贝当的格言。女儿战战兢兢地问："贝当是谁？"

"你怎么忘了？可你应该早就知道的！"

蒙娜叹了一口气。丈夫的演说穿过咀嚼面包头的声音传过来，片言只语掠过她的耳朵：工作……佣人……监督……祖国……殖民……我们是主人……直到吕茜开口说话她才从麻木状态中恢复过来："那家庭呢？"

安德烈耸耸肩。吕茜追问道："如果他们必须工作，对国家负有义务，他们是不是也有全家人生活在一起的权利？"

"当然。"安德烈打断她的话。保姆在院子里等他们说完话。

"那为什么提巴伊跟我们在一起？"

"什么？"

"她为什么不跟自己的家人在一起？"

蒙娜不禁露出一丝嘲笑。吕茜的逻辑是那么清楚，无可辩驳，蒙娜很惊讶自己为什么从来没有想到过这个问题。小家伙天真地和她一起笑了起来。他呆住了，灰色的眼睛出现了一种可怕的冷酷，太阳穴现出了细细的青筋。

吕茜什么都没有意识到，她提了一些幼稚的问题："提巴伊是奴隶吗？"不，奴隶制已经结束。谢天谢地。蒙娜又拿起一截面包头，涂上果酱。

安德烈引用了莫拉斯的话，眼睛里闪现着不安的光芒。导师的话扎根在他的脑海里，声音在他耳边响起。奴隶制意味着危险！不是小危险！它有可能增加混血儿。

"你是说强奸？"蒙娜嘲笑道。

他皱起了眉头。

"强奸奴隶属于经济范畴！"他强笑着，嘴都歪了。蒙娜咬着面包头。

"你知道为什么吗？因为可以增加免费劳动者的数量！"

但这些措施有其局限：增加混血儿数量的同时，奴隶主也犯下了一个严重错误，违反了种族区分政策。

提巴伊探进脑袋，想看看他们是否需要她。安德烈没有看到她。咖啡已经凉了，他一口喝光。吕茜应该懂得，种族里面是分等级的。亚洲人没黑人那么丑那么笨，但白人永远优于黄种人。

"好了，说够了！"他高兴地站起身来，"我得工作去了，要养活我的小家庭……"他吻了一下吕茜的脑袋，又吻了一下蒙娜的脸："别忘了，混血儿可能有浅色的皮肤，但他们永远不会是白人！"说完，他砰的一声把门关上了。

吕茜吃完了早餐，蒙娜感到累了，有点失神。"妈妈，为什么有色人种就不能成为白人呢？"在学校里，老师告诉她说白是一种颜色：三色旗是由蓝、白、红组成的。蒙娜面对着茶杯，悄悄地对她说，不要再想这些问题了。女儿生气了："可我现在已经长大了！"蒙娜浅浅地一笑，说："这正是我所担心的。"

我已经弄不明白了。太多的不眠之夜，太多的回忆，太多的疑问。埃弗利娜的消失让其他东西都复活了，消失的世界，消失的混乱。我又沉浸在我们的电子邮件中，在里面畅游了几个小时。她的激情引导着我。没有她，我都害怕碰这本书。我到了思想狂乱、喉咙哽咽的阶段，喘不过气来。我不是中性的。没有一个编辑是中性的，更不要说是小说家了。所以我试着写埃弗利娜，写她的命运，写她了不起的母亲的时候，我自己的身世不可避免地浮现在眼前。

我母亲是毛里求斯人，法国国籍。我是法国人，毛里求斯国籍。她有着克里奥尔人①的褐色皮肤，上面有红色的小斑点，头发是黑色的。我的皮肤要白得多——这跟我出生在卢瓦河畔的父亲有关。我们流着同样的血，但肤色不同。人们往往不相信我们是母女，"这不可能是你女儿。"这句话的暴力程度过后才会显示出来。

在毛里求斯，我为自己的"外国人"身份而高兴：白得不能成为"当地人"，在一个褐发家庭中头发一点都不褐。幸亏，大部分时间里，肤色不是个问题，但我总忘不了那个男人。

---

① 指出生于美洲而双亲是西班牙人或者葡萄牙人的白种人，以区别于生于西班牙而迁往美洲的移民。

　　波尔多，总务处大院，那是城里最豪华的街区之一。我当时应该是11岁，和母亲从一家香水店出来，阿基坦①的太阳暖暖的。那男人斜戴着鸭舌帽；冲着母亲破口大骂："滚回老家去！"毫无理由。我们没有冒犯他，甚至都没有看他。这句话回响在我的耳畔。"滚回老家去！"这句话我们经常说，动不动就说。我还记得，朋友们在操场里互相说，等于开玩笑时所说的"走啊，让开！"母亲惊呆了，瞪大眼睛。我不得不集中全部力气，冲着那家伙可笑地、无力地、搜肠刮肚地骂了一句。从某种意义上来说，我这是第一次看到母亲像一个移民。

城里，气氛越来越沉重。胡志明征服了人心，他为了完全彻底的独立而斗争，深受越南人民爱戴，越来越多的市民加入他的行列。慢慢地但毫无疑问，这个国家将变成一个真正的共产党国家。吕茜感到成年人都很害怕。应该把善良的越南人、忠于法国的越南人与可怕的越南人区分开来，但怎么办别呢？父亲一再说："黄种人会互相包庇。"

一天上午，她正在跟提巴伊玩，父亲突然打开门，抓住保姆，大叫着把她推出门外："不许你接近我女儿！"吕茜愣住了。母亲站在他身后，显得很痛心。她们干了什么坏事？提巴伊想安慰吕茜，但被安德烈拦住了："我已经告诉过你，不准你接近她。"他灰色的眼睛里闪耀着让人不安的光芒。吕茜觉得父亲是想保护她，但要提防谁呢？提防她喜欢的保姆提巴伊？她不明白。尤其是面包头事件发生之后，她总是担心父亲发火。

"安德烈，别生气，提巴伊什么都没做……"

"你什么都不知道，她是个黄种人。"

蒙娜试图把各种不同的事物区分开来。在河内，以前给他们送牛奶的是园丁。提巴伊以前一直是……"情况已经发生了变化。"

吕茜浑身发抖，不知道该转向谁，支持谁，向谁表示忠诚。最后是提巴伊打破了沉默。她抬起头，神经质地笑着，走向安德烈。意想不到的事情发生了：她朝他漂亮的皮鞋上吐了一口痰，动作迅速得让人难以置信，却确实无疑：她朝吕茜父亲的鞋子上吐了一口痰。天哪，他会杀死她的！吕茜的呼吸都停止了。安德烈骂了一句，但被保姆响亮的声音打断了："我叫安。"说完，她转身就走。

门在她身后关上后，吕茜号啕大哭，倒在地上。蒙娜毫无办法。女儿一整个下午都躺在原地，蜷缩着身子，痛苦不堪，头晕目眩，周围的世界似乎处于一片混乱之中。

后来，失败的日子到了——又一场失败，太多的失败。1950年3月21日，越盟烧毁了西贡市场。这是一个信号。他们甚至攻击他们认为"不抵抗"的人，不爱国的人——假赤色分子。正视现实吧：他们的士兵对顽固地占领西贡的殖民者会毫不留情。只剩下一件事可做：逃跑。

蒙娜红着眼睛，头发散乱，坐在对她来说过大的椅子上发抖。丈夫让吕茜坐在自己的膝盖上。没有长篇大论，也没有什么口头提醒。"我们离开印度支那。"一听这话，蒙娜又抽泣起来。她转过头去，因为不知道自己想要什么，不想要什么。两天来，她一直在哭。荷尔蒙也没帮上她的忙，因为她怀孕了。"我们所爱的这个国家，我为之战斗的国家，它不要我们了。"安德烈打肿脸充胖子。一幅幅画面在蒙娜眼前展开：吕茜在河内出生，集中营，发现西贡，府邸，面包头，大陆酒店。

"别哭，吕茜。美好的事物在等待着我们。你将有个小弟弟……或者是小妹妹。这是你母亲给我的漂亮礼物！"可这么快乐的事情怎么让你们一脸苦相，声音也变成这样？

睡觉的时候，蒙娜抚摸着安德烈褐色的头发，闻着他的皮肤，寻找着他的嘴唇。泪水又流了下来。"这么说，一切都结束了……"她轻声地说。他温柔地拥抱着她："我们要面对，我们一直都是这样过来的。"她吸着鼻子，点点头，深深地睡着了。星星仍躲在漆黑的夜幕之中。

第二天，一道阳光把她晒醒，她产生了一种奇怪的感觉。安德烈还在睡。蒙娜不知道是怎么回事，但有什么事情不正常。她抽身出来，轻轻地推了推他。想到新的悲剧即将到来，她很想祈祷。丈夫嘟嘟囔囔地睁开一只眼睛。不！她一手捂住他的嘴。"什么？"他跳起来。她惊愕地摇摇头，这怎么可能？"出什么事了？"她说不出话来，给他做了个手势。你的脑袋，她想说，但一个字都说不出来。他跑到镜子跟前，忍不住骂了一声。白发。他有白发了。仅仅是一个晚上，他就……他只剩下不多的几撮褐发，最上面的头发被上帝撒了雪。

她能跟他说些什么呢？失败从内心损害他，身体进行了报复。她并不觉得他这样就没有魅力了，但他变了，这是不争的事实。他自己照镜子时也脸色苍白。这么说，这种事情是有可能发生的。真是疯了。

在他们很快就要离开的房间里，他们手拉着手。马路上已经传来汽车的喇叭声，那是苏醒的城市之歌。"蒙娜，永远都不该老去。"她完全同意。

"永远不该老去，永远不该贬低自己。"

"让美永远留住。"

"是的，留住美。"

安德烈的眼睛里闪过一丝新的忧郁。目光就已足够，无须语言，语言会破坏一切。于是，她以少见的严肃，向他欠下身，久久地拥抱他，久久地——一个吻，作为一个允诺。

回法国是不可能的，不用考虑。然而，又必须离开这里。马上离开。在蒙娜的父亲的帮助下，他们找到了一个办法。那就是去努美阿，伊冯决定结束其职业生涯的地方。马加拉夫妇将接待他们，安德烈虽然没有被任命为总督，但将得到一个重要的职位。吕茜哭了。新喀里多尼亚岛难道不比法国更糟糕吗，一个到处都是卵石的可怕的岛屿？大人们的强笑骗不了她。离开印度支那，安德烈很失望。他所有伟大的梦想都成了泡影——沙子从他指缝里漏光了。他不但没有赢得战争，反而将完全失去印度支那。胡志明和武元甲成了最大的赢家。法国被打散了，把地盘让给了美国人。丈夫在思考这些灾难时，蒙娜一手捂着肚子：生命在慢慢地长大。

"你后来回过印度支那吗？我说的是越南。"

埃弗利娜摇摇头，从来没有，她不是那种恋旧的人。新的生活在她面前诞生，她不喜欢朝圣。

我得从中获得灵感。

然而，我们最后一起共进晚餐，却是在一家越南餐厅。看到她咔嚓咔嚓地咬着春卷，想起了提巴伊在卡蒂纳路给节日做准备，我不禁笑了。我们一边摆弄着筷子，一边谈论右派的初选——定在几天后——谈论着政客和总统选举。后来，奥利维埃突然问了我一些问题，许多问题，关于我，关于我的家庭，关于毛里求斯岛以及我的主张。这些问题让我重新想起我神秘的编辑工作、上大学的情况、选举办公室或是我那个岛屿的景色——一切，但所有问题问的都是同样的事情："她和你之间的这种联系，它来自哪里？"埃弗利娜在酱汁中蘸了蘸春卷，对我笑着。

飞机在跑道上冲上蓝天，西贡远去了，自己的童年已一笔勾销。吕茜没有再说话，蒙娜想把她搂在怀里，安慰她，但安德烈瞪了她一眼，便让她打消了这个念头。必须接受现实，印度支那已死。

旅行非常可怕：二十来个小时，在澳大利亚中转两次，飞行了7500公里才到达努美阿。蒙娜咬着一截生姜，防止呕吐。吕茜断断续续睡了一路，小口吃着饼干，但连同胆汁都吐了出来。她也吃了一块姜，辣得直伸舌头。一大早，在炎热而满是灰尘的黄色晨雾中，他们终于降落在努美阿国际机场。所谓的机场不过是个简单的棚子，但有辆官方的汽车来接他们。安德烈穿着浅色的服装，十分得体，由于洗的次数太多了，腋窝下两个圆形淡迹已经扩大。他跟总督派来接他的白人司机打了个招呼。蒙娜希望这一握手象征着新生活的开始。

尽管路上很颠簸，但吕茜一直没有说话，她固执地闭着眼睛，一点儿都不想看这块把她从出生地夺走的大地。父亲是多么舍不得离开那里啊！蒙娜则相反，感到获得了新生。这里的一切都更美、更绿，更让人惊讶。他们沿着皮亚塔城前行，上面就是莫山，覆盖着厚厚的青苔。车子经过丹贝阿的青绿色海湾，岸边都是红树林，狗吐着舌头在寻找树荫。蒙娜笑了。

司机把车停在一个种着凤凰花的广场上。蒙娜大叫起来："他们在那儿！"在殖民地风格的住宅门口，父母在使劲向他们招手。看见母亲满脸幸福的样子，一切的不愉快瞬间消失。不再谈论印度支那了，在努美阿，生活将是甜蜜的。尽管天气炎热，父亲还是穿得整整齐齐，跑过来给他们开车门，母亲紧紧地跟在后面。"啊，我的小乖乖，你长大了，成了一个真正的淑女了！"吉耶梅特大声说道，拼命地吻吕茜。"我上次见你，你还不到两岁。"她紧紧地拥抱着激动不已的蒙娜，不断地说："进来，进来……哎，别呆在那儿！"伊冯也拥抱了他们，友好地搭着安德烈的肩膀："您先走，我的女婿。"他开玩笑地指指安德烈的白发："我发现你长智慧了。"蒙娜笑了，说："吕茜现在叫他爷爷了！"她在安德烈脸颊上吻了一下，安德烈苦笑着。

主人房很宽敞，布置得非常漂亮，门外是遮阳的木结构凉廊。花园的四周都是花丛，泉水在哗哗作响，蒙娜在脸上和手臂上洒了一点水。

"看见我的玫瑰长得多漂亮吗？没想到屋檐下的玫瑰也能开得这么旺。"吉耶梅特向一朵黄玫瑰弯下腰去，但马上就后退一步："当心，有胡蜂！"她大笑起来，"来看看我的木芙蓉。"她把蒙娜拉到花园尽头。

山枇杷树的阴影下一片寂静。母亲暗中颤抖，但她咬紧牙关，不让牙齿咔咔作响。蒙娜察觉到了她做出的巨大努力，想开口，但母亲走到她前面，用手臂搂住她。她们就这样搂了几秒钟。"我曾经很为你们担心……"她轻声说，"啊，女儿，你们做得对。离开，这是唯一的办法。"

"妈妈，有段时间十分可怕。"

吉耶梅特停住脚步："我知道，孩子。"

她深深地望了蒙娜一眼，蒙娜确信她已经猜到。强奸。她从来没有跟任何人说过这事，现在，她觉得大地在她脚下裂开了。当母亲的能感觉到这种事吗？不管怎么说，她们才差20岁。身上留下了地狱的印痕？蒙娜突然觉得是沉默背叛了她，她所隐瞒的一切都出现在她的手上、脸上、乳房上、嘴唇上。麦克白夫人①的相反，为别人的罪行背黑锅。

吕茜向她跑来，把她从记忆的黑暗中拉了出来。"外婆，外公说我的房间是所有房间中最漂亮的。这是真的吗？"

"啊，你知道，外公不会乱说的……"吉耶梅特向蒙娜眨了一下眼，按着吕茜的肩膀，说，"最好去看看，不是吗？你相信你的房间是那么漂亮吗？"

伊冯和安德烈在凉廊下会意地朝她们笑笑。

吕茜看见大房间里有一张撑着天盖的床，不禁拍起手来。蚊帐被改成了公主的华盖。在她住的那层楼上，排列着许多玩具盒：强手棋②、国际象棋、跳棋、鹅游戏……

"得，你被宠坏了！"蒙娜说。

---

① 莎士比亚笔下残忍、歹毒、冷酷的女性之一，为了丈夫的野心能够实现，做出一些违反本性的事，最后自杀身亡。
② 又名"大富翁"，是一种多人参与的休闲益智棋牌类游戏。

吕茜扑到外婆怀里："啊，亲爱的外婆，谢谢，谢谢啦！"然后，她把毛绒玩具和布娃娃放在床上，像画家端详自己的作品一样看着它们，还换了一下排序，把熊放在狗的旁边。在母亲和外婆的目光下，她把跳棋抽出来，放在地上：

"谁想跟我玩？"

蒙娜叹了一口气："啊，不，宝贝，现在不行……我很累。"

吕茜转身问吉耶梅特："外婆？你呢？"

"我不喜欢玩跳棋。"

"那就玩强手棋？"

"好啊，但至少要三个人玩，否则不好玩。我们待会儿再玩吧？"

吕茜的眼睛冒出了泪水。

"啊，别，乖孩子，别哭。"吉耶梅特大声地说。

"我要提巴伊！"吕茜哭叫道。蒙娜咬着嘴唇，她在那里很高兴，在这栋欢乐的屋子里，父母都在身边。女儿这样伤心会破坏一切的。她不想再听到印度支那的事，但没办法。

"过来凉快一下，这里有柠檬树。"父亲的叫声救了她们。

在厨房里，人们递给吕茜一大杯甜饮料，她一饮而尽，然后擦干眼泪。蒙娜则换了衣服，穿上了一件白色的棉布裙，裙子在肚子那个地方有点紧。谈话还是围绕着在西贡的最后几天展开，紧张的局势，威胁，政治。最后，大家好像都没话说了。突然，父亲向她转过身来：

"好了，这回，你给我们生孙子？"

蒙娜不解地望着他，难受的炎热让她有点昏头昏脑。她还没有说自己怀孕的事，觉得自己的肚子似乎并没有……但也许……这么明显了吗？

"不，亲爱的，"母亲回答说，"是安德烈那天在电话里告诉我们的。"

一道微光在她眼睛里闪烁，她的眼睛湿润了，泛着白色的亮光，令人不愉快的光芒：愤怒。

"你竟敢这么胆大？"

"亲爱的，请原谅。可我是那么高兴……你父母等外孙等得很着急……"

她很想抓他的脸。

"应该由我来说。"

外面，一只红蓝相间的鸟儿在凉廊脚下啄面包屑，信风吹动母亲的玫瑰，玫瑰丛中，胡蜂在嗡嗡地飞着，花虽漂亮却带刺，她感到嘴里有一种苦涩的味道。

"对不起，亲爱的。"安德烈重复道。蒙娜不想理他，她很不高兴，觉得受到了伤害。儿子，那是她所梦想的。生一个男孩可以证明她是个真正的女人。她转身问女儿：

"你愿意有个弟弟，是吗？"

吕茜抬起天蓝色的眼睛，乖乖地点点头。大人们都阴晴不定，神秘兮兮，不可预料，不应该再惹他们生气，但她很想知道为什么大家似乎都很肯定这是个男孩。

为了让我能写完这本书，埃弗利娜把所有素材都给了我，除了关于她祖父母和外祖父母的细节。我既不知道她爷爷和外公的姓名，也不知道她奶奶和外婆的姓名。我不是很清楚马加拉和皮西埃/德福雷这两个家庭是如何相遇的。可以确定的是，印度支那银行在巴黎组织了一个晚会，蒙娜在那里认识了安德烈。其余的，我尽量补充。

关于祖父母，埃弗利娜曾说："哼，他发号施令；她呢，一天到晚织毛衣。"一对保守分子，天天酗酒。埃弗利娜不是很喜欢他们，甚至不大承认他们。

不过，她喜欢外婆马加拉，一个神奇的人，很讨人喜欢，死于"温柔的疯狂"。在住院的几个月中，他们对她进行了可怕的电击治疗，不但丝毫没有奏效，反而把她变成了活鬼。

吉耶梅特去世的时候，埃弗利娜怀了一对双胞胎。为了表示纪念，她答应蒙娜，如果其中有个儿子，她将给他取名叫"纪尧姆"①。母亲的表情怪怪的，但还是感谢了她。不过，由于她快分娩了，母亲不让她去参加葬礼。埃弗利娜后来才知道不让她参加的深层原因，那跟母亲口头说的不一

---

① 纪尧姆是与吉耶梅特相应的男性的名字。

样：外婆不叫吉耶梅特，而是叫阿黛尔，但她不喜欢这个名字。为了好听，她把自己叫作吉耶梅特，大家也就跟着叫。蒙娜不想让女儿在坟墓前发现这个秘密。埃弗利娜感到很吃惊，这么说，她儿子的名字不过是外婆的笔名。"这么多年你怎么一点没说！"蒙娜不知如何回答。"而且，吉耶梅特，这个名字并不好听！比阿黛尔还难听！"确实很荒谬，而且徒劳。一点都不耻辱的东西，为什么要隐瞒？相反，迟来的坦白不解决任何问题。如果要撒谎，为什么不撒到头，既然认为事实不重要？这是这个家庭的秘密之一，但不是最后的秘密。

各家有各家摆脱不了的烦恼。在马加拉家里，麻烦有二：学业与银行。伊冯于19世纪末生于贝齐埃和蒙彼利尔之间的佩泽纳，父亲是个农民，一口黄牙，戴着贝雷帽，在收土豆时被雷劈死。他种了一辈子土豆，把土地弄得比自己睡的床还要柔软，随时观察乌云和风向，最后却趴在土豆上死了，鼻子埋在污泥里。伊冯接了父亲的班。从14岁开始，黎明即起，翻土、耕地、锄草、浇水、收获、选择、清洗——然后拿去卖。蒙娜结婚后，把父亲的身世告诉了安德烈，好像听到丈夫咕哝了一声："一个乡下人。"伊冯·马加拉不是那种让命运牵着鼻子走的人。他一边干农活，一边像苦行僧那样读书。周六傍晚，人们可以在市立图书馆看见他。他阅读经典，并借助有声教材，尽量多学几个英文单词："Good morning, Sir. How are you, Sir? My name is Yvon①."

母亲去世后，他得以离开佩泽纳。他口袋里装着三个法郎、一把牙刷和几个本地土豆就上路了，前往巴黎。前几个月差点破灭了他的希望，他去敲商店、工厂、居民的门，没有一个人要他。他在餐馆吃别人剩下的东西，有时去偷面包，哪里能睡就睡哪里。一天，他精疲力竭，倒在奥斯曼大街一栋大楼的台阶上。印度支那银行。一些男人穿着西装进

---

① 英文，意为"早上好，先生。你好吗，先生？我叫伊冯。"

进出出，满脸红光，腰杆笔直。

第二天，第三天，以后的每一天，这个年轻人都在大楼门前走来走去。人们最后注意到了他的存在。伊冯眨眨眼睛，说："Good morning, Sir. How are you, Sir? My name is Yvon."一天，有个人被这个瘦骨嶙峋、英语说得结结巴巴但用词准确的年轻人逗乐了，停下了脚步。这个人就是印度支那银行的行长。他问了年轻人几个问题，好像对回答还挺满意。年轻人的心都要跳出来了，终于，终于，好运来了！他感觉到了。"我有份工作给你。你明天早上8点来。"伊冯高兴坏了。

他在帕蒂奥路的浴室把自己洗得干干净净，第二天提前来到印度支那银行。在一个职员的带领下，他穿过地板光滑的令人眼花缭乱的大厅，兴奋地来到了大理石楼梯前，然后走向办公室的走廊。在最里面的小办公室里，那位职员递给他一把扫帚和一个水桶："你从老板的办公室开始打扫。"

从印度支那银行的清洁工到勤杂工、会计，最后当了行长，伊冯成了传奇人物，也让蒙娜敬佩不已。"工作，女儿，这就是我的一切。当然，还要有耐心。"时间，加上意志，形成了一个神奇的联盟。"但为了能够成功，必须第一个到。什么都要争第一：上学，考试，约会。"

他们到达新喀里多尼亚的第二天，伊冯和安德烈午饭之前在凉廊下喝开胃酒。马加拉想给女婿一些信息，以便下周一上班能应付一些地方上的问题。新喀里多尼亚是一个很小的殖民地，但发生过不少事情。土著民法已于1944年3月7日取消，从1946年开始，美拉尼西亚人完全拥有法国籍。换言之，他们可以投票、流动、成为业主、从事公职和建立党派，他们很快就这样做了。

"你猜猜他们的方向……"伊冯问。

"共产党？"

"当然，新喀里多尼亚共产党。领导人是一个女性，叫让娜·突尼卡伊·卡莎，离异……她十分重视侨居在这里的越南劳工的权利。"

"这很好。"

"我可以告诉你，天主教徒反对。而且，在法律和现实之间还有距离……说实话，我对宗教之间的这类分歧和思想斗争不是很在乎……对我来说，重要的是经济。我离开努美阿的时候希望有一个健康的银行，就这么回事。"

三个女性从市场回来，到露台上与他们会合。蒙娜把零钱还给安德烈——她给自己买了一个椰子和贝壳做的项链，自豪地戴在脖子上。吕茜一直闷闷不乐。外婆让她坐在自己的膝盖上，在藤椅上摇晃，一个穿制服的仆人给他们端来冷饮。男人在继续谈论政治。"啊，天哪！你们就不能改变一下话题？"吉耶梅特显得有点激动，她向天空伸出双手，像是一个受难的女人："不如关心一下蒙娜，她马上就要生了。"

安德烈扑哧一笑："我们在一个美丽的地方，一切都很好。但是他们，哼！老是打仗，打仗，打仗！"

蒙娜大笑起来。母亲一直喜欢戏剧，爱唱歌、即兴表演短剧和讲故事，有时还会光着脚接待客人，"以便让他们感到自如"。

"外公？"

伊冯伸长脖子。

"战争期间，你支持贝当还是支持戴高乐？"

一阵沉默。吉耶梅特低声抱怨道："假如连她也……"蒙娜感到非常惊讶。她女儿才9岁。9岁的孩子是不会对政治感兴趣的！但她女儿会。她忍不住这样想，是安德烈影响了女儿。

"你是否想让我告诉你实话……"伊冯回答说，"我谁都不支持！与某些人相反……"蒙娜咬着嘴唇，丈夫会反驳的，但她瞪了他一眼，他就不敢骂了。吉耶梅特试图缓和气氛："我刚才让保姆给我们做烤鱼了。你们会看到，她的厨艺一流。"伊冯站起来，去了花园。

安德烈非常生气。一回到房间，他就发作了。"天哪！你父亲说的什么话呀！当着我们的女儿的面这样侮辱我！"

"别这么说，安德烈。他没有侮辱你，他把自己心里想的话说了出来，仅此而已。谁都有权喜欢做买卖而不是从政。"

"一个农民不配教训我。"

她惊讶得合不拢嘴：

"一个农民？我父亲？"

"难道不是吗？他不是从土豆地里走出来的？你否认你父亲的出身？"

"你不能这样说他！我父亲几年里做的事情比你一辈子做的都多。"

"哦，是吗？"

"是的。你懂什么？如果你不把话收回去，我就去找吕茜，把亨利的事都告诉她。"

他皱起眉头：

"告诉她什么？"

"橡胶走私。你想起来了吧？高贵的亨利·德福雷违法放行产品，逃避纳税。这是工作尽职还是遵纪守法？"

他扇了她一个耳光，速度之快，出手之狠，让她都没有反应的时间，但一阵灼痛在脸上蔓延开来。她惊呆了，眼睛痛苦地瞪得滚圆，泪水犹豫了一下之后落了下来。

"啊，亲爱的……"安德烈紧紧地把她搂在怀里，"对不起，对不起……"他抚摸着她发烧的脸颊，印上无数个轻吻。"我不是故意的……"他抚摸着她的脖子，嘴里说着"我亲爱的……"手继续往下，寻找她的肚子、乳房，开始刺激她的乳峰。他吻着她的嘴唇，把她拥抱得更紧了。"对不起！"他最后说了一遍，但语气更加急促。

他们做爱了，好像什么事都没有发生过一样。

新喀里多尼亚的夜晚炎热而又潮湿，安德烈的呼吸声阵阵传来。蒙娜盯着天花板。她选择站在父亲一边，这一想法老是萦绕在她的脑际。是的，在父亲与丈夫的争执中，她站在了父亲一边。面对伊冯，她又成了小女孩，充满了爱，被他所吸引，听命于他。不过，面对安德烈她也同样，哪怕是在她想豁出去时，她也会让步。她太喜欢男人了，爱她父亲，爱她丈夫。那是她心目中的两个英雄。她摸了摸已经不痛的脸。安德烈是担心伊冯偷了他的心上人？他怎么说也没用，他在努美阿的这个职务全靠她父亲。她在黑暗中笑了。是的，肯定是这样……也许安德烈仅仅是因为害怕失去她？害怕和伊冯一起分享她，而不再独自享有？肯定是这样。他害怕了。他是那么爱她……蒙娜睡着了，这种假设给人安慰，甜蜜得抚人入睡。

绿色的调色板似乎一望无际，从松树的青蓝色到南洋杉的深绿色，从棕榈树的黄绿色到青苔的浅绿色，绿色的地毯铺满了斜坡。努美阿湾伸展到远方，那种深蓝色与植物的绿色泾渭分明。鸟丘上处处光点，或红或黄，凤凰花、洋金花和软枝黄蝉尽展娇颜；右边，一条金属臂直插蓝天，那是臂板信号台。

鸟丘的红顶别墅，当然就叫小鸟别墅，里面有三个宽敞的房间，一个大起居室，后面是厨房，还有佣人们住的侧屋。别墅超级豪华，有个很现代的浴室。他们搬家那天，安德烈马上把自己心爱的几本书放在书架上：莫拉斯的著作以及皮埃尔·德里厄·拉罗什的几本小说。"听，蒙娜！"他翻开《鬼火》说，"说得太好了：人在斗争中才存在，人只有冒着死亡危险的时候才活着。"然后，犹豫片刻，时间短得连他自己都没有意识到，他又把《圣经》也放在书架上。他们花了半天的时间才在炎热的阳光下把一切都安顿好，人都被晒出了汗水。

当搬家工终于走了之后，安德烈向蒙娜晃了晃一个包，但马上又藏在身后。

"那是什么？"

他露出一个神秘的笑容。

"哎，安德烈，告诉我那是什么？"她装作孩子的模样。

他伸手抚摸着她的头发："你喜欢这房子吗？"

作为回答，她吻了几下他的手指，但一个声音吓得他们惊跳起来。声音是从矮树丛里传来的。"是只猫，"安德烈说，"或者是头野兽。"她像小孩一样做了个鬼脸，装出害怕的样子。

"你害怕野兽吗？"他装出吓人的样子，向她走上一步，突然把她抱住。她没有挣扎，大笑起来。

他把包递给了她。

拆开包装，她发现里面是个小雕像，一只漂亮的玻璃鹦鹉。她喜欢彩色的羽毛和精美的鸟喙，鹦鹉滚圆的眼睛好像在看着她。这尊玻璃雕像看起来更像是一只鹰，但没关系，因为东西很漂亮。她扑过去搂住丈夫的脖子，抚摸着鹦鹉，投去充满了爱的目光。他跟着她来到房间，房门半开，他们就突然在塑料膜还没拆掉的床垫上做起爱来。

　　"太不明朗了。"埃弗利娜是这样总结父母的关系的。统治与服从，儿戏和竞争。她自己也承认，尤其是小的时候，她被这种拥有方式所震惊。赌气、吵架、打架，爱情就是这样的——不这样说的人一定生活平淡。埃弗利娜告诉我，有一天晚上，她跟第一个丈夫争吵时，她用一把剃刀假装割脉自杀。割脉的时候她大喊大叫，不是喊丈夫的名字，而是喊她的第一个恋人的名字。血流得满手都是，她却在大笑，弄得他莫名其妙。"我是一个让人难以忍受的女人。"她身边没缺过男人，她认为她有这个权利——她为此而斗争。后来有一天，一切都改变了。一个圈子走到头了，换另一个圈子。第二次婚姻，但那是一场不同寻常的爱，持续了整整一生。

　　"你觉得这能改变吗？"我问她。在这方面，她和她母亲的一生都很可悲。我忘了她是怎么回答的了。话说回来，我真的问过她这个问题吗？会不会只是卡在我脑海中的一种想法，就像卡在桌台上的一粒弹子？这没关系。我想她会这样回答我的："改变还是不改变，我不在乎，重要的是要自我建设。"

蒙娜一大早就去太平洋游泳了。她踩着瓦塔海湾的细沙，在红树林旁边的柠檬湾休息。吕茜也很开心，松树岛神奇的沙滩让她惊叹不已。她从来没有见过那么透明的水，简直像水晶一般。游泳的时候，她都能碰到海龟的琥珀龟背。印度支那慢慢地从她的记忆中消失了。外公外婆天天送她礼物，父母也对自己的新生活感到满意：忘记西贡很快就不再是一个错误了。傍晚，她常常要母亲陪她去多尼昂波海边散步。那里已经建了几家镍厂，"吕茜，太可怕了。我要吐了。快走。"她答应母亲走，但仍然在那里闻着让人恶心的化学气味，好像在闻好闻的鸡蛋花似的。

几个星期后，他们雇用了罗莎莉，因为她面善，信基督教——一个很大的金色十字架在她乌黑硕大的乳房之间晃来晃去，她一笑奶子就蹦来蹦去。大家建议她去做弥撒，蒙娜也跟安德烈说了。自从来到努美阿，安德烈就没有再去教堂，生意、殖民事务、法国的公事，一切都比神甫重要。吕茜有些担心，他老不去教堂，会因此受到惩罚吗？上帝会怎么想？"亲爱的上帝，让爸爸跟我们一起去做弥撒吧！阿门！"肥胖的保姆让吕茜忘记了自己的恐惧，罗莎莉经常吻她，哄她，教她唱赞美歌，然后两个人一起唱起来。

奇怪的是，蒙娜很提防这个保姆。这个女人身上有什么东西让人很不舒服，也许是因为她走起路来漫不经心，也许是她蹩脚的法语，或是她太肥胖的身材，她的屁股，肚子，滚圆的胸脯——太性感了。蒙娜怀孕已经好几个星期，安德烈不再碰她，好像有点讨厌她太活跃的身体。她妒忌了。他有女秘书吗？是否接触了别的高官的太太？有时，她会盯着他的眼睛出神，从中寻找不忠的迹象，可是找不到，他似乎只忙于工作。

晚上下班回来，他往往这样大喊："我的太太和儿子怎么样了？"现在，一想到即将出生的也许是个女孩，她就感到害怕。"责任不在你。"母亲过来喝茶，这样安慰她。"再说你的肚子是尖的，肯定是一个男孩。我生阿兰的时候肚子也这样。"她望着远处，蒙娜叹了一声，舅舅阿兰两岁的时候就死了，是被土豆块咽死的。她怎么也搞不懂怎么会发生这种愚蠢的事。"他命不好。"母亲打断她的话，然后一挥餐巾，赶走了忧愁，走到她身旁："我能跟你说句悄悄话吗？"她扫了四周一眼，证明没有特务偷听。"去引诱别的男人。"她对蒙娜耳语道。

"什么？"

"是的，去引诱别人。我不是要你给他戴绿帽子，只是让他提高警惕。如果另外有一个男人在你身边转悠，他很快就会回心转意的。"

蒙娜大笑起来。

"你相信吗，我这样对付过你父亲？"她接着说，"他担心死了，啪的一声跪倒在地，变得服服帖帖！"她去赶一只苍蝇，结果弄翻了茶碟，茶碟掉在地上打碎了。"不是我，是它自己掉到地上的。"她大笑起来。女儿为有她这样特别的母亲既感到失望又感到高兴。

为了打发时间，蒙娜翻了几页她在客厅里找到的德里厄和塞利纳①的书，但觉得很闷，便到市中心的伯恩海姆图书馆借书去了。一个50来岁的银发女人坐在柜台后面，在她选中的《黛莱丝·台斯盖鲁》②上盖了个章。"借期一个月。超过几天也没关系。"蒙娜谢了她。

莫里亚克小说中的女主人公给她的印象非常深刻。读到丈夫给妻子的那几句话时，她颤抖了："你只需听，只需接受我的命令——你要绝对听从我的决定。"安德烈对她没这么严厉，但也是这样代她做决定的。是不是所有的男人都这样？蒙娜挺着肚子，放下小说，去外面欣赏风景，跟鸟儿说话，或者在她的玻璃鹦鹉旁边午休。

两个星期后，她回图书馆还书。那个50来岁的图书管理员还在那儿。

"喜欢这本书吗？"

"真的很喜欢。"

女管理员笑了："还想再借吗？"

"下次吧！"她指指自己的肚子，"眼下，我静不下来。"

女管理员点点头："那就下次。祝您好运！"

---

① 路易·费迪南·塞利纳(1894—1961)，法国作家，代表作有《茫茫黑夜漫游》《死缓》等。
② 法国作家莫里亚克(1885—1970)的小说。

那是2017年1月6日，我收到埃弗利娜一封邮件，很短，像一支短箭。她向我宣布了一个"坏消息"。这甚至就是她发这个邮件的目的。我想我大喊了一声："哦，这不是真的！"我的同事们透过不隔音的隔板都听见了。

我马上打电话给她。她一定是不在，或者是没有听见，或者觉得没有力气回答我。于是我回了一个邮件，说这个消息让我非常伤心，但我敢肯定，在医生的帮助下，她一定能找到力量摆脱这一困境。我说了很多好听的话，在这种情况下，所有的人都会这样做——又能怎么办？我应该把她抱在怀里的，但她不在巴黎。

我得开始练习"走钢丝"了。在她的要求下，我继续给她发送修改过的章节，问一些关于她母亲的问题，见她的亲朋好友，等等。我不想让她劳累。我在我这边加快速度，等待"合适的时机"和她讨论解决办法。她写信问我："为什么不把后续的文字寄给我？"过了一会儿又说："我稍后回答你，我觉得我有点轻视自己的健康问题了。"我感到她很伤心，承认这一点需要勇气，而此时，她正全身心地投入这部小说的创作。我们之间最常说的一句话，除了"朋友"，就是现在被我当作魔法，当作我巨大宝藏的东西："信任"。

我希望，等我到了75岁，也能把手伸给一个28岁的年轻女人：她将是一个编辑，一个小说家，大学生，技术员，农民，反叛者，孕妇，恋爱中的女人，离婚的女人，充满着幻想，渴望交友，无业。我将把她叫作"我亲爱的朋友"，我将对她说："去进行美好的历险吧！往前走，我完全信任你。"

9月到了，热得要命。玫瑰一开花就枯萎了，其他花蕾冒出来，盛开，也会很快凋谢，生命的循环让人失望。蒙娜觉得自己一无所用，她的肚子越来越大，自己会动，完全不受她的控制。但在肚子外面，什么也没发生，什么都没有发生。这太可怕了。母亲的到来暂时驱散了她的忧虑，但安德烈上班和吕茜上学之后，时间漫长难熬。晚上，翻来覆去那几句话，让人很不愉快："今天你都做了些什么？""什么都没做，什么都没做。"不如说她梦想当医生吧！她上大学时成绩不错。也许她应该重读一年级的，像许多人一样，她会用功。现在……她整天用鸡蛋和蜂蜜做面膜，往身上擦乳油，喷莫诺依香精，希望孩子快快出生。

一天晚上，她抱怨见面的时间太短，在家里感到烦闷。安德烈告诉她，总督很快就要举办舞会，这可以给她一点娱乐，不是吗？她叹了一口气。就她目前的状态，她能在舞会上做些什么呢？不能跳舞的舞会还叫舞会吗？"你看，你从来就不满足。"安德烈责备她，转过身去。

总督邀请了一百来人。安德烈很关心她的衣着，蒙娜选了一条宽大的裙子，可以让她越来越大的肚子不那么局促。她尽管很累，而且很热，但脸上还是容光焕发。罗莎莉在家里看管吕茜。

大厅用洁白的桌布和丝绸飘带装饰得非常漂亮，总督在讲话中提到了殖民地的作用、改善城市的计划、各团体之间的和谐关系，并透露马上就要建造一个多功能体育馆。"这一切，钱从哪来？"安德烈低声抱怨了一句。侍应端来了温温的香槟酒，以及烤鱼点心、水果和面包，最后才是丰盛的晚餐。蒙娜没有碰红酒洋葱烧野味，那味道让她感到恶心，她只吃了一点烤得不怎么好的红薯。安德烈在跟桌友聊天，他对什么都发表看法，什么问题都能回答。在这方面，他是最优秀的。他说得越多，蒙娜越觉得他英俊。

"您是德福雷太太吗？"她的女邻座，一个鼻子像鞋子一样亮的阔太太问她。

"对不起，我没听清……您是说？"

"预产期是什么时候？"

"11月。"

"啊，太好了。我想您会去巴斯德医院生。"

"那当然。"

甜点一结束，总督就站起来，拍拍手，已经在乐池就位的乐队演奏起欢快的曲子。总督和夫人带头下舞池，客人也跟着跳起舞来。安德烈把手伸向蒙娜，她当然摇摇头。"那就对不起了。"说完，他就去邀请总督的妻子跳舞了，他跟总督第三天有个约会。蒙娜疲倦地看着别人跳舞——世界上还有什么比不能参加庆典更伤心的事吗？透过肚脐紧绷的皮肤，她可以感觉到孩子在动——那是另一种舞蹈，另一场舞会，在她身体里面。

乐队开始演奏纳·京·科尔①风格的一首曲子。舞伴们在舞池中互相搂着，在钢琴的节奏中慢慢移动脚步。Is it only cause you're lonely...②就在她开始打哈欠时，一个男人来到她身边。他一头褐发，目光闪亮，步伐矫健。她是第一次见到此人。

"夫人，能请您跳舞吗？"

听到这句舒服但过时的话，她微微一笑，用手比画着自己的肚子，有礼貌地谢绝了。那人道了一声歉，说了句"那就下次"，就走开了。

"引诱别的男人。"母亲曾对她说。她要把这念头从脑海中驱赶走。

---

① 纳·京·科尔（1919—1965），美国黑人歌手。
② 英文，意为"只是因为你寂寞"。

我重读了一封埃弗利娜最初写给我的邮件，说的当然是写书的事，以及我们开始建立的友谊，说起她前一天晚上失眠了，通宵在看我修改过的章节，有时还大笑起来。

我很想念她。我跟周围的人这样说，忍受着大家的胡言乱语。

"朋友？可你们认识才多久？"

半年。

"时间不长嘛。"

感情不是用数字来计算的。布雷尔①可是读过塞内加②的人，他曾说："重要的是生活的质量，而不是时间长短。"深厚的友谊，会让你快乐千年。正如爱情，它来自心灵深处，淹没你的全身。这可不是用年月来计算的。

"她的年龄是不是有点太大了？"

我呆住了，想不出用什么词来描述我心中的感觉。我想骂人，但骂不出来——应该骂的。"这么说，你是她的编辑。可这本书不是你写的吗？"我两眼露出愤怒的目光，但不知如何回答：是的，我知道这很怪，我跟她一起写的，有她又没有她。或者说，是我完成的，经过无尽的黑夜。你明

---

① 乔治·布雷尔（1929—1978），比利时歌手、作曲人和演员。
② 塞内加（约前4—65），古罗马政治家、斯多葛学派哲学家、悲剧作家、雄辩家。

白吗？这是拥抱她的另一种方式……这是她留给我的唯一。为了更好地信守诺言。

我觉得我的手指碰到了黑夜。夜色很浓，很贪婪，威胁我，想吞没我。我不配。东西写得并不如我所愿。不够强烈，不够生动，缺乏她的笑。所有不满意的部分我都会重写。必要的话我可以不睡觉。

必须重新找到线索。埃弗利娜留在文稿上的身体特征。资料就在那儿，在我面前。

面对过去，我就像个古董商，这种说法来自尼采。这并不是自夸，我的记忆是一团强力胶，我无法从中摆脱。我老想着过去。有人说，要勇往直前①。可我做不到。

我想我听到了埃弗利娜的声音。跟她的声音混在一起的，是我父亲，我的叔父们，我奶奶虚弱的声音。死亡的大门一一敞开，每场悲伤都与过去和未来相连。这是一个被我不断扩大的口子。

我重新打开抽屉，里面藏着我的秘盒；重新把埃弗利娜在"写作提纲"上留下的记录拿出来；重新闻到了烟草和纸张刺鼻的味道。纸张是冰冷的，真的很冷，让我不禁打了个寒噤。

---

① 此处指雨果，他在《爱那尼》中曾说过类似的话。

我什么都不能丢。她从报纸上剪了些文章，匆匆写了些没多大意思的东西。我知道我会把一切都留着。

我小时候，母亲常做果酱。父亲负责贴标签，那是他对家庭的微薄贡献。他用漂亮的纤细字体写着"无花果""樱桃""覆盆子"以及我喜欢的"大黄"。我14岁的时候他就去世了。葬礼之后，我寻找有他字迹的所有坛坛罐罐，然后像金银匠一样细心地把标签一一揭下。墨水是蓝的、黑的，有时是绿的。醋栗、草莓、杏子，各种水果把他从死神的世界里带了回来。一些简简单单的标签，如今被整齐地贴在小方格的大纸板上，就像被昆虫学家钉在墙上的蝴蝶。我不再碰它们。

1950年11月11日星期六，总督组织了一场活动，纪念和约的签订，横幅上写着"向我们的一战英雄致敬"。所有高官及其家人都被要求参加这个全国性的纪念活动，孩子们要画画、唱《马赛曲》、写诗。这对安德烈来说是一个重大的节日，因为它也间接地纪念了他的凡尔登英雄[①]。

吕茜在克吕尼的圣约瑟夫学校的修女们的请求下，背诵了她在父亲的帮助下精心创作的四句诗：

寒冷中，恐怖中，

吃的是过期的面包，

但我的祖国不用怕，

因为它的名字叫法兰西！

市政厅举办了一场宴会。伊冯和安德烈也在那些高官当中，但出于谨慎，他们彼此坐得很远。吉耶梅特宁愿待在家里，蒙娜感到很担心："她一个人在家里做什么呢？"伊冯抬抬眼睛，好像有点激动："她在家里画画！"

蒙娜没有专心听男人们在讲什么。由于临近分娩，她感到身体沉重，人很累。"建立以色列国，这是多大的错误啊！"

---

① 指贝当将军。

安德烈悲叹道，"仅仅两年，就已经看到其破坏性了。"

一个穿制服的男人同意他的看法："英国人很大程度帮了他们！"

"别再跟我提它。我早就说过，英国人是我们真正的敌人。我们都记得米尔斯克比尔港①……"

"一场耻辱……"

"罪恶。"

安德烈转身问蒙娜："你还记得吗，法国方面死了一千多人。那些混蛋！"

蒙娜朝他笑了笑，作为回答。她笑得很难看，她对米尔斯克比尔港才不感兴趣呢！她肚子里的战斗比男人们的所有战斗都重要。

安德烈一口喝完杯中的酒，用力握了握那个军人的手。纪念1918年，不如说是谈1940年的事。

当男人们在重建世界和重新打仗时，她感到自己宫缩了，痛苦地喊了一声，但在一片嘈杂声中，谁也没有注意到她。她觉得胎儿比以前更沉重了。"安德烈……"丈夫终于向她转过头来，"我觉得不舒服……"她苍白的脸色让他感到很不安。她又喊了一声，这下大家都朝她看来。安德烈连忙向同事们道歉，招呼司机，抱起乖乖地待在其他小朋友当中的吕茜，她已经烦闷得要死。

---

① 1940年7月3日，英国海军攻击法国海军在法属阿尔及利亚米尔斯克比尔港基地内的战舰。这次袭击导致1297名法国军人死亡，一艘战舰沉没，五艘其他船只严重受损。

在鸟儿别墅，罗莎莉马上过来照料蒙娜。她准备了几盆热水，还有毛巾、剪刀、酒精，"以防来不及送您去医院。"蒙娜摇摇头，不会马上生的。她感觉得到，但她痛得厉害。吕茜把小脸探进房门，为母亲担心，阳光下闪闪发亮的那把剪刀让她感到害怕。"妈妈……"她轻轻地叫了一声。

"没事的，吕茜。别待在这儿，去外面玩。哎，你为什么不到信号台那边去玩了？"又一阵宫缩，她叫了起来。

太阳灼人，信号台投来金属的反光。吕茜在土路上走着，四周静悄悄的，住在那里的白人都在城里参加庆典，当地人影子都看不到。到了信号台，她坐在草地上，对船上的生活产生了好奇，晚上，他们都要看信号灯。她想象着脸上有刀疤的海盗、爱上狱卒的公主、一脸灰色大胡子的船长、残忍而酗酒的水手。突然，她惊跳起来：她听到了什么声响，某种呼吸声与车轮声混杂在一起。她站起来，准备跑。就在这时，她看见一辆双轮车，装满了圆木柴，有个头发肮脏的男人拉着车。那是蒂梅阿，邻居的儿子。他从灯塔的库房里出来。吕茜看到了铁棍，他就是用它撬开大门的。他没有任何理由在这儿。两人的目光相遇了一秒，但这已经够了。蒂梅阿结结巴巴地说："不，请……"但吕茜已经掉头跑了。

斜坡让她跑得像野兽一样上气不接下气，她好像听到蒂梅阿在后面追上来了。如果被他抓住，她会被杀死的。她加快脚步，也不管路上的石块了，草扎着她的脚踝。她在逃跑，小偷在追她，这次可不是在玩。她气喘吁吁跑到家里，满脸通红，眼睛吓得发白。"爸爸！爸爸！"安德烈不在楼下。她飞快地跑到楼上，闯进房间。母亲仍然躺在床上，脸色苍白，呻吟着，安德烈坐在床头。"爸爸，"吕茜大声地说，"我看见下面有个小偷。在信号台那边！我知道是谁！"

父亲站起来："怎么回事。"

她讲述了自己看到的事情。就在这时，蒙娜哭了，她现在痛得厉害。

"安德烈，送我……去医院！"

"我打电话叫司机来。亲爱的。马上……他偷了灯塔的木料？"

"对不起，先生，"罗莎莉大着胆子说，"你太太的情况不太好，不适合行路……"

"罗莎莉，我没有问你。照顾好吕茜，其他事情不要你管。"

然后，他最后一次转身问女儿："是蒂梅阿，你肯定吗？"

吕茜点点头，父亲自豪的目光让她觉得自己长大了。

别墅已被黑暗包围，安德烈和蒙娜还没有回来。吕茜独自和罗莎莉在一起，满脑子噩梦。母亲会不会在生产时死去？婴儿会不会是个死胎，被脐带勒死？她有一个女同学的小妹妹就是这样死的。蒂梅阿怎么样了？她也开始为他担心了。偷木头，罪行很严重吗？她不知道，她哭了起来。罗莎莉紧紧地抱着她。罗莎莉身体肥胖，很给人以安全感，她的胸窝比提巴伊暖。

"想不想听我给你讲个故事？"

吕茜点点头。

"在我的部落里，人们把它叫作帕伊拉传说。"这是罗莎莉从母亲那儿听来的，母亲又是从外婆那里听来的，而外婆是从太婆那里听来的。全世界的故事都从远古的女人那儿听来的。

"从前，有个漂亮温柔的岛屿……"

不要太当真了，这个寓言非常残酷。由于洪水，岛上人口骤减。一个名叫帕依拉的褐发女人，虽然知道自己必死无疑，但还是不顾一切把两个儿子从水里救出来。当她藏身的高山塌陷时，她紧紧地抱着他们羸弱的身体，用自己的身体保护他们。两个孩子醒来时，以为母亲的血就是奶，便大口地吸着，活了下来。

"生命，永远是最顽强的。"罗莎莉最后总结道。

但吕茜还在哭："他们的妈妈怎么样了？她死了？"

罗莎莉吻着吕茜淡茶色的头发，把自己黑色的脸贴在她白色的脸上：

"是的，她死了。人们把她的尸体埋在山上，那里长出了最漂亮最高大的树。我对你说过，吕茜，生命是最顽强的。"

半夜两点左右，罗莎莉被一个声音吵醒。声音是从厨房里传出来的。她赶紧起床，顺手抓起一根棍子。她总是在床边放一根棍棒，用来赶蛇或老鼠。一个可怕的黑影出现在窗前，她正要一棍子打过去，突然认出是安德烈。

"罗莎莉，是我！"

安德烈·德福雷神情严肃。他跳到窗边的桌子上，气喘吁吁地下来。"我忘带钥匙了。"他打翻了几个锅，锅乒乒乓乓掉在地上摔烂了。与此同时，一个小身影怯生生地走上前来。"宝贝，我吵醒你了。"吕茜穿着蓝色的小睡衣，困得眼睛肿肿的。她攥着小拳头，放在自己的肚子上，不敢问为什么母亲没有回来。父亲恐慌地瞪大眼睛，双手颤抖，倒了一杯水。他的状态不正常。罗莎莉后退一步，做好了听到坏消息的准备。

"一切都好！"

安德烈重重地坐在一张椅子上，拍了一下她的大腿："是的，一切都好。"罗莎莉放心了，轻声地说："感谢上帝……"她吻着自己的金十字架。孩子出生是一种幸福。吕

茜激动得说不出话来。真的吗？她真的有个小弟弟了？父亲
搂住她，自豪地告诉她说："是个男孩。"罗莎莉开心地笑
起来。欢笑、拥抱和温情。

"你妈妈很虚弱，但很快就会恢复的。"

"谢谢，我的上帝。谢谢。"吕茜轻声地自言自语。她
觉得自己很重要。大姐的责任可大了。

"还有件事，"安德烈说，灰色的眼睛又出现了自豪的
目光，"蒂梅阿进监狱了。"吕茜抬起头。

"我们不能不管。多亏了你，罪犯被抓了。总督和我本
人都向你表示祝贺。"

罗莎莉脸上的笑容僵住了。

　　埃弗利娜一再强调："我母亲很想要一个男孩。"这不仅是父亲的要求。对一个女人来说，生了儿子，怎么赞扬都不为过。

　　多少个世纪都建立在这种观念上。必须采取措施，才能弄懂这个时期妇女为什么要革命。第一场变革是内部变革，如果妇女自己不改变，什么都不会发生。还有什么比放弃舒适的生活更艰难的事呢，哪怕这种舒适再怎么令人窒息？还有什么比放弃千百年来的习惯更难的呢？

　　人们还记得奥兰普·德古热①，但最后还有一个问题没有解决：为什么妇女解放运动直到20世纪才真正开始？有什么能解释这种变革？人们会这样回答：科学的进步，战争迫使妇女外出工作，国际交流加快了步伐，总之，一切可以称为"有存在的可能性"的东西都如此。是的，将来有一天，通过科学可以控制自己的身体、怀孕和欲望；是的，跟男性一起工作将来是可能的——在危机发生的时候不就是这样的吗？是的，学习英国妇女和美国妇女是可能的——法国不是已经学会全民投票了吗？可以做到的都已成现实。我觉得，这就是虚构的神秘之处。

---

① 奥兰普·德古热（1748—1793），法国女权主义者、剧作家、政治活动家，其有关女权主义和废奴主义的作品深受欢迎。

他硬是要在半夜里出生。"我们将给他取名为皮埃尔，就像德里厄·拉罗什。"安德烈大声地宣布。吕茜惊讶地看着弟弟小小的红鼻子、粉红的脸蛋和比花瓣还细的手指。一看到他，她就想起了她以前在尼斯的马路上捡到的小猫，那么瘦，那么羸弱。一个男孩既不大也不壮，父母还不断地夸奖，这让她感到很奇怪。大家照了全家照。在现在已经消失的底片上，蒙娜面对镜头笑着，但一副伤心的样子。丈夫从来没有那么帅过，紧紧地搂着她。

第二天，蒙娜慢慢地恢复过来。安德烈送吕茜上学，以便告诉校长皮埃尔出生的消息。"祝福您！"玛丽·德贡扎格修女激动地说，"吕茜，我让你去把这个消息告诉同学们。"

在课堂上，这位修女让她走上讲台，用一个大大的微笑鼓励她。她背后巨大的黑板像一团墨水一样化开。吕茜轻声地说："我刚刚有了一个弟弟。"同学们都低声地"哦""啊"着。"你们听到了吗？"修女接着说，"吕茜刚刚有了一个弟弟。"孩子们好像就在等这个信号，全都站起来鼓掌。吕茜不明白，生命中第一次有人为她鼓掌，掌声越来越响。她听到教室后面有人喊"太好了！"接着又有人叫了一声，掌声经久不息。她起初感到很尴尬，后来露出了微笑，在全班同学的欢乐中她也受到了感染，自己也笑了起来，并且用力鼓掌——一个弟弟，太好了，太好了！这欢乐的场面持续了一上午。在玛丽·德贡扎格修女每停在一个班级门口，吕茜都大声宣告这个好消息，同学们都鼓起掌来。来到当地人上课的教室前，玛丽·德贡扎格修女示意她别出声。两人从工作人员的大门进去，一直悄无声响。

吕茜透过大窗户看见了学生们，他们至少有40人，拥挤在一起，秩序很乱，很脏但很开心。他们也穿着制服，但没有一个人穿鞋子。一个小男孩用脚趾夹起一支铅笔，让它跳得跟课桌一样高。教室角落的几个女孩，披头散发，另一个很胖的女孩，已经在吃第三根香蕉了。只听见一阵乱糟糟的法语和美拉尼西亚语，还有突然响起来的小喇叭声，打嗝似的。吕茜感到很厌恶。"你看，"修女撇着嘴说，"这在白人当中是绝对见不到的。"说着，她拉着吕茜向门口走去。

像安德烈·德福雷一样，玛丽·德贡扎格修女也相信种族之间是不平等的。在她看来，眼前的这种野蛮场面足以证明这一点。很多年前，最早到来的天主教教士就试图通过教会学校让他们获得进步，但道路漫长。修女朝吕茜笑了笑："上帝就是这样造人的。人与人之间是不一样的。"但她没有告诉吕茜，美拉尼西亚人的土地遭到了殖民者的掠夺，一户户人家拥挤在贫民窟里，基督没有给他们送电，也没有送自来水。

尽管有这些不愉快的插曲，那一天，吕茜还是成了主人公。对她来说，这是一种全新的感觉，既愉快又让人不安。当她把自己这难忘的一天告诉母亲时，正在给婴儿喂奶的蒙娜开心地笑了，说："那是因为这是个男孩。"

吕茜一直没有弄懂这句话的意思。

"生男孩是传宗接代的保证，"父亲解释说，"男人即使结婚，也不会改变自己的姓。皮埃尔·德福雷将永远是皮埃尔·德福雷。"

"那我呢，我将成为什么？"

安德烈耸耸肩，说："你将成为某某夫人……这就看你以后找谁当丈夫了。"

吕茜觉得自己糊涂了。如果男人永远比女人有价值，那蒂梅阿这个小偷也比她有价值，用脚指头夹铅笔的那个男孩也同样。

"哎，别说蠢话了。一个白人女孩永远比一个黑人男孩或黄种人男孩有价值。你呢，你是小姑娘里面最漂亮的。我的小宝贝，你的头发像阳光一样金黄……"

"将来，"蒙娜强调说，"你会毫不费力地找到一个配得上你的男人……强壮、聪明、勇敢。"

"一个像爸爸一样的男人。"

蒙娜的回答伴随着痛苦的表情：皮埃尔刚刚用小嘴咬了她的奶头。

妇女比男人低下，这简单的原则一直统治着社会。所以，妇女要为男人而舍弃自己的姓、自己的传统、自己的身体和未来。很少有妇女能改变个人的命运，不过，例外是有的。首先是圣女贞德……那个勇敢的奥尔良少女，一头金发，绝对是民族英雄，既是妇女英雄，也是爱国英雄；既是一个女战士，也是一个服从男人的女人——那是男人心中的一面旗帜。

安德烈离开了一会儿，回来时手里拿着一本书，激动地在女儿的鼻子跟前挥舞着："现在，你长大了，已经可以读懂了，至少是试着弄懂。这是我的朋友莫拉斯写的。"

吕茜差点惊叫出来：莫拉斯原来是父亲的朋友！一切都清楚了！这么多年来，她一直以为父亲说的是"种族"这个词①……

"听好了：道德与宗教的力量，首先是天主教，代表着最有价值的善行；专制制度最主要的责任之一是使用好它。但光靠宗教组织是不够的：圣女贞德本人就指定，更多的是认可法兰西这块土地上的国王是在以上帝的名义进行统治……你看，法国的崇高之处，在于它的专制，而不是那种肮脏的共和制。在这一点上，圣女贞德可一点都没有弄错。"

皮埃尔哭闹起来，他消化得很痛苦，眼皮皱了起来。"宝贝，我的宝贝……"蒙娜呢喃道。安德烈抚摸着太太的头发，然后指着吕茜，说："同样，不要忘了圣母马利亚。马利亚温柔而忠诚……既是圣女，又是母亲，这是最美丽的女性形象。"吕茜产生了怀疑。她很喜欢圣母马利亚，但奥尔良的那个少女，她太勇敢了，为法兰西做出了那么大的贡献，似乎比圣母更加高贵。她站在父亲面前，问："你愿意我成为圣母还是圣女？"

---

① 法语中莫拉斯（Maurras）这个名字和"种族这个词"（mot race）发音相同。

皮埃尔很快就被交给罗莎莉照料了。蒙娜分娩之后，恢复了跟丈夫的亲密关系，那个胖保姆在她看来也没那么危险了。父母常来家里看他们，几个月后他们就要回尼斯定居了。蒙娜利用这个机会把吕茜的成绩单拿给父亲看，读和写的成绩都不错。“她的数学得加把劲。”伊冯皱着眉头说，但他为外孙女感到骄傲，皮埃尔的出生让他很高兴，他对自己的工作也很满意。在即将离开以前，努美阿子公司已处于最佳水平，他觉得自己的任务已经完成。至于吉耶梅特，几个星期以来，她收集了不少油画，突然对木刻又产生了强烈的兴趣。蒙娜像是身上披了一条棉披肩，感到一身轻。

她利用这段自由的时间去游泳，去城里逛街、购物、泡伯恩海姆图书馆。一天上午，她进图书馆的时候，那个银发女管理员正带着一对夫妇参观。“你们在这里看到的铁架是居斯塔夫·艾菲尔建造的。这是吕茜安·伯恩海姆先生作为赠品送给市政府的，吕茜安·伯恩海姆先生是阿尔萨斯人，拥有几家铬矿和钴矿，这个图书馆是他在1909年创办的。”蒙娜饶有兴趣地听着，遇到了女管理员的目光。两人远远地点点头。那对夫妇一离开，女管理员就走过来：“我发现您已经生了。一切都好吗？”

“是的。谢谢。是个男孩。”

那女管理员噘了噘嘴：“这重要吗？”

"您说什么？"

"您生了个儿子，这重要吗？"

"啊……嗯……是这样，我已经有了一个女儿，所以……"

她没有把话说完。对方直视她的眼睛，问：

"您在找书？"

蒙娜低下头："不……是……不过没有明确的……"

"您是想读小说还是散文？"

"是的。"

"什么是的？"

蒙娜脸红了。

"散文，是吗？"那女人试着问。

她点点头，不敢说自己是来找什么的。

"您有自己喜欢的题材吗？比如，您感兴趣的一个历史阶段？"

女管理员明白了，蒙娜自己都不知道想看什么。"我替您选好吗？"

蒙娜轻轻地说了一声好。

"我去去就来。"女管理员消失在书架中。蒙娜觉得自己很可笑，她是从什么时候开始觉得自己可耻，觉得自己没文化、缺乏知识的？她是从什么时候开始不敢问，不敢肯定，不敢提出自己的想法的？她以前这样过吗？

"这是您要找的书。除非您已经读过。"

蒙娜看到了米色的封面，外加红黑色的框。她摇摇头。西蒙娜·德·波伏瓦的《第二性》。她觉得这本书很烫手。安德烈不喜欢波伏瓦，也不喜欢萨特，不喜欢她读这类东西。

"翻开它。"女管理员坚持道，露出十分亲切的笑容，但蒙娜没有动。

"拿着。读读前面的两段题词。"

蒙娜双手发抖，好像犯罪似的激动地翻动前几页。

"有一种好的原则创造了秩序、光芒和男人；有一种不好的原则创造了混乱、黑暗和女人。"

——毕达哥尔

"男人所写的关于女人的一切都值得怀疑，因为他们既是裁判又是运动员。"

——普兰·德·拉巴尔

谁都不相信一个句子就能改变人生。但两个句子呢？蒙娜合上书，抬起头：

"我借了。"

在椰子树的阴影里，面对着瓦塔湾蓝色的海水，她开始读这本书。文句信息密集，理论性很强，充满了难以想象的智慧。"创造女性"，"告别男性的统治思想"。蒙娜并不全懂，但她被吸引住了。一个句子接着一个句子，书中的思想颠覆了她的想象。一连三天，她都前往瓦塔湾。别的什么都不干，光看书。第四天，看完书的时候，她沉默了。波伏瓦的声音在她身上燃起了激情。什么事发生了。她把书放进包里，走进了潟湖。

下午一两点钟，太阳似火，烤灼一切。在她肚子下面，银色的鱼在捕捉浮游生物。她在海里潜水，蛙泳，游得不亦乐乎。就在这时，沙滩上出现了几匹马，三四匹吧，由几个人牵着。她从水里探出半截身子，走近去看，湿漉漉的头发贴在她肩上，自动形成一条长辫。其中一个男人停下脚步，掉转了头。

蒙娜马上就认出他来了。

"我觉得很像您。"他说。舞会上的那个男人。她不好意思地笑了笑，作为回答，像孩子一样。他们互相打量了一会儿。

"您在这里骑马做什么？"

没有比这更愚蠢的问题了。那男人笑了，"我是马让达骑马俱乐部的经理。您哪天想来看看吗？我可以教您骑马。"

她觉得有些恍惚。

"当然，您想来才来……"他补充了一句。

她的游泳衣里露出了她沾着沙子的丰满胸脯、漂亮的臂膀及其小小的缺陷。他的目光一直那么炯炯有神，仿佛能看到你的心里，让你的心发出奇怪的滴答声。她一手捂着脸，以掩饰自己的狼狈相。舞会上的那个男人站在她面前，在邀请她。她的头脑完全乱了，安德烈会发疯的……她抬起头，响亮地回答说："明天！"连她自己都不敢相信。

第二部分

面对绝对的空，文学又能如何？她准备用来给我们填空的那种满又是什么？我徒劳地咬文嚼字，无论是在词语四周，还是在字里行间，我都找不到答案。体验另一种生活，制造梦想，让人哭惹人笑，留下足迹，描绘世界，提出问题，让死者复活——好像这就是书籍的作用。用美来安慰大家，这微不足道，却很了不起。

埃弗利娜死了。整部小说都来自于她，就像孩子是母亲生的一样。然而，她已经看不到它了。这太不公平了，无法解释。

2017年1月12日星期四，19点25分。我们已经知道她病了，在这种情况下还把稿子发回给她，是不可能的。我说的这种情况，指的是她的病情。她很虚弱，完全不适合看稿子。不过她刚刚写了一封电子邮件给我，谈起了这本书——一点都没有自我怜悯的味道——她坚持要我去她位于法国南部的家中看她。我回信给她说：

亲爱的埃弗利娜:

　　太好了！我将在你最方便的时候南下萨纳里，我会很愉快的。

　　我就把关于努美阿那章的开头发给你吧！我现在写到第9页上方，用蓝色荧光笔标出的那段之前。无论从哪个方面来看，这项工作毕竟有所进展。

　　这本书逐渐成形了。

　　紧紧地拥抱你。

卡洛琳娜

　　一个月后，我"南下"萨纳里，参加她的葬礼。

"明天见！"蒙娜说。在瓦塔湾，其他骑马的人在交头接耳，但她甚至都没有看到他们。

"那就明天，说定了。"舞会男回答说，"中午之前？"

好的，中午之前。

他穿着白色运动衫，也许是英国人，他果断矫健的步伐给她留下了深刻的印象。她盯着他的手，没有结婚戒指。他们的目光相遇了，两人最后笑了一下，她回到了潟湖。

她在水底睁开眼睛，看到了真实的世界：模糊，波浪起伏，无法呼吸，但是很美。

她像少女一样，满脸通红地回到了鸟儿别墅。

花园里的南洋杉树尖直插云天，凤凰花盘旋着落下，像是馈赠的礼品。蒙娜独自笑了，她很高兴，也为自己的大胆感到惊慌。对她来说，随心所欲是一件多么新鲜的事情。管他什么上帝、道德、安德烈还是罗莎莉。

罗莎莉正在给孩子们准备晚餐，莫名其妙地看着她："都好吗，夫人？"

"都好。啊，你给他们做什么好吃的了？"她伸出手指，尝了尝蘸面包的果酱，味道很好。她说她去摘几个芒果，用来做甜点。太阳开始下山，金光闪闪。她来到花园里，赤脚踩在草地上，空气中盈满花香，远处就是大海。芒果压弯了树枝，几乎碰到了地面，她摘了两个成熟的芒果，然后坐在芙蓉树旁边。多么美好的一天。

第二天，安德烈和吕茜走了之后，她穿了一件束腰的黄裙子，选了一双黑色的薄底浅口皮鞋，头发挽成一个髻，指甲涂得漂漂亮亮的，又抹了一点鲜红色的口红。好像她想成为一个诱惑男人的女人。就在她要当地司机图森备车时，罗莎莉来敲门了：

"夫人，小皮埃尔要你去。"

皮埃尔的脸痉挛着，一边哭一边打嗝。蒙娜抱起他，吻着他通红的额头："我漂亮的宝贝……"几分钟后，孩子平静了下来，闭上眼睛，开始吮自己的拇指。蒙娜小心地把孩子交还给保姆，但皮埃尔马上就醒来了，又开始哭。

"罗莎莉，我现在不能照顾他，我要出去。"

罗莎莉点点头，但没有动，眼睛看着她的裙子。

"我要去上骑马课。"话一出口，她就后悔了，她没必要解释的，但话脱口而出。

"骑马？……"保姆马上打住了："对不起，夫人。好的，夫人。"她抱着孩子，转身走了。

蒙娜看着自己的薄底浅口皮鞋，她自我暴露了。她紧张地把鞋子放回盒子里，解下皮带，把黄裙子挂在衣架上。她在衣橱里翻找，找到了一件长裙，海蓝色的，还有一件白衬衣，一双在巴黎买的她从来没有穿过的麂皮半筒靴，然后站在镜子前照了照，生气地松掉发髻，一手伸进头发，恢复了原来的形状，并用一块棉花卸妆。就在这时，她停了下来：血红的嘴，松开的散发——这个注定要让男人倒霉的女人，就是在镜子中对着她笑的女人。

马术俱乐部在马让达灰色的沙滩后面。一条又长又直的小路通往那里的建筑，房子掩映在洋槐的阴影当中。蒙娜让图森把车停在门口，"你回去吧。到时候我自己走回去。"安德烈的司机想反对，但她用目光制止了他。他只好照办，把她一个人留在夯实的土路上。

中午的太阳让四周的一切都无精打采。她穿着麂皮半筒靴和长裙，都喘不过气来了，心里乱糟糟的，又是害怕，又是激动，但她还是往前走。走进屋子，她把脑袋伸进一个写着"接待室"字样的小房间。一个人都没有。她转了一圈，走到马厩旁，问："有人吗？"

一个年轻女子抬起头：

"夫人，您找谁？"

"我……我找俱乐部的老板。我们约好的。"

"他还没有回来……我看看……"

她离开正在打理的母马，看了看表："一小时之内他应该回来。一个半小时吧！您愿意等吗？"

那女子——应该不超过20岁——戴着一顶草帽，一双黑色的大眼睛，笑得很好看。蒙娜感到喉咙一紧。当然啦，她想什么呢！像他那样的男人会独身？她感到有点失望。她在那里干什么？在沙滩上遇到一个男人就把自己的责任全都忘了？她是不是应该回到皮埃尔身边？还有吕茜，她很快就要放学回家了。以前是提巴伊，现在是罗莎莉照顾这一切。当母亲就是这样的吗？

"我下次再来吧！"

就在这时，母马抬起了头。蒙娜看到了它杏仁般的眼睛四周有一圈黑，身上散发出一种无限的温柔。

"别害怕！"那女子说。蒙娜双臂抱住马脖子，把脸贴在鬃毛上，马鬃又热、又软、又粗糙。"'沙丘'是俱乐部里的一匹可爱的小母马。"

"我想骑它。"

那匹马的身体是乌黑色的，鬃毛和马尾却是白色的。

"奶油巧克力。"

蒙娜不解地睁大眼睛。

"我们就是用这个词来形容这种颜色的马毛的，"女孩笑着把马鞭递给她，"您来给它洗刷？"

在一个小时的时间里，蒙娜忘了一切，忘了那个男人、安德烈和她的孩子们。在那个女子的指导下，她给马清洗，用刷子刷了很长时间。"沙丘"不经意地抖动着鬃毛，吸引了她的全部注意力。这是她第一次跟马说话，在这场由呢喃和平静的马嘶组成的谈话中，她尝到了心平气和的滋味。这时，一阵马达声打破了刚才的和谐。

"啊，"那女孩说，"应该是我叔叔回来了。"说着，她就跑出去迎接。

蒙娜的心怦怦直跳："我叔叔？"

"我叔叔！"

她很快就看到了他矫健的步伐和明亮的眼睛。行了吻手礼之后，他帮助她给"沙丘"装上马鞍。

"您是第一次骑马吗？"

她怯生生地回答说："是。"

"一切都不会有问题，我向您保证。"他搂住她的腰，把她抱到马上，"您的裙子可能会有所妨碍。下次记得穿长裤，您会更加方便。"

她脸红了："我没有长裤。您知道得很清楚……"

"我知道，但为了骑马，您有权穿长裤。努美阿的骑马用品商店有得卖，我会给您地址。"

这是他们第一次在马让达的沙滩上散步，"沙丘"乖乖地走着。风平浪静的海面，阳光闪烁，时有海风吹皱水面。马匹走得很慢，使他们有时间慢慢欣赏海水的颜色和矗立在远处的高山。有时，椰子树宽大的叶子会掠过他们的脸。蒙娜放心了，两人自然聊起天来，他详细讲述了他在总督身边的工作。他在安全处工作，要巧妙地把工作与他对马的爱好结合起来。"我没有女人，没有孩子，所以我有时间。"她想知道他为什么不结婚。"战争。我在韦科尔参加了一个抵抗组织。在那个时期，我很难考虑明天的事。"戴高乐嘛，他为之效劳过，并且在继续效劳，传播他的思想，以他为榜样。她没有问他跟安德烈是否合得来，心想他们的不同之处太多了。她宁愿谈谈自己的孩子，谈谈他们每天给她带来的惊喜。

太阳在他们身上投下浓浓的影子。

散步结束于傍晚时分。他们谁也没有碰谁，光说话，语言成了一块挡板——羞涩的后面藏着一颗激动的心。对蒙娜来说，这是一种意想不到的痛苦，她的皮肤需要别人的皮肤触碰。她非常渴望这具新的肉体，但只能通过想象来品味它。

当俱乐部的司机把她送回到鸟儿别墅时，安德烈已经下班。她好像是第一次见到他：翎饰似的白发、端正的相貌和高大的身材。她想忘了自己在马让达的散步，忘了自己的大胆行为。还有什么事比投入丈夫的怀抱中更好呢?

在埃弗利娜的初稿中，当她讲到她15岁上高二时，我们可以读到这样的句子："穿制服的日子结束了，终于可以穿长裤了！"1956年，女孩们悄悄地获得了自由。

当我得知，禁止"女性乔装打扮"的法律到了2013年才取消的时候，我感到非常震惊。"所有想打扮成男人的女性，"法律条文指出，"都必须到警察局申请得到许可。"唯一的例外是女性"抓着自行车车把或马的笼头"的时候。

我一直穿长裤，我母亲也一直穿长裤。我这一代的年轻女子能够想象"女性男装"会被当作一种罪行吗?

在努美阿，骑马就像剔指甲，这是一种习惯，一种风俗。安德烈是反对这种社会习俗的少数人之一。他更喜欢捕鱼，为此他买了小渔网。每个星期天，他都带家人去松树岛，欣赏珊瑚和鱼类。但愿他觉得蒙娜骑马是很正常的事，不会反对。

骑马用品店位于塞巴斯托波路。马鞍占了一个大货架，都是皮的，各种各样的都有，像艺术品一样光亮。店里还有刷子——软毛或硬毛的，清洗马蹄的工具，擦马身的麦秆，马师戴的各种半圆形帽子。

蒙娜试了试一个金色系带的帽子，帽子后面打了一个丝绒结。

"夫人，这很适合您。"

旁边有男式服装，运动服、上衣、长裤。

"有女式的吗？"她抽出其中一件，问。

"有。"女店员跑到后面去拿出两款长裤，"可惜，选择的余地不是太大。"

"没关系。"蒙娜说，"我想试试。"

女店员把东西放在试衣间，拉上门帘。蒙娜脱掉裙子，试穿第一条长裤。那是一条米色的贴身长裤，松紧布做的，布料掐着她的大腿，让她感到有些不舒服。也许太小了，或者是尺寸不对，管它呢，反正不合适。这时，商店的小门铃响了，女售货员的脚步渐渐远去；第二条长裤是深蓝色的，好像有点大。她穿了进去。腰刚好，到大腿那儿渐渐宽起来，直到脚踝。呼吸正常。她拉开门帘，后退一步，想清楚地看到自己在镜中的样子。"我的第一条长裤。"她激动地想。

但她在镜子里看到的是白色的运动衫、褐色的头发和疯狂的步伐，她惊愕地眨眨眼睛。

"需要什么拿什么。"一个男人转身对陪同着他的朋友说，"蒂埃里，我给你介绍德福雷夫人，德福雷先生的太太。德福雷先生在总督府负责经济事务。夫人昨天上了第一堂课。"

"夫人您好！"

"蒂埃里是我的合作者。在这里遇到您真让人惊喜！"

她含含糊糊地回答了一句。长裤凸显了她身体的线条，穿着这身衣服，她似乎感到自己一丝不挂，赤裸裸地站在这两个男人面前，其中一个还是她觊觎的男人。

她躲进了试衣间，心跳加快，在门帘后面喘了很长时间的气。她脱掉长裤。他就在那儿，离她几米远的地方，只要拉开门帘就能看到她的丝绸短裤。她动作迅速地重新扣上裙子，照了照镜子，调整好自己的呼吸，手里拿着自己挑好的东西，走了出去。

"我买了。"她把长裤放在柜台上，"请把发票寄给我丈夫。"

"等等……"那男人像老板一样按住衣服。她很喜欢这样。指甲剪得整整齐齐的手指在布上弹着，摸着料子，揉着褶皱，然后，好像依依不舍似的，把裤子叠起来，亲自递给售货员："夫人是俱乐部的客人，由我来买单。"

她用哽咽的声音感谢了他，躲避着他的目光。她想笑，想喊，想死。她不知道是一股什么样的热流让她心中暖暖的。她感觉到了，最后让步了，遂了这个男人的意，他太想这样了。但当她拿起包，抬起头时，一阵冷风吹得她的后背发凉。

图森站在橱窗外的人行道上看着她。

《第二性》藏在她的包里。蒙娜该还书了，让她大为惊讶的是，图书馆的那个女管理员说不用还，"留着它，送给你了。"

她不知道最让她惊讶的是什么，是对方以"你"称呼她，还是送她书。

"我可以自己去买一本……"

"那不一样。"

蒙娜看着对方，没有明白。

"你的记忆已经留在这本书，现在，这本书已经带有你的痕迹。这一本，而不是另一本，编号2BEA。"玛尔特随便翻开一页："你在125页弄上了油迹。"两人都笑了。

图书馆大堂旁边，有个用来堆放杂物的房间。房间里很黑，玛尔特，就是那个女管理员，在那里放了一张桌子和两张椅子，又用绳子挂了一只昏黄的灯泡。桌上有一瓶酒、两个杯子和一个烟灰缸。

"为波伏瓦干杯！"玛尔特举起杯子。

蒙娜也高兴地举起杯子。

"坐一会儿吧！"

蒙娜坐下来，很快就喜欢上了这种环境：遍布灰尘、纸张和纸箱。玛尔特给这种气氛增添了神秘的色彩。时间不存在了,外面成了另一个世界。

她们什么都谈,她们的经历、质疑、思想立场,两人又高兴又激动:是的,应该跟男性道德秩序和可恶的男性专制说再见了。女权主义是一个难得的机会——不是机会,而是急需。

玛尔特从来没有结过婚,也没有孩子。她有个非常严厉的父亲,很暴力,不让她接触男人。"他葬礼那天,我划独木舟散心去了。"至于她母亲,那个可怜的女人,年纪轻轻就死了,无法保护女儿。

"那您是一个人生活?"蒙娜问。

"不,我和莱宁一起生活。"见蒙娜惊讶的样子,她补充说:"那是我养的一只狗。你会看到,一只非常出色的狗。请别再用'您'称呼我。"

两人继续干杯。

时钟指向晚上8点,玛尔特还在说:"男性统治与私人财产有直接关系。"浓浓的烟雾裹着她们,桌上,两个杯子已经空了,酒瓶也空了。蒙娜忍不住想做记录。"如果女性没有遗产,经济上不独立;如果她什么都没有,却被人占有,那怎么办?"玛尔特气愤地捻灭烟头,说:"那她永远是奴隶!"她又点着一支烟,问:"男人拥有女人首先拥有的是什么?"蒙娜会意地点点头。她跟安德烈就是这样的感觉,她的言谈或思想根本吸引不了他,而要靠她的丽质、柔软的头发、丰满的乳房。

"身体是把双刃剑，就看女人怎么智慧地去用了。但在这方面，朋友，我什么都教不了你……"

今天，人们常常取笑西蒙娜·德·波伏瓦。"取笑"这个词也许用得并不准确。"蔑视"？"轻蔑"？"遗忘"？波伏瓦？过时了，"属于"萨特的女人，虚伪，这毫无疑问。好斗，邪恶，剽悍，"左"倾，专制……毫无文学才能，而且作品还那么沉重！

我尤其相信人们现在已经不读她的著作了，只引用她的话，引用的又总是同样的话，重复得让人恶心："女人并不是天生的，而是后天造就的。"我遇到埃弗利娜之前，从来没有读过《第二性》。像大家一样，扫过一眼，毕业班时，读过几段，主要是评论，做注释。28岁的时候，我翻开了那本书，想弄懂它。

那是在50年代初，一个还不到30岁的女性，已经是一个小女孩和一个婴儿的母亲，嫁给了一个高官。他总是命令她怎么做、怎么想。她为了他放弃了一切——在一个女性没有银行账户的社会里，她们无权离婚，也掌控不了自己的身体，不能像男人那样出去工作——她读到了这段话：

女性无非是由男人决定的东西，所以人们把她叫作"性别"，意思是说，她们在男人看来，主要是一个有性别的人：对他来说，她就是个性别，绝对如此。定义和区分女人的参照物是男人，而定义和区分男人的参照物却不是女人。面对重要的东西她是不重要的。他是主体，是绝对，而她则是他者。

接下去还有：

当女性开始参与建设这个世界时，这个世界还是一个属于男人的世界。他们对此毫不怀疑，她们也几乎没有怀疑。拒绝成为他人，就是拒绝与男人同流合污，等于放弃跟一个特权阶层联姻所能得到的所有好处。居统治地位的男人将在物质上保护服从他们的女性，负责解释她们存在的意义。而自由女性，不但要在经济方面冒险，在意识形态方面也要独立冒险，自己摸索，没有靠山。

爆炸。一种意识出现在你面前，对你说：你只是一种生物现实。你也可以从你的他人地位成为主人，但要小心，你是自己的敌人，你已经享受过那种舒适，它把你变成了你的主人的奴隶。为了自由，你必须能够自由地游荡；为了生存，你必须同意颠覆生存。

你将成为孤家寡人。

她再也忘不了他在镜子中的身影，忘不了他的白色运动衫和英式的风流倜傥。距他们的意外相遇已经过去一周。蒙娜虽然很激动，但仍然觉得等待对她来说是有利的——应该让他耐心等待，也许还要让他怀疑；让自己变得必不可少。一天早上，她要求跟丈夫调换司机，让他喜欢的图森跟他，她更喜欢让皮肤干瘪多皱的本地老人费库当司机。

安德烈上班去了，吕茜上学去了，罗莎莉带皮埃尔散步去了。蒙娜带着甜蜜的罪恶感，从衣橱里拿出那条长裤。她喜欢大腿上有布摩擦的感觉，可以随便动弹，想象自己骑在奔驰的马背上。她选了一件薄得透明的衬衣，穿上靴子，出去了。

车子驶向通往马让达俱乐部的小路。"费库，你停在那位先生面前。"那个男人就站在门口，在太阳下喝咖啡。他穿着衬衣，卷着衣袖，一条浅色的长裤。蒙娜觉得他英俊极了。

她很讲究地下车，首先是一条腿，然后一只手臂扶着车门，接着才是脸，一半被墨镜所遮掩。

"我已经不再等你了。"他笑着对她说。

她摘下墨镜："恰恰相反，我以为你只等我一个人。"

他点点头，好像在说："感动。"然后举了举自己的杯子："给您也弄一杯？"她同意了，进了室内。

厨房在接待处后面。那是一个非常简单的房间，宽大，白色的墙壁，一张大工作台，四张椅子。一来到这个封闭的地方，两人就沉默了。他拿出一个杯子，寻找杯托。蒙娜走到他身边，抓住他的一只手："其实，我并不想喝咖啡。"咖啡的瓷杯碰到托盘，发出叮当的响声。他盯着她的眼睛，读到了希望得到的回答，于是紧紧地搂住她，一手伸进她的腿间。

　　埃弗利娜从来没有告诉过我她那个情人的名字。在她的最初的文字中，她用的是这种泛指，杜拉斯式的称呼，或者是更带政治色彩的说法："左"派分子。我得去看看玛丽–法朗丝·皮西埃①的小说《总督舞会》，她以自己独特的方式讲述了母亲的通奸。但那是以后的事了，写完以后再说。我很怕发现有雷同，发现将让我吃惊的巧合。已经有个必然让我惊讶的巧合了：也是在埃弗利娜的请求下，我想出了"德福雷"这个名字来取代皮西埃。我在此发誓，我丝毫不知道玛丽–法朗丝在她的书中选择了"福雷斯蒂埃"这个名字。

　　我不相信是偶然的。

---

① 玛丽–法朗丝·皮西埃（1944—2011），法国演员、导演、作家，本书作者之一埃弗利娜·皮西埃的妹妹。

罗莎莉在皮埃尔的房间里熨衣服，皮埃尔正在摇篮里睡觉。蒙娜傍晚时分从马让达回来，俯身看着婴儿，欣赏着他的小手和天真的平和。"你来看看，罗莎莉。"保姆走过来，"看他多么漂亮……"

罗莎莉露出了灿烂的微笑，温柔地轻声说："小皮埃尔，小皮埃尔……"蒙娜转身看着她。罗莎莉非常称职，无微不至地照料她的孩子们……此时，一种温柔溢出了她的心，包围了一切，世界，主人，仆人。她想感谢这个保姆付出的一切，她怪自己以前做得不够好，正想拥抱罗莎莉，突然看见了那东西，吓得后退一步。"你这是怎么了？"她指着罗莎莉黑色的嘴唇。罗莎莉的嘴唇上有些黄色的小泡泡，很难看，伤口很大。保姆用手指轻轻地拍着伤口，说："我不知道，我想是蚊子吧！"啊，不，不是蚊子，是别的东西。

"罗莎莉，我禁止你触碰皮埃尔、吕茜和这屋子里的任何东西。"保姆不明白，眼睛瞪得滚圆，看着她。皮埃尔醒了。"你知道那是什么吗？我下午放你的假。你离开这里，休息去，做自己想做的事情去，但你要远离我的儿子，不要碰任何人。你没有拥抱过他吧？"

"谁，夫人？"

"谁？我儿子皮埃尔。"

"抱过。"

"什么时候？"

"我不知道。今天上午。"

蒙娜抬头望着天空。孩子大叫起来。"你走，先生等会儿会告诉你怎么办的。"保姆吓坏了，连声道歉。蒙娜抱起婴儿，一直跑到浴室里，在浴缸里放满热水，用肥皂给孩子擦了好多遍，然后换水，重新洗。皮埃尔被她用力的按摩弄得哇哇大哭。她不断地擦洗他的皮肤，一直把它擦成猩红色。她犹豫了一会儿，然后拿来棉花和一瓶90度的酒精，擦洗着他的身体。皮埃尔的身上很快就散发出一种强烈的刺鼻味道——医院里的那种味道。"是蚊子。"她换了摇篮里的床单，决定把其他床单都烧掉，它们一定都有不健康的细菌；然后让房间通风，她不由自主地点着了有柠檬香味的蜡烛。皮埃尔终于又睡着了，吕茜也放学回来。

母亲没有问候，没有吻，只问她罗莎莉是否碰过她。女儿点点头。"天哪！"她把吕茜推到浴室里，又是一番手忙脚乱，最后也使用了那瓶黄色的酒精。"我敢肯定罗莎莉感染病毒了，一种讨厌的病。如果是真的，那就炒了她。"吕茜很生气，她不愿意大人辞退她的保姆。父母在医院失踪的那天晚上，是罗莎莉保护了她，给她讲褐发帕伊拉的传奇故事。当她揭发蒂梅阿时，又是罗莎莉安慰她。由于她，蒂梅阿进了牢房。"妈妈，如果罗莎莉病了，为什么不帮她治疗而要开除她呢？她不是共产党，她也没有伤害任何人。"蒙娜把抹布扔在地上：

"你乱说什么？她是不是共产党跟这件事没有任何关系。"

"可提巴伊不是因为是共产党你才赶走她的吗？"

"吕茜，印度支那是个发生战争的地区，在那儿，共产党是反对我们的。而在这里，情况完全不一样。"

"那这里的共产党就不反对我们了？"

蒙娜忍不住笑了。应该把这件事讲给玛尔特听。"是的，不过这不重要。"她把干净的衣服递给女儿，"重要的是卫生。"

安德烈一下班回来，蒙娜就把自己的怀疑告诉了他。她愿意给保姆检查费，前提是她要尽快去医院检查。安德烈表示赞同，嘴里嘀咕道："肯定是蝉虾咬的……"他约了医生。第二天，检查结果出来了：疱疹。

罗莎莉不能再见孩子们，她把自己的几件私人物品包了起来，拿了她应得的三个苏①，胸前晃着金色的十字架，离开了鸟儿别墅。

----

① 法国旧货币单位。

我老想着卫生情况。怀疑。昨天是埃利斯岛的医生，今天是兰佩杜萨岛的医生。褐色的皮肤，肮脏的皮肤。辞退罗莎莉，像一个痛苦的插曲回荡在我心里。

我母亲是1968年5月离开毛里求斯前往欧洲的。当红色丹尼尔①在索邦大学筑起街垒时，她正在游览比利时，中心区、灰色的天空、啤酒、博物馆，跟朋友一起外出，没有父亲在身后监视一切。她很快就找到了工作。当时，会英语和法语这两门语言是一大优势，作为刚刚获得独立的毛里求斯国王的前国民，她出色地掌握了莎士比亚的语言。1969年8月，她的公司移师日内瓦，老板给了她一个很好的职位，她接受了。当时，所有到瑞士的外国就业者都必须到一个叫作"居民检查"的中心进行体检。我不知道那机构现在是否还存在。

我母亲那时二十来岁，一到瑞士就去体检了。她穿着一件漂亮的白色夏裙，衬托着她深色的皮肤。检查中心的女护士连看都没有看她一眼就说："脱掉衣服！"我母亲照办了。她很难为情，但没有办法。门边有个挂衣钩，她就把裙子挂了上去。"把裙子拿下来！这里不是衣帽间。"但那里既没有椅子也没有架子，她不知道该放在哪里，只好抱着裙

———————————
① 丹尼尔·马克·孔－本迪是法国出生的德国政治家，1968年5月法国学生运动的领袖。

子。女护士什么都没说，等待着。母亲坚持了一会儿，那么漂亮的白裙子，她不想弄脏。"你想今天检查还是明天检查？"女护士厉声地问。她突然感到了害怕，只好把那条裙子放在地上，让它像睡莲一样展开。那个女护士胜利了。

"我跟你说过不行！"

"我才不管你同不同意。"两人一动不动，一脚悬在楼梯的最高一个台阶。安德烈好像惊呆了：一条界线刚刚被越过。她从来没有这样不给他面子。"女人不能开车。你用哪个司机都行。好了，现在别吵了。"他庄严的声音有点刺耳，有点沙哑。他失败了。蒙娜咧着嘴冷笑道，走到他身边，"我不是来请求得到你的许可的，而是来通知你的。就这么回事。"

努美阿进入了南半球的冬天，寒风把岛屿吹得冷冷的。半年来，蒙娜一直在偷偷地与情人约会，大胆地肯定了自己的欲望，更加大胆地满足了这种欲望。她最后的梦想化身为一辆汽车，她得通过考试获得驾照，才能被"允许"开车。在这之前，生活并不允许她做太多的事情。到时候了，该得到别人不愿意给她的东西了。

她想象自己开着一辆雷诺豪华车，头发散乱地冲向马让达的骑马俱乐部。第一次，他会惊讶得张着大嘴，不敢相信。她会带他去托罗湾、巴瀑布和阿乌皮尼埃长满青草的碎石上兜风，他们将几小时地待在汽车上。她将对他说："我们去那儿！"但到了最后却又朝另一个方向开去。她的笑声将让他产生一再拥抱她的欲望。

安德烈在楼梯上一把抓住她，指头都触碰到她的皮肤了——她感到自己差点晕过去，6年前，日本人的手就是这样抓住她的。"放开我！"她骂了一句，推开他，推得那么用力，竟然让他一个踉跄。女儿的房间就在几米远的地方。她匆匆下了楼梯。安德烈在她背后大喊大叫，她没有听到，砰的一声甩上门，用钥匙反锁上。

努美阿的所有高官都有私人司机，往往都是信奉天主教的美拉尼西亚人，愿为UICALO①效劳。蒙娜一个都不喜欢，最不喜欢的是图森。"那是你的司机，安德烈，不是我的。"他打了个呼哨："你别傻了。"

安德烈猛地一拳砸在门上。"我警告你，可怜的小女人，你永远也别想有驾照。"门在颤抖。"你知道为什么吗？"他又砸了两下。"因为你永远也考不出来！"一个可怕的声音吓了她一跳——一件家具砸到了门上，可能是张椅子。她闭上眼睛，肚子里形成了一团比石头还重的东西。什么都不能说。等待。

沉重的脚步终于离去。汽车马达声渐渐远去，最后消失，一片寂静。

———————————

① 新喀里多尼亚自由之友土著联合会。

过了很久，她站起来，颤抖着转动钥匙。椅子有点把门给卡住了，她把它扶起来。一条椅腿断了。她觉得一切都那么不真实：他的行为，他的身体，他的思想。好像房子本身也漂浮在一个貌似平静的海面。

她把自己关在浴室里，打开水龙头。冒着蒸气的热水。她蜷缩在花洒下面，恐惧沿着排水口盘旋着，与水一道流走。受辱的时代已经过去，谁也不能再操控她。

现在，她熟悉书架上的每本书。没有全读，远远没有全读，但知道存在主义的书、政论、阿拉贡的诗集、19世纪的小说、园丁手册在哪里。

"拿着，"玛尔特递给她一杯东西，里面是橙黄色的液体，"新鲜木瓜。"

蒙娜喝了一口，脸色大变。

"啊，别夸张，里面就一滴朗姆酒。该喝什么就喝什么。"

玛尔特成了她的密友，她的指路明灯——她最喜欢去的"坏地方"。"我会通知我在驾校的堂弟，"玛尔特安慰她说，"别担心，一个月后，你就能开车了。"

她一口喝光杯里的朗姆酒木瓜汁。

"很好，蒙娜，你开始有自信了。"

她们身边，书籍好像在对她们微笑。

　　我没有时间和埃弗利娜长时间讨论波伏瓦。我知道她很年轻的时候就在母亲的督促下读过波伏瓦的作品。在尼斯的沙滩上，她画出了"精彩的段落"，与此同时发现了萨特，萨特和波伏瓦是分不开的。那是一个时代。埃弗利娜和蒙娜一样，都意识到再也没有什么东西可以阻止女性愤怒的洪流。但在文学上，她要到1956年年底，读了纪德的书以后才有所发现。那种喜欢一直没有中断。

　　埃弗利娜上高二了。法语教师是个出众的老先生，戴着厚厚的眼镜，要学生们自己选一本小说来评论。她毫不犹豫地选择了《地粮》"……奈带奈蔼不指望在其他地方找到无所不在的上帝……忧郁不过是坠落的热情……"她陶醉了，激动不已，在自己的作文上署名道：奈带奈蔼。她意识到自己有点出格，但对自己的作业还是满意的。错！教师甚至不给她分，拒绝把作业本还给她，还要召见她父母。"他们离婚了，我和母亲生活。"老先生很吃惊：这个学生的状况比他想象的还要让他失望。

　　蒙娜同意去见老师。交谈当中，为了让老师的态度温和下来，她悄悄地把埃弗利娜的诗交给了他。她女儿是个发烧友！您看，先生，她写诗——真的不能恨她。那孤僻的老头被感动了，叹了一口气，原谅了她。第二天，他就声明要给埃弗利娜当文学顾问。他抛弃了诗歌，但没有抛弃纪德。

蒙娜就有这种本领，能扭转最困难的局面。让人开心或让人感动。我想象她面对那个愤怒的教师时的情景：她仰着头，高声大笑，拿出一个小作业本，上面都是内瓦尔①式的火热诗歌。你看，一个诗歌发烧友。接着又请他吃饭，请赏个脸吧，这会让我很高兴的。我们谈谈文学。老先生当然同意了。她笑得更欢了。一个词：魅力。

---

① 热拉尔·德·内瓦尔（1808—1855），法国诗人、散文家和翻译家，浪漫主义文学代表人物之一，主要诗集有《小颂歌集》《幻象集》《幻象他集》等。

罗莎莉被辞退之后，来了一个名叫康斯坦丝的老女人。这是一个十分虔诚的混血儿，没什么乐趣，吕茜很不喜欢，她宁可要老费库。老费库抓住母鸡时会让她摸一摸，尽管父亲不让她跟他说话。一天上午，他开车送她去上学，停下来等绿灯时，一群穿着白衣白裤的男女走过来。"费库，那些人是干什么的？我害怕。"老费库叹了一口气，说："麻风病人。"她缩在车座上。她知道麻风是什么：一种瘟疫。那些人像幽灵似的，脖子上挂着小铃铛，皮肤上都是斑，四肢残缺。"一碰得病的人，你的手臂、脚和脸就会被感染。"玛丽·德贡扎格嬷嬷警告过她。吕茜摇上车窗，产生了难以名状的恐惧。她呼吸了病人呼吸过的空气，也许她已经感染了。

当天晚上，一支响着铃铛的队伍来到窗前，给她带来了魔鬼之吻。其中有塌脸的，有没鼻子的，有没嘴的，断臂晃来晃去，撕裂的肉有的红有的黑有的黄，伴随着阴森的吼叫。

吕茜醒来时浑身是汗。她想喊父亲，向他求救，但跟他说麻风病人等于告发费库，她不希望他落得蒂梅阿那样的下场，最后进监狱。罗莎莉告诉过她，在那里，狱卒会用火烫囚犯的脚，用锤子砸他们的手指。她只好颤抖着藏在床单下面，在似睡非睡中进入梦乡。

见到麻风病人的第二天，吕茜冲向浴室："我先洗！"自从罗莎莉得病以来，母亲让他们每天洗三次澡，但那天她想比皮埃尔先洗。她使劲擦着自己的身体，向母亲要一小瓶酒精。整个星期，那景象都在重演。再擦点肥皂，再洗一次澡。"你怎么了？"母亲生气地问她。她可怜巴巴地说："我不想生病……"

"你不会生病的，不会有任何危险了。"

她止住眼泪："会的，有危险。"但说不出来是什么危险。

每天晚上，她都检查自己的手、脚和脸。幸运的是，她没有得麻风病。三个星期以后，她觉得自己脱险了。上帝的旨意实现了：他放过了她。她跪了下来，背诵了两段《主祷文》，并且为罗莎莉祈祷。吕茜很想念她，但再也没有她的消息。当吕茜重新去睡的时候，她又产生了怀疑，便重又跪了下来，请求上帝也去拯救那些麻风病人，他们的肉被撕裂了，变得红红的，让她恶心得吃不下晚饭。

这是我向埃弗利娜指出的"工作路径"之一。"用麻风病人来突出背景。这会给孩子的想象力造成什么影响？"她在我的问题前面标了一个"+"号，在"麻风病人"这个词下面画了一条线。另一个疑问将是：我为什么要让她突出这个背景？

在毛里求斯首都路易港的街道上，一个裹着纱丽①的妇女在行乞。我想我永远也忘不了童年时期的那个景象。从侧面看，她似乎完全正常。当然，她很穷，像无数被抛弃在街头的人一样穷，身体残缺肮脏。我跟着父母往前走，她那印度人的模样一直浮现在我眼前。突然，她朝我们转过身来……什么都没有。是的，什么都没有。她缺了半边脸，肉已经被麻风病侵蚀了。她的脸去哪儿了？她的眼睛呢？人们该拿她怎么办？那种红红的结成块的物质，让我想起星期天母亲给我们做香肠用的肉。我使劲忍着不让自己叫出声来。我想洗手，我不知道这种病是怎么发生的，但我很害怕。

我开始明白，要讲述埃弗利娜，就必须让我自己的某些

---

① 印度、孟加拉国、巴基斯坦等国妇女的一种传统服装，用丝绸为主要材料制作而成的衣服。

回忆渗透到故事中。根据作者与出版者的关系兜圈、离题、饶舌。一切都在沸腾，不管是什么时候。我在此跟她讲述我过去没有时间跟她讲的话。她写的东西，一开始就是她递给我的一面镜子。

蒙娜一个月就考出了驾照，正如玛尔特允诺过她的那样。费库开车把她送到城里，在图书馆或市场门口放下她，她自己悄悄地前往驾校。在玛尔特的密谋下，同样也是共产党人的教练支持蒙娜的反叛计划。当他告诉蒙娜，她考试已经过了，很快就能得到那张粉红色的小方本时，她跑去把这个好消息告诉她的朋友玛尔特，两人高兴地拥抱在一起。玛尔特说："我想亲眼看看你丈夫会气成什么样子……"蒙娜首先想到的却是她的情人。这个驾照将给她以巨大的自由，他们以后就可以随意在全岛兜风，逃避几个小时了。她用不着再为自己的外出编造理由，她想什么时候出去，就可以什么时候开车走。

安德烈冷笑着。怎么回事？她拿到驾照了？无视他的禁止，不管他们如何争吵，也不看看自己的动手能力是多么差？这不可能，但妻子不像开玩笑的样子，让他很担心："别告诉我说这是真的。"她忍不住坏笑起来。他不相信她拿到驾照了。他一阵咳嗽，她想给他拍背，被他猛地一把推开。"这不过是一张纸，"他气喘吁吁地说，"你缺最重要的东西：汽车。你以为我会把那辆破车送给你？"

不，她没有想过。但第二天，她就去了邮局，打电话给已经隐居在尼斯的父亲。伊冯在努美阿的银行有账户，他解冻了必要的数额，给她买了一辆雷诺。她下个星期就可以到车行提货。

当她独自来到自己的车上，坐在方向盘前面，发动汽车时，她感到自己新生了。这不单是因为拥有了一辆崭新的汽车，甚至也不是因为她知道自己的行动自由了，而是她真正意识到自己胜利了。从现在开始，她可以根据自己的意愿，走自己的路了。

新来的女同学不是太漂亮，红头发，圆脸，褐色的眼睛，牙齿稀疏。玛丽·德贡扎格嬷嬷匆匆地帮她作了介绍："玛德莱娜·杜郎。你们的新同学，她来自大城市。"老师把她安排到教室最后面，吕茜用眼角扫了她一眼，发现她脸色苍白，有些伤心。课间休息时，玛德莱娜坐在长凳上，但被同学们赶走了："你真臭，胡萝卜，你真臭！"女孩子们讥笑她，老师们在拱廊下面没有听见。吕茜没有忘记几年前自己在尼斯时感到的巨大伤痛，当时同学们也把她当作傻瓜，因为她连德国和犹太人都没听说过。教理书中说，嘲笑别人，不应该是基督徒所做的事。于是，她走向玛德莱娜，建议一起玩造房子游戏。玛德莱娜的脸上马上就露出了笑容，这竟然让她变漂亮了。

什么叫友谊？伸出手，一起欢笑，共同把一块石头扔到"天空"的方框内。两个小女孩成了好姐妹。

几天后，玛德莱娜非常激动地过来问她："你是否姓德福雷？"

"是的。"

"啊，那就是你了，"她大声地说，"多亏了你父亲，我才能到这里来上学。本来我是没有权利来这里的。"

吕茜想了一会儿："因为你是红头发？"

"不，不是因为这。"

"你不会也是犹太人吧？"

"不是，我是新教徒。"

吕茜掩饰不住自己的惊讶。父亲一直跟她说，他跟他的朋友莫拉斯一样，讨厌新教徒。也许有很多种新教徒，玛德莱娜和她一家也许属于好的新教徒。

"新教让每个人都能面对上帝，他们不要教堂，所以才有人说他们威胁到了国家这个整体。"吕茜从父亲嘴里听到过这种说法，但无法把它用在玛德莱娜身上。她做不到。

"如果你这么看重教堂，为什么星期天不陪我们去做弥撒？"蒙娜一边看杂志一边问。吕茜紧张得满脸通红，他们到新喀里多尼亚住下后，她母亲问过这个她一直想问的问题。她为父亲担心，他是在冒险。上帝是善良的，但不应该嘲笑他。是的，为什么他不再去做弥撒了呢？安德烈抱着她，让她坐在自己膝盖上。

"我在心里做弥撒。"

"这不可能。谁给你发圣体饼？"

"我不需要圣体饼。亲爱的吕茜，别忘了我是莫拉斯的支持者。"

"莫拉斯不喜欢做弥撒？"

"莫拉斯心里是不信上帝的，但他信教堂，漂亮的天主教堂支撑着我们亲爱的法兰西。那是国家的支柱，所以必须尊重它。所有危害国家的行为都应该受到惩罚，不管是犹太人、共济会会员、外国佬，还是新教徒。"

"那你告诉我，你为什么帮玛德莱娜上圣约瑟夫学校？"蒙娜嘲讽道。

他欲言又止，细细的青筋在太阳穴上跳动。

"玛德莱娜的父亲若斯兰·杜郎是重要的行政官，他也代表祖国。不幸的是，他是新教徒，人不可能十全十美。"

蒙娜克制着嘲笑，但安德烈忍不住了，站起来，威胁她说："住口！"但她没有就此罢休。"你很清楚，"他的脾气突然爆发，"我能为一个新教徒做的事，我绝不会为犹太人做。"门砰的一声甩上了。

吕茜后来去找父亲。他点燃一支雪茄，正在一个大本子上算账。

"爸爸？"

"什么事？"

吕茜在他桌子前面的椅子上坐下："你为什么恨犹太人？"

他叹了一口气，摘下眼镜。吕茜清楚地看见他慌乱不安了，但她需要一个答案。父亲扫了一眼手表，他没有时间来应付这些事情。"很简单，"他说，"犹太人让耶稣受了难。耶稣被钉在十字架上，冠刺、受难，这些都是他们干的。好了，走吧女儿！"

吕茜睁大眼睛，上帝牺牲，原来是因为他们……一切都明白了！当然。一块沉重的石头刚刚从她心中搬走。她拥抱了一下父亲，然后跑到花园里，感到自己解脱了。必须把这些都告诉玛德莱娜。

埃弗利娜年轻时就想知道父亲为什么反犹太人。为此，她读了莫拉斯的书，很快就察觉到某种体系的瑕疵和局限。

据那个"彻底的民族主义者"说，犹太人是革命和资本主义的罪魁祸首，而正是革命和资本主义导致了专制主义的灭亡。他提倡反犹，不是因为肤色，而是为了国家的利益。好吧！

这不等于说要"消灭犹太人"，他们像所有的人一样有活着的权利，但要"打倒犹太人"，因为他们在我们的国家爬得太高了。国家反犹就是要把他们拿走太多的东西拿回来，并且禁止他们再拿走。首先是法国国籍，他们已经拥有，而且事实上也将永远拥有，谁也剥夺不了。他们要感到满足才是！

这种思想太虚伪，让年轻的埃弗利娜感到很恶心，因为她已经开始读书和思考——由于母亲，她的想法跟别人不一样。但两三年前——因为年龄太重要了，一个对父亲充满敬仰的孩子怎么可能质疑这种事？"我没有怀疑过，"她说，"别人怎么说我怎么信。"等待对父亲来说没有任何损失。成年人总有一天要为他们给我们的不良教育而付出代价。

大家都知道，爱需要很多的奇迹，却只需要一点点果断——要么恰恰相反。皮西埃姐妹的第一个丈夫，要是在几年前，光是他们的名字就可能遭到处决。她们的选择也许并非无足轻重。

　　吕茜第二次看见父亲哭泣。1952年11月16日。在他亲爱的贝当元帅去世一年多之后，莫拉斯也死了。"啊，不！不！"父亲大喊着，倒在客厅的椅子上，报纸滑落在脚边。他身子剧烈地抖动着，涕泪纵横，但蒙娜不但没有去安慰他，反而恶语讽刺：

　　"他哭疯了，是的。"

　　莫拉斯最后一刻要求举办临终圣事，向上帝忏悔了。他让步了，失言了。吕茜感到非常困惑。

　　"爸爸……"她把自己的画递给他。白纸上画了一个十字架，上方是一个大太阳，中间四个人影手拉着手：一个很大的男人，她在他头上画了一个王冠；一个小女孩，一个女人，角落里还有个小婴儿。她用红色的毡笔写着几个字：

　　我爱你，我的莫拉斯派爸爸。

　　父亲紧紧地搂着她，一边吸鼻涕一边吻她。吕茜蜷缩在他怀里，她太崇拜他了，很为他骄傲。母亲耸耸肩离开了房间。

　　怎样才能恢复如常，像以前一样？母亲自从有了汽车，就经常消失，让父亲大为光火。两人经常对骂，喊叫一些她听不懂的话。之后，他们会疯狂拥抱，然后又重新吵架。皮埃尔穿着胀鼓鼓的短运动裤，不安地望着他们。当他们吵架的嗓门升高，吕茜便把自己关在房间里，心里非常难受。她开始信上帝，信圣母和圣女贞德。她跪在地毯上，双手握得紧紧的，以至于松开后手指都变白了，让她感到很痛。

"你的毡笔呢?"父亲擦掉眼泪，问。

她拿来一支毡笔递给他，父亲用力画掉了"莫拉斯派"这几个词，改成"莫拉斯者"。这是一种启示。

"一定要记住它。"他说。

蒙娜越来越想跟情人生活在一起。在家里，气氛每天都很紧张。安德烈对什么事情产生了怀疑，这看得出来。图森从来没有这样假惺惺过，他身上的一切都让蒙娜讨厌。至于孩子们，尤其是吕茜，噩梦越来越多，几乎什么都不想吃。蒙娜的情人很快就得回法国，于是她只梦想着一件事情：跟他去法国。待在努美阿，她会枯萎的，他说。他不断地给她送礼，吻她，拥抱她，对她在他怀抱中所创造的自由感到非常佩服。

玛尔特抽了一口烟，严肃地说："一个维希分子，一个'左'派……！"她气得脸都变形了："你为什么对男人这么感兴趣？"但她的愤怒从来不会持续太久，"让我感到担心的是，很快就会谣言四起。"必须准备反击：她通奸的事大家很快就会知道。

几个星期来，蒙娜收到的邀请确实少了。桥牌俱乐部、邻居的茶聚和世俗晚餐……甚至连玛德莱娜的父亲若斯兰·杜郎上次遇到她时跟她打招呼也很勉强。难道大家都知道了？她抓住玛尔特的手臂，说："我不在乎。现在，我想干什么就干什么。"玛尔特严肃地回答说："安德烈以后会对你不客气的，这你别太大意了。"蒙娜完全沉浸在新解放的妇女的那种激动中，回答说："你知道，扮演慈善院的大姐没有任何用处，不是吗？"她交叉着手指，望着天空。这个大逆不道的女人，兴高采烈，一副挖苦人的样子。

星期四下午，吕茜是在"勇敢的灵魂"里度过的，那是天主教的童子军营。晚上，她唱着感恩歌回到客厅，贝雷帽端端正正地戴在头上。"哎……别这么戴……"母亲说着把它摘了下来，斜斜地重新戴上去："这样戴……更漂亮。"

"我不想漂亮，"吕茜重新把帽子戴正，反驳说，"臭美是很不好的。"

蒙娜叹了一口气，玛丽·德贡扎格嬷嬷的课太有效了。

"今晚没有作业？"父亲问。

"有，英语作业。"吕茜到房间里去拿作业本，回来坐在客厅的沙发上，深情地扫了父亲一眼，读道："Togeterre, oui are api." "什么乱七八糟的？"蒙娜低头看了一下她的作业本，纠正道："Together, we are happy."[1]

"是玛丽·德贡扎格嬷嬷教你念成togeterre的？"安德烈无奈地摇摇头，问。

"是的。"

"她弄错了，应该说together！"

吕茜重复了一遍，然后老实地承认道："你知道玛丽·德贡扎格嬷嬷经常在虚拟式上犯错误。可我喜欢她。教理讲授，只有她行。"

安德烈嘟囔着离开了客厅，去倒威士忌。蒙娜发火了：

---

[1] 英文，意为"我们在一起很快乐。"

学校的水平真是糟透了！不能让吕茜待在那里。如果英语这样，其他科目也可以想象，法语、数学、历史……

"听着，"丈夫打断她，"问题没那么严重，人并不一定要当知识分子的。"

她愣了一会儿，然后大叫起来："什么？……你愿意让你女儿只当个好母亲、好妻子吗？当个十足的傻瓜，是的，像我一样？是的，像我一样！"

安德烈喊得比她更大声："你凭什么说你是好母亲、好妻子？你照过镜子吗？"

"什么？"

"你把自己当作榜样了？"

"难道你是榜样？啊，是的，对不起，我忘了……你……贝当的精神之子……"

"别污蔑贝当！"

"我爱说谁就说谁……贝当、莫拉斯……甚至还有希特勒！这些就是你的英雄！"

他抓住她的头发，摇晃着她。她在他手上咬了一口。吕茜大叫起来："住手！"但父母继续吵架，没有理她。他们继续喊，继续骂，一时间，客厅里变成一片白，刺得人眼睛都睁不开。吕茜张开嘴，想寻找新鲜空气，但眼冒金星，她的身体像一团死肉，砰的一声倒在地上。

我看见埃弗利娜半是高兴，半是生气，大声地说："Togeterre！在学校里充当老师的那个嬷嬷真的是这样念的！她什么都不懂。"埃弗利娜的眼睛闪闪发亮，刚刚消掉的气又上来了，我好像觉得那一幕刚刚才发生。"除了讲授教理，她什么都不懂。"我跟她提起过我母亲。在毛里求斯，在她生活过一段时间的塞舌尔，情况一模一样，教她的都是一些嬷嬷。她讨厌她们，拉丁语和地理是她最不喜欢的两门课，因为教她的那个嬷嬷懂的比学生还少，却每堂课都对他们唾沫横飞。

埃弗利娜和我母亲的学习经历非常相似——我是说至少小学如此。一群群女孩穿着制服，每天上宗教课，上午升旗时唱爱国歌曲，禁止打扮。"如果上帝要让你们指甲变红，不是用指甲油把它涂红，而是用血把它染红。马上把那些指甲油给我洗掉！"

　　吕茜晕了过去，吵架终于停止。她醒来时，发现自己躺在房间的床上，额头在冷敷。父亲犹豫不决，不知是否要叫医生。母亲认为不必，这是惊吓，不是病。康斯坦丝给她做了粥，但她根本没碰。很快，她又睡了过去。

　　现在应该是半夜两三点钟。吕茜踮着脚尖，推开弟弟的房门。皮埃尔趴着睡着了，呼吸又轻又缓。他还小，大人的争吵影响不到他，但吕茜却为他担心。他的嘴红红的，一动不动，小拳头微微张开，让她放心了一些。她在他的小脑袋上吻了一下，回到自己的房间，睡得很熟。

　　醒来时，阳光已经透过百叶窗钻进来。吕茜看了一眼钟，不安地洗漱穿衣，准备迎接新的风暴。让她感到惊讶的是，父母正在厨房里平静地聊天。两人"我的爱人""我的甜心"说个不停。

　　"啊，吕茜，早上好，宝贝。"

　　她先后拥抱了他们俩。"好点了？"他们微笑着问。她不敢相信自己的眼睛，发生了那些事情之后，他们竟问她这样的问题！他们给她端来巧克力和面包片，好像什么都没有发生过一样："啊，你要迟到了。快！"她上了车，费库马上发动起车子。大人们怎么能互相伤害得那么厉害，第二天又和好如初，就像吵架之前一样？

日子一天天过去。温馨甜蜜，让人思念。阳光烤灼着努美阿，全家去海里游泳，但这种状况不会持续太久。一个星期二，吕茜放学时看见母亲披头散发地从车里下来，声音虚弱，几乎是从玛德莱娜的手臂中把她夺下来的："亲爱的，你要勇敢。"她被母亲推进车中："你父亲气疯了，他要跟你谈谈。"她闯了一个红灯，四周马上响起一片汽车喇叭声，但她假装听不到。吕茜茫然地盯着远处，为了不让自己哭出来。母亲做了什么？父亲要骂她什么？"他会大喊的，但别担心。我在。"吕茜捏起小拳头，好像里面有颗念珠，她祈祷着。

安德烈已经在客厅里来回踱步，蒙娜一手搭在吕茜肩上，挑战性地看了他一眼。他一言不发，抓住她又红又软的胳膊，把她扔在一张椅子上。蒙娜心疼女儿。

"现在，你把一切都告诉我。"

吕茜睁大像镜子一样明亮的眼睛。

"你母亲是什么时候见那个男人的？"

她想站起来，但被安德烈按住了："不说清楚不准站起来。"

吕茜向母亲转过脸，一副哀求的样子。蒙娜感到自己的眼泪涌上来了，事情不应该这样的。"我告诉过你，她什么都不知道。"她重复道。

"住口！"安德烈吼道。"吕茜，现在，你说。我知道你知道的。"

可怜的吕茜结结巴巴地说："可是，我知道什么？"

"她骗我！"他指着母亲。

吕茜的目光又落在父亲身上："可是，不，爸爸，这不是真的！"

"你撒谎！图森把什么都告诉我了。为什么我们在上流社会的朋友在路上遇到她都会避开？嗯？"他用手掌拍打着自己的额头，"而我却什么都没看见！绿帽子！绿帽子！"他几乎是在呻吟，"全努美阿都知道了。"他又气愤起来，走到吕茜身边，扭着她的胳膊："我要你说！你为什么要护着她？"吕茜哭了。"嗯？护着一个生活腐化的女人！"一听这话，吕茜从椅子上弹起来，扑到母亲的怀里。"不不，这不是真的……"蒙娜站得笔直，坚强不屈，直视安德烈的眼睛，就像是古代的雕像，不知道它是象征爱情还是象征战争。

此后的几天非常可怕。蒙娜不是在情人的怀抱里，就尽量长时间地跟玛尔特待在一起。情人狂热而兴奋地对她说"他迟早会知道的"，并建议她跟他一起生活。

"孩子们怎么办？"

"带上他们。"

"我不能。不能这样，我得离婚。"

他的微笑非常生动。

玛尔特同意那个"左"派的意见，离婚是唯一的选择。蒙娜很沮丧，女人不能这样离婚。"如果你丈夫抓住你跟其他男人在一起，他会杀了你而不会坐牢……根据《民法》，在这种情况下杀人，是一个可以原谅的错误。"玛尔特捂着自己的额头："这是在鼓励杀人！"蒙娜从她那儿抽了一支烟，让自己包裹在辛辣的烟雾中。玛尔特又说："在离婚报告中，你可以以性格或脾气不合提出离婚，但如果是这样，法官绝对不会倾向于女方。要不，你就说你受到了虐待和辱骂。你自己选择吧！"

图书馆已经关门一个小时了，铁栅栏后面，夜幕已经降临，蒙娜拿起闺密的那瓶朗姆酒，那是留着在重要场合或心里不愉快的夜晚喝的。她默默地倒满两杯琥珀色的液体：

"玛尔特，我今晚能睡在你这里吗？"对方眨眨眼，理了理银色的头发："当然可以。"蒙娜没有看见女友的黑眼睛里闪过一道美丽的光芒。

这是城里的一座小屋，带花园，紧挨洋槐路。"你会遇到莱宁的。"篱笆里面，有只狗叫了起来。"是的，是我的莱宁……我来了。"蒙娜穿过一条很黑的走廊，来到一个杂乱的房间，桌上，椅子上，工作台上，甚至在绿色的植物中，到处都是书。椭圆形的玻璃窗后，有只拉布拉多犬。玛尔特打开门，那只狗便扑过来，充满了爱。"我来了，我来了……"她笑着说。

"它多大了？"

"5岁，还是个年轻人，嗯，我的莱宁。"那只狗叫了一声，好像在表示同意。终于，它跟她们亲热够了，玛尔特微笑地看着它跑到了花园里。

"这不过是条狗，我知道……但你看……如果没有它，生活就没那么快乐。"她转过头来，说："动物永远不会让你失望的。"

蒙娜发觉她有一丝忧伤，便没有回答。

"好了，今晚，我们吃烤鸡和色拉！"玛尔特把一瓶威士忌酒放在桌上。

一晚上，她们都在喝酒，抽烟，她们喝了很多。

"波伏瓦说得对！要为全世界妇女的利益抵抗男人！"

"可我喜欢男人……"蒙娜嘀咕道，她已经半睡在桌上了，"我的'左'派，他很英俊！安德烈也很英俊……啊，是的，他是多么英俊啊……"

玛尔特摇摇头，她完全醉了。"女人最伟大，我对你说过。只有女人才伟大！"两人都笑了。

"萨特很难……看！"蒙娜兴奋地大叫起来。

"这倒是真的，但萨特很伟大！"玛尔特一边打嗝一边回答。"妇女革命万岁！"有些酒洒在了地毯上。"为我们的生活干杯！"

莱宁舔着威士忌的酒瓶。欢笑声与夜色混在一起，友谊与醉酒混在一起。有时，蒙娜会用手去摸玛尔特的手，皮肤碰着皮肤，但她自己没有意识到。酒精让她晕乎乎的，脑子已经模糊不清。

　　玛尔特这个人物是虚构的。其实，我并不知道蒙娜是怎样发现《第二性》的。只是，这部小说需要一个人物来体现这一动荡的时刻：与他人相遇。埃弗利娜会怎么想呢？她会怎么对我说？"是的。"她会带着具有欺骗性的微笑这样说。或者说"你想怎么样就怎么样。"信任……又或者，她可以让事情改变方向，她不喜欢的事情，她说过。信心十足，难以置信，让我感到相当有趣。

　　不过，我相信她会喜欢我创造的这个图书管理员的形象的。在这个以文学作为武器介入社会的人身上，有我自己的一点影子，也有一点埃弗利娜的影子。她是朋友，是演员，更是个陌生人；她五十来岁，喜欢喝酒，独身，被生活伤害过。但我还是应该告诉你，我的第三个名字就叫玛尔特。

"你决定了吗？"

几个星期来，她的情人一直在催促她，他回法国的日期越来越近。蒙娜想离婚，但又担心得不到孩子们的抚养权。玛尔特鼓励她以性格不合上诉，关于她出轨的流言传播得那么快，她必须抓紧时间了。最好正式分手。为了不在新喀里多尼亚的上流社会爆出丑闻，要一直走到头。如果她采取行动，她总会看到效果的。

吕茜在院子里跟玛德莱娜玩跳房子游戏，没有注意到别人用恶意的目光看着她。当她来到"天空"格时，玛德莱娜叫了她一声。"我们才刚刚开始。"吕茜不愿意离开，但玛德莱娜一言不发地拉着她的胳膊走开了。她们坐在南洋杉的树荫下，对视着，有什么事要说。"我很抱歉，吕茜……"红发女孩看着自己的鞋子，"你父母要离婚了。"沉默。"我也不愿意相信……但这是我父亲对我说的。"她轻声地哭了，吕茜过了一会儿才反应过来："离婚是怎么回事？怎么离？"玛德莱娜犹豫了一下，说，"那样的话……你父母……他们会分开。"她的心突然难受起来，"但我答应你，我永远是你的朋友。"

回到家里，吕茜跑去找母亲。在她12岁的时候，她第一次对成年人感到了愤怒，极其愤怒，带着她所陌生的语言和感情："玛德莱娜说你们要离婚……"

"怎么……"母亲不想让她把话说完。

"告诉我这不是真的。是假的，对吗？我敢肯定这是假的。"

母亲没有动弹，但目光变得黯淡了。吕茜明白了，她崩溃了。

"孩子……"她猛地从母亲身边挣脱开来。

蒙娜很生气："你已经够大了，应该懂事了。是的，我要离婚。是的，我要离开你父亲。他不是你以为的英雄。"

"可你以前不是这样说的。"

蒙娜点点头："你说得对。我瞎了眼睛，就这么回事。啊，当然，他有一些优点，甚至不少，但是……"她咬着嘴唇，"如果你留在这里，跟他一起生活，你就永远掌握不了自己的命运。你父亲才不在乎你上不上大学呢！你没忘记，是吗？他不想让你成为知识分子，可我想。"

她停顿了一下，然后，好像所有的堤坝都突然决口一样。她说："我梦想成为医生，吕茜，我做梦都想。你看看我，我在生活中做了什么？嗯？什么都没做。"

吕茜怔住了。"什么都没做"，这句话很可怕，具有很强的破坏力，让她的头脑中乱糟糟的。

"为什么，妈妈？"

"因为你！我在上大学时怀孕了。为了你，安德烈不让我继续上学。"

吕茜脚步都摇晃起来。由于她，母亲的一生都毁了。

这种指责，埃弗利娜一辈子都没忘掉。蒙娜是那么想当医生……我在想，是不是也由于这个原因，小时候的埃弗利娜才在父母之战中最终选择了母亲这一方。她欠母亲的。还债的唯一办法就是成绩出色——她满足了所有的期待。

这是母亲要在女儿身上实现的东西。她们所请求女儿的，往往都是无声的。这种条约她们是用共同的血脉一起签的。

我越是觉得这跟我自己的母亲相关，这本书的进度就越快。

她本来是想上学的，但父亲不给她学费，在他看来，在60年代，一个克里奥尔人①有钱人家的女儿，结婚生子就好了。她要照顾家庭。一天，她在家里碰到父母在吵架。我外婆说："她想当保育员。"我外公回答说："为什么？"他是真心不明白。外婆站在主流意见一边。女儿再也不上学了。为什么我每次想到这个情景，心都会流血？总之，知识是不分年龄的，也不讲文凭。好奇总比愚蠢的迟疑好很多，但这种被拒的感觉一直让我难受。小时候，我总是可以尝试

---

① 安的列斯群岛等地的白种人后裔。

自己想做的事情，从来没有人对我说："不，你不能做这事。"这种自由，这种王后般的自由和特权，我要让我所爱的人永远都拥有。

"放开我！住手！"楼梯上传来叫喊声，吕茜不安地放下手中的书。

"你疯了！"

房门被猛烈敲响，母亲跑进来，"你看，吕茜！"她伸出自己的手臂：大块的血肿让她的皮肤变成了紫色，"他现在竟然敢打我了。"

安德烈在门外愤怒地揭穿她："别让吕茜掺和这事。我没有打你，我不能让她相信你的鬼话。"

吕茜感到非常恐慌，她该怎么说？该做出什么反应？母亲奇怪地笑着，然后大喊："滚！她不想见到你。"然后拉着她的手，突然把门打开。吕茜被吓坏了，沮丧地看着父亲站在那里都差点哭了，"我没有打她。"他用沙哑的声音重复道。

在汽车里，蒙娜承认父亲说的是真的。他们吵架了，她不小心摔倒了。瘀青不是他打的，她只是找不到更好的借口来离婚。

"我不想你们离婚。"吕茜低声说。

"德福雷夫人，我能帮您什么忙吗？"

她把肿起的手臂给医生看："我丈夫打我。"

医生惊讶地看着她："夫人，我无法相信……"

"您自己看吧！"

医生开始检查，一边查看血肿一边记录。

"您能给我开个证明吗？"她问。

医生抬起一只手："夫人，这种情况是不能开证明的。很抱歉。不过两天后，我会再联系您，我保证。"

她松了一口气，谢了他，回到了鸟儿别墅。

她怎么能相信呢？当然，他有人支持。当然，他会制止这件事。医生信守诺言，两天后打电话给她。证明还是不能开，她丈夫不否认血肿，但关于它的来源——它完全有可能是跌倒时碰到什么地方造成的。医生不想与德福雷作对，不想在一场与他无关的争斗中当裁判。

她一挂上电话，安德烈就来嘲笑她了："哎呀，那个混蛋医生不想给你出证明。"他坏笑起来。他是经济处的负责人，有权决定是否给居民外币。医生刚好想买一辆锃亮的福特汽车，而这只能用美元从澳大利亚买……巴黎值得来一场弥撒①，"福特"值得朋友间的一个小小交易。蒙娜输了一仗。

---

① 1593年，法国国王亨利四世改信天主教，声称"巴黎值得来一场弥撒"。此句成了他的名言。

亲爱的爸爸：

　　我不知道该怎么办。安德烈变得十分暴力，动不动就发火，我无法再忍受下去。我想带皮埃尔和吕茜回法国。离开他，至少是一段时间。如果我不走，会发生让人遗憾的事的。我希望你能理解。这不是一个容易的决定。

　　我感到很孤独，我需要你和妈妈。这是一个非常谦卑的要求，但代价昂贵。请相信我。就是这样。你能让我带孩子们去尼斯生活吗？

　　吕茜每门课的成绩都是班里第一。应该说，水平不是太高，但她书看得很多，什么都懂。你有一个优秀的外孙女。至于皮埃尔，他长得很快，模仿姐姐说些大人的话。他很帅气！我急着让你重新见到他。

　　求你了，爸爸，帮帮我。

　　紧紧地拥抱妈妈。

爱你的女儿

蒙娜

看医生之后的几天好像进入了风暴眼，安静得非常沉重，显得很不真实，酝酿着即将到来的灾难。安德烈显得很正常，甚至有些高兴，竟然建议星期天坐小帆船去珊瑚沟海域钓鱼。蒙娜必须跟着去。

天上布满了乌云，大海却很平静。"我的虫去哪儿了？"皮埃尔把诱饵递给父亲。安德烈把鱼线抛进大海。吕茜敬佩地看着他。"啊……我感到咬钩了！"他钓起了第一条鲻鱼，鱼在用力挣扎。"一条！"他自豪地大喊，他从鱼钩上取下鱼。

"再来一条，爸爸！"吕茜激动地大喊。

"来了！"又一条鱼跳出了水面。大家欢笑着，继续抛竿，又钓上来一些火鱼和目光绝望的鸭嘴鱼。小冰箱越来越满，蒙娜开心地看着他们。她的家庭。

本来一切都将如此简单。

在开车回家的路上，安德烈大声地说："我有个主意。"他右拐了："我们去学校转一圈。"到了大门口，他按了按喇叭，从车尾箱里把冰箱拿出来。车停下来时，蒙娜也要下车。"不不，亲爱的，你在车上和孩子们一起等我。"多少天没有叫她"亲爱的"了？她坐在车中，陶醉在海风和重新找回的温柔中。

一刻钟后，安德烈出来了，冰箱空了。"我们钓来的鱼让玛丽·德贡扎格嬷嬷高兴坏了。她全拿了，不管是大鱼还是小鱼……"蒙娜没有说话。吕茜抱住父亲的脖子：爸爸太慷慨了。

8月，在法国，孩子们都会去海边玩，享受假期和雪糕筒，努美阿却照常上课。海上远足的第二天，吕茜像往常一样上学，穿着拉得紧紧的短袜和熨烫过的裙子。像每天早晨一样，她快步走向玛丽·德贡扎格嬷嬷，去拥抱这个兼当老师的校长。但那天，这个嬷嬷却伸手把她挡住了。吕茜停下脚步。

"到位置上坐好，同学们。"

玛德莱娜拉住吕茜的手，悄悄地问："怎么了？"吕茜产生了一种不祥的预感。学生们两个两个进入教室。玛德莱娜和吕茜像平时一样紧挨着坐下。

"德福雷小姐，"嬷嬷的声音让她有些吃惊，"请把东西放下，到讲台上来。"

吕茜屏住呼吸，玛丽嬷嬷从来没有这样跟她说过话。她怯生生地走上去。

"你会背了吗？"

吕茜连忙点头。

"背吧，让我听听。"

温柔的玛丽，上帝的母亲，

您的心是个港湾，

请您看着我们，

让洪水远离我们，

人类与天空的母亲，

温柔的玛丽，上帝的母亲。

　　她背完了诗，最后献给嬷嬷一个灿烂的笑。"那好，"她正想回到座位上去，嬷嬷让她站在讲台上不要动，"这首诗告诉了你什么？"吕茜惊讶得合不拢嘴，回答不上来。

　　"我换种问法吧。它讲的是什么意思？"

　　吕茜尽其努力地回答说："讲圣母马利亚。"

　　"诗是怎么形容她的？"

　　"就像一个港湾。"

　　"还有呢？"

　　"像一个温柔善良的母亲。"

　　校长点点头："完全正确。在你看来，德福雷小姐，一个当母亲的有可能是坏人吗？"

　　"不会，当然不会。"

　　"我同意，但如何解释你母亲的行为？"

　　教室里出现了一片死寂，吕茜感到自己的脚都发软了。嬷嬷向前一步，走上讲台，拍着双手：

　　"大家听着，你们的这个同学经历了可怕的危机。她母亲，也就是经济处主任德福雷先生的妻子要求离婚！"

　　孩子们都惊叫起来。吕茜好像被猛击一棍，她咬紧牙关。玛德莱娜则被吓呆了。

"离婚是一种死罪。如果德福雷夫人一意孤行，她将直奔地狱。"说完，嬷嬷转身问吕茜："你愿意这样吗？愿意让你母亲下地狱吗？"吕茜束手无策，大哭起来，不，她不想这样。

"那你就祈祷吧！"嬷嬷命令她跪在全班人面前，背诵"我们的父亲啊"，"我向您致敬，圣母马利亚"，然后重复5遍"上帝啊，让我母亲放弃离婚的念头！"

吕茜颤抖着站起来。她的膝盖跪得很疼，全世界都让她感到痛苦。她回到自己座位上时，嬷嬷补充说："如果你爱你母亲，你就要制止他们离婚。"

好像是个火炉，在地上挖出来的，很大的火炉。火焰比浪花还要高，从地板下冒出来。火与岩石的海洋。"妈妈！"吕茜大喊。红色吞没了一切，她无法前行一步。"妈妈……"突然，前面出现了一座桥。她毫不犹豫，跑上去寻找母亲。但在火山口里面，在岩浆之间，只有一个小女孩。那就是她。

第二天，吕茜没有去拥抱玛丽·德贡扎格嬷嬷，而是走到自己的座位上，仍然坐在玛德莱娜旁边。玛德莱娜大胆地向她伸出手来，好像什么事也没发生一样。吕茜在家里什么也没说，她的心忧伤得过于沉重，头脑里满是昨晚的噩梦。

"德福雷小姐。"

　　她心跳加快。由于她没有动,玛丽·德贡扎格嬷嬷又叫了一遍她的名字。吕茜走向讲台,折磨又开始了。她跪在地板上,乞求上帝,祈祷,请求原谅她母亲,原谅她犯了错误的母亲。老师非要她这样做不可:"如果你能在8月15日之前拯救她,圣母就会给你祝福。"学生们的嘲讽,意味深长的静寂,不怀好意的冷笑,种种耻辱沉重地压下来,逼她让步。她回到家里,决定劝说母亲。

蒙娜清楚地看到这里面有问题。吕茜不想吃东西，眼圈发黑，面露忧伤，脸也瘦了。自己离婚这件事将让女儿承受很大的压力，这是肯定的。一切痛苦都是她造成的。坏母亲。但那天晚上，女儿放学回家后，蒙娜从吕茜的眼睛里看到了别的东西。一种很坚决的东西，一种勇气。

"妈妈，你不能离婚。"吕茜站得像士兵一样笔直，她是第一次这样跟母亲说话。"必须""不能"，那是父亲的语言。"你不应该这样，因为，假如你离婚，你会下地狱。我不希望你下地狱。"

吕茜漂亮而明亮的眼睛湿漉漉的，紧紧地盯着她。蒙娜崩溃了，泪如雨下，她从来不曾这样过。她紧紧地搂着吕茜，不断地吻她："我的女儿，我亲爱的女儿……"

女儿擦去眼泪，说："玛丽·德贡扎格嬷嬷一定要这样。如果你不放弃就会下地狱。"

"玛丽·德贡扎格嬷嬷？"

女儿把事情的原委告诉了她。可怕的一星期，面对全班祈祷，同学的嘲笑，耻辱。蒙娜跳了起来："她有什么权力敢这样做？……"但她把下半句咽了回去。原来如此。帆船、鱼、冰箱，突然到学校里拐了个弯。

她难受得胃部痉挛，深深地呼吸了一口气之后，她转身对女儿说："宝贝，去跟皮埃尔和康斯坦丝玩，我得跟你父亲谈谈。不过别担心，我不会下地狱的。"吕茜朝房间走去，蒙娜则直奔丈夫的书房。

门没有锁上，她砰的一声推开。

"你这是想干什么？"安德烈向她转过身来。尽管她在大喊，他却岿然不动。

"你这是什么意思？"他声音沉闷地问。

她愤怒地站在他面前："那天，你去学校兜了一下。你奇怪地去钓鱼……啊，好吧，我们说个清楚！"

安德烈挤出一丝微笑，但并没有抬起头。她从他手中夺下他正在看的文件，他冷静地向她发出挑战：

"为什么？你想用鱼来烧烤吗？蒙娜，我知道你不喜欢的。"

"我喜欢你耍的小阴谋。你给了她多少，嗯？一千法郎？两千？一万法郎？想用来收买整所学校？"

"想用来回购我太太。"

她喘不过气来，倒在一张椅子上。

吕茜在康斯坦丝和弟弟的陪伴下，坐在信号台的脚下。她想起了蒂梅阿。光是监狱的名字就吓得她发抖。那个不幸的男孩一辈子都会记恨她的，哪怕他从那个黑洞里出来。罗莎莉呢？她怎么样了？还有提巴伊，她最后也许成了越盟的一个革命者。

吕茜坐在草地上思考，思考这几个月来她所听到的一切和看到的一切，思考成年人的种种怪事。她隐约看见了自己身上的什么东西。一道光，但她太痛苦了，不愿意细看。她吻着弟弟圆圆的脸蛋，递给他一朵雏菊，好像那是一束玫瑰。她第一次注意到他的眼睛蓝得很特别，跟她的眼睛惊人地相似。

"德福雷小姐，你母亲会放弃离婚吗？"吕茜耸耸肩。玛丽·德贡扎格嬷嬷恶狠狠地看着她："跪下！"

地板还是那么硬，但那天跟别的日子不一样。背完《我们的父亲》，吕茜抬起头，"我不明白，"她说，"如果离婚是一种罪恶，那不去做弥撒也是一种罪了？"玛丽嬷嬷不知所措，微微点了点头。

"我父亲三年没做弥撒了，他也该下地狱！"

教室里出现了一片沉寂。"有的罪是可以弥补的。"玛丽嬷嬷支支吾吾地说，"如果你父亲请求饶恕，他是可以去炼狱的。"吕茜大笑起来。那是一种神经质的笑，疲惫的笑。她想象父亲在地狱边缘的白色通道中踯躅，他受到了惩罚，但逃脱了火焰。

"离婚是最大的罪恶，"玛丽嬷嬷又说，"对你母亲来说，她会去地狱，只能是地狱！"

噩梦中的景象又浮现在吕茜眼前。可怕的炎热，火山的岩浆，孤独。上帝让人受这种苦难，还算善良吗？他为什么要建造地狱？他不是比魔鬼强大吗，为什么不接受自己的规则？逻辑最后站不住脚了。这时，她好像又看到了昨天在信号台下掠过她身上的那道让人痛苦的光芒。于是，当嬷嬷再次让她祈祷时，她站起来，掸去膝盖上的灰尘，坐到玛德莱娜旁边。

"吕茜！"

她没有动。

"德福雷小姐，我不得不对你进行严惩了。"嬷嬷重复道，但口气没那么坚决了。吕茜平静地看着她，暗黑的眼圈在眼睛底下画出两个忧伤的微笑。她没有不礼貌，也没有冒犯嬷嬷。只是，威胁对她不再起作用了。嬷嬷慌了，没有再坚持，找了个台阶讲起数学来。

等到课间休息，吕茜把玛德莱娜拉到一边。她想了很长时间，现在明白了。在11岁的时候，她懂得自己做决定了。玛德莱娜好奇地看着她，不知道她要告诉自己什么秘密。吕茜紧紧地握着她的手，笑着对她说："我们只需说，上帝并不存在。"

耶稣，圣母，从她小时候起就是她的救星，现在却被她扔到一边。母亲得不到拯救了，但不会孤单。不过，吕茜会陪她下地狱，这是最重要的。她小小的脸上一副疲态，但一道温柔的光芒非常强烈。玛德莱娜请求她放弃计划，这简直疯了。她轻声地问吕茜："你不怕吗？"

"怕，但这是我找到的唯一办法。"

在她们头顶，天空呈现出无限悲伤的颜色。

我想，"我们只需说上帝并不存在"这句孩子气的话，让我在遇到埃弗利娜之前就喜欢上了她。她11岁，我应该说，"她才11岁"，就已经掌握自己的人生了。那场面非常真实。当众侮辱；安德烈的行贿，他收买了校长，不单是用几条鱼；污蔑蒙娜的恶毒语言，威胁说她要下地狱；巨大的罪恶感，手枪顶着脑门：如果你劝不动你母亲放弃离婚，我就惩罚你。

"无耻的女人！"埃弗利娜咬牙切齿地喊道。因为她以前很崇拜玛丽·德贡扎格嬷嬷，想不到会遭到这种惩罚。惩罚她的什么？小女孩左右为难，无所适从，不知不觉受到了父亲的讹诈。当裁决的时间来临，人们把她扔到了神意裁判①的天平上。

"放弃上帝是我这辈子最难做出的决定。"她跟我重复过好多遍，我很愿意相信她。人是不会那么轻易地放弃希望的。没有上帝，死亡就只是个死亡，仅仅是虚无，无限漫长的黑暗。

---

① 中世纪条顿族等施行的裁判法，如令被告将手插入火或沸水中，若不受伤，便定无罪。

那一天终于到了，她的情人要走了，要回巴黎去了。"我在那里等你，"他拥抱着她，"尽快来到我身边。自由地……"一个微笑。他们沉浸在忧郁之中，一起度过了在新喀里多尼亚的最后一晚。马让达的骑马俱乐部将被他的合作者蒂埃里接管，让娜和他一起回法国。

蒙娜叹了一口气。离婚的过程非常漫长——如果安德烈不同意，甚至有可能永远都离不了。他是无过错的一方。"那就说服他。"她依偎在他怀里。"想象一下孩子们在巴黎会怎么样吧！最好的学校，最好的医生。"她知道。在等待去巴黎的同时，她还在等来自尼斯的消息。父亲还没有回答她，但她绝不相信父亲会对她说"不"。

"是什么让你留恋这里呢？"情人继续问。

"什么东西都不是，什么人都不是。"不对，有点舍不得玛尔特。"我会给她出机票，她可以去看你。"他说。

蒙娜凄然地一笑。

当他带着大箱小箱上车的时候，天空是月白色的。他不能再耽搁了：总督还等着最后再跟他见一面呢！

"你会给我写信吗？"她哽咽着问。

"每天写。"他吻着她的嘴唇，然后用力挣脱她。

汽车消失在小路的拐角。

难道这就是爱？一阵刺痛穿过她的身体。蒙娜感到万箭穿心，各种感情压迫着她，其中忧伤还不算是最让人痛苦的。她步伐沉重地上了自己的汽车。在鸟儿山丘，真正的生活在等待她。

安德烈并没有问她昨晚是在哪里过的。她回来的时候他正在穿衣，然后马上就走了。她在床上重新躺下，注意避开还留着丈夫体温的地方。

中午，邮差来按门铃。她马上认出了信封上的字迹。

蒙娜：

只有你自己知道什么对你才是最好的。凭良心做事，知道家里的门是朝你们，朝你和你的孩子们大开的。这里有尼斯豆饼还有几瓶玫瑰酒。什么时候到说一声就可以了，我们来接你。尼斯的退休生活很清闲，你会看到的——除了你母亲有时会心血来潮，那天，她出去到街上遛弯，迷路了，我们找了她整整两个小时。你永远也猜不到最后是在哪里找到她的——在城门口的圆转盘那里。我问她在那里干吗，她说："我在看风景。"我们不会闷的。

紧紧地拥抱孩子们。

祝好！

Y.

下面，还有匆匆加上去的两行字，像绿头苍蝇的小脚：

你父亲总是那么夸张，但那确实是一个美丽的圆转盘。我们等你。大大的吻。

什么样的事实可以让人虚构？我写这几行字的时候，觉得自己在做一个拼图游戏。我有很多块拼图，是埃弗利娜给的，有书稿，有邮件，有她的谈话。其他东西来自上下文，有背景、人物，往往都有噩梦。我意识到自己面对很多黑洞，缺少很多块拼图。她的家庭成员，她的朋友，也许还有她的学生，许多人都会给我别的素材，别的启发，但那时就需要甄别、证明了。我们要写的是传记，埃弗利娜却选择了虚构，那是想象的天堂，也许会有背叛，但完全自由。而尊重事实是一种诱惑，就像被关在房间里的蝙蝠。虚构照亮了某段历史，像音符一样超越了空间。

剩下的就是担心伤害她，担心弄错，担心自己说不出来，不是说不清楚谁是埃弗利娜·皮西埃，而是怕我的思想和我的心无法通过这本小说把她说清楚。这种担心，我在家里是用恐慌来回应的，它有时让我又哭又笑，这是很令人担心的事情。是的，我害怕，害怕做出判断，害怕被人看不起，害怕说错，尤其担心这本书不是她所梦想的样子，但这并不能让我停下来。我要把自己的诺言进行到底。

她已经骑了一小时的马。天下起了暴雨，雨水抽打着她的脸，让她的衬衣紧紧地贴在胸前，湿漉漉的头发在额头上黏成一团一团的。蒙娜希望雨下得更大一些，她希望洗去家庭最近的歇斯底里和昨夜的情景。

"我放弃上帝了。"吕茜宣布。父亲的脸放光了："这下你也成了莫拉斯派的一员！"

父亲没有明白。她说放弃了上帝，等于也放弃了教堂和弥撒，放弃了一切。"爸爸，你相信吗，上帝也能自称是天主教徒，就像想当法国人又讨厌自己的国家那样？"

父亲举起了手想打她。

"安德烈，住手！"蒙娜愤怒地喊道。

父亲悻悻地放下了手。

"你一直在跟我说谎，"吕茜继续说，"你不在乎教堂！否则你会去做弥撒。"

"吕茜，现在详细向你解释莫拉斯的思想还不到时候，但如果现在你的屁股痒了，我已经准备好。"

蒙娜站起来："不准你碰她。"

吕茜什么都不管了，她站在父亲的鼻子底下："你从来没有去忏悔过！这不是由于莫拉斯，而是因为你永远不想承认自己的错误。"

奇怪的是，这一批评让安德烈冷静了下来。"确实，我不喜欢忏悔。忏悔师往往把自己当成是精神分析师。你知道是谁发明了精神分析学吗？是一个犹太人。"

蒙娜插话道："弗洛伊德是不是犹太人这不重要，问题是他的科学是建立在发现无意识基础之上的，没有比这更科学的了。我知道我有意识，无意识是不存在的。这不过是原谅自己错误的一个懦弱的借口。"

这些都是玛尔特教她的。存在主义是一种人道主义，但也是一种学派。让大家都没有想到的是，丈夫点点头，表示同意。她感到他投向她的目光火辣辣的，嘴也更红了。她知道，他最喜欢有人赞同他的意见了，他觉得这样……很让人激动——这个场面，蒙娜想，也让人回忆起其他很多事情。

"你母亲太聪明了，吕茜。"他把手递给蒙娜，蒙娜也把自己的手递给他，让他在上面印上了一个吻。"小姐，"他低声耳语道，"你比时尚的版画还让人喜欢，但男人们能相信你吗？"

这一暗示让她笑了，也让她激动了，她突然找回了她结婚17年的爱人。像以前那样，她只有一个欲望，那就是扎到他的怀里，脱掉衣服，把他的衣服也脱了，引导他的温柔动作。她忘了吕茜，跟着他去了房间。

在做爱的过程中，玻璃鹦鹉被震得掉了下来。小河流水那样清亮的声音，叮当一声，无数彩色碎片撒满了地面。鸟儿不在了。一阵沉默。蒙娜低语："完了。"安德烈也跟着说："完了。"两人面面相觑。时间凝固了，然后，在一声叹息中说了声：

　　"那就离婚吧！"

　　骑在马上，蒙娜试图清空回忆。她知道，她的第一个敌人，就是她自己，是她的身体。她总是不由自主地想起安德烈，总是向他的微笑、目光和他们共同的回忆投降。她的皮肤贴着他的皮肤。他们的爱情之夜。但雨水没有洗去任何东西，她把"沙丘"牵回马厩，然后开车朝努美阿的方向驶去。她得跟玛尔特谈谈。

　　图书馆的铁栅门关着。蒙娜看了看表，11点。这个点没有理由关门！她喊着玛尔特的名字。没有人应，玛尔特的汽车不在停车场。她是否通知过自己她今天不在？蒙娜记不清了，便向旁边的一个商人打听。没看见，他什么都没看见。蒙娜突然担心起来，回到车中，发动了汽车。

　　洋槐路的那栋屋子似乎在沉睡——百叶窗关着，门也关着。突然休假一天？她敲敲门。没有任何反应。她又敲。"玛尔特！"她有些不知所措，探头往篱笆后面的花园里看。已被太阳晒干的灌木丛中有个洞，地上都是树枝。蒙娜把眼睛贴上去，起初没看见什么。她换了角度，猛然看见面前有个头，被砍掉的头，是莱宁的头，眼珠惊恐，舌头在地面滴了一大摊血。旁边，它的身体更是姿势怪异，前腿交叉，好像在等待主人。当她瞥见身后有个人影仰躺着时，她差点晕过去，几秒钟才恢复意识。

　　几个邻居跑过来，警察也很快就赶到了，大门被撬开。救护人员连忙冲进花园，但已经太迟了。

　　人们让蒙娜来认尸。

　　玛尔特脸上有土，"我们发现她的时候她是趴着的。"一个警察解释说。玛尔特漂亮的银发在绿色的草坪上画出了一个光圈，一只苍蝇停在上面。

　　"我可以问您几个问题吗？"

　　蒙娜点点头，但一个字都说不出来。

　　"您真的认出是玛尔特·卡罗的尸体？"

　　是的。

　　"她是努美阿的图书馆馆员？"

　　是的。

　　"您是她朋友？"

　　她满眼都是泪水，是的。

　　"她结婚了吗？有孩子吗？"

　　没有。

　　"她就一条狗，没别的了？"

　　是的。

　　"这条狗凶吗？"

　　不凶。她努了一把力，补充说："它叫莱宁。"警察做了个鬼脸，"您知道她有敌人吗？或者说有敌视她的人吗？"很多。她是共产党。警察记下了她的地址和电话号码："有什么事我们会通知您的。"

调查进行得很快。全身尸检。

玛尔特死于心脏骤停，也许是因为发现自己的狗被人肢解。此外，她血液里还有很多威士忌。狗是街上的一个家伙杀的，那是一个极端的天主教分子，是个偏执狂，他强行闯进了院子里。"我宰了那畜生！"他大声地说。他早就认识那条狗，玛尔特天天喊它的名字。邻居们都说那天上午听到狗叫得很凶，其中有个邻居甚至在路上遇到了那个疯子，那家伙叽里咕噜地说："我杀了莱宁。"他没想到那人说的是狗，也没想到他的袋子里有斧头。他翻越篱笆，杀了那条狗，也等于杀死了那个女人。他很快就会被送进疯人院。结案。而玛尔特则会被装到一个小盒子里入土。

在努美阿的最后一段日子，吕茜陷入了无限的悲伤。离婚一宣布，蒙娜就自豪地出具了证明，"我们成功了，宝贝。"她紧紧地抱着女儿。吕茜不明白这个"我们"指的谁，但假装高兴的样子。父亲自吹自擂地说："啊，蒙娜，希望你能知道，我从来没有感觉这么好过。我的女助理……每天，你知道，不瞒你说，太热情了！"蒙娜笑了："那太好了，太好了，这说明你我已经不再相爱。"

吕茜偷偷地哭了。"热情"。这个词掩盖着一些她所不懂的事情，在她脑海里嗡嗡作响，就像让人不安的肮脏的虫子。父亲好像若无其事，"你们离开的时候，我会很平静的……啊，这太好了！"

吕茜感到很吃惊。难道他不再爱她和弟弟了？好吧，她已经放弃了上帝，她也会放弃父亲的。摆脱这种双重的爱将是一种解放——痛苦，但一了百了。他可以驾着自己的小船，到鲨鱼群里去潜水。啊，对啊，他会被鲨鱼吃掉的，她曾挚爱过的英雄。

在这期间，蒙娜一直在准备自己的行装。途中，会有个家庭女教师陪他们一同乘船。康斯坦丝要上学，要玩，她对那么长的旅行不感兴趣，于是他们找到了一个想回法国的新喀里多尼亚白人妇女。大家说好不要对皮埃尔说有关离婚的事，他还太小。"我们要回法国去看外公外婆。爸爸将在努美阿再留一段时间，他要工作，但你们很快就可以再见的。好吗？"小家伙当然没意见。

9月底，天空蓝得一尘不染，"复兴号"在港口准备起航。安德烈执意要送他们："否则皮埃尔会怀疑的。"蒙娜猜，这只是个借口。

孩子们站在蒙娜身边，她感觉到皮埃尔有些伤心。仍然是在邮轮上，但这次，安德烈将留在码头上……她好像又看见自己在河内，刚从集中营里出来。当她看到自己的丈夫那么瘦，那么虚弱时，眼泪不禁流了下来。那几个月，仅仅是因为想到有他，她才坚持下来。

"我给你们一点自由时间，让你们跟家人在一起。"家庭女教师说。一个当地挑夫跟着她，挑着三个大箱子。蒙娜重复道："家人。"这个词让她心酸。安德烈穿着他最漂亮的衣服，那种珍珠灰使他的眼睛显得格外让人瞩目，她以前最喜欢看他穿这身衣服。他们的生活本来不这样的。他们破坏了什么？吕茜紧紧地抓住小弟弟的手。别哭，站直了。

"祝你们旅途愉快……"安德烈低声说，声音有些哽咽。他们对视了一眼。有时并不需要语言，可以继续去爱已经不爱的人。船员们在大声喊叫乘客，不能再拖延了。吕茜第一个走，她拥抱了父亲，身体僵硬，说不出话来。父亲想把她抱得更紧一些，但她立即就挣脱了，把父亲让给了皮埃尔。

"爸爸，你很快就会来看我们吗？"

　　安德烈点点头。皮埃尔的小手重新找到了姐姐的手，他们上了舷梯。蒙娜向前一步，一手按着丈夫的肩膀，他紧紧地搂着她的腰。"比时尚的版画还可爱……"11月的一天晚上，他曾这样说过。这次，只剩下沉默了。她在他脸颊上吻了一下，最后呼吸了一口龙涎香与失败的味道。

在船舱里一安顿好，蒙娜就跟家庭女教师商量如何安排孩子们的时间，根据安德烈的意见，除了上课，也要有游戏和聊天。之后，她就开始给情人写信。她说，巴黎已经吹来他的温柔，她只想尽快做一件事：见到他，爱他，拥抱他。每到一个停靠站，她都会寄一封信给他。信一写完，她就想起了安德烈，想起了他们在印度支那的生活，他们的快乐。她花了很长时间才明白，她不过是个物品，永远是一个微不足道的东西。其实，她在心里责备安德烈的是：不能适应和接受她的变化。首先是否认她的道德原则，爱莫拉斯胜过爱她。可他是孩子们的父亲——他们之间有种割不断的关系。于是，她也得给他写信，"安德烈""亲爱的安德烈""我的安德烈"，告诉他关于孩子们的情况："吕茜的听写一个错都没有，家庭女教师感到很满意。至于皮埃尔，他现在也掌握了字母。"关于她自己，蒙娜没多说什么，"海上波涛汹涌，我并没有感到太难受。"她每次封上信封，都不知作何感想。一封寄往法国，另一封寄回新喀里多尼亚，她在半路上，在两封信之间。

在船上，她看了很多书——那是与玛尔特进行交流的唯一办法。她想留下这个朋友最美、最令人羡慕的东西，忘记洋槐路可怕的景象。她常常重读那本米色封面的书，边上有红杠和黑杠，书上将永远留着图书馆的编号，第125页上有块油迹。"只要男性和女性不承认自己是相似的,也就是说,女性将作为女性这样持续下去,争吵就会永远不断。"蒙娜很后悔玛尔特没能就这类句子作更多的解释。她隐约觉得,这跟"女性就是普通的男人"这一思想有关,但不是很明白究竟怎么个有关法,又是为什么。没关系。玛尔特已经给了她永久的力量。

1953年10月21日,复兴号到了马赛港,那天刚好是吕茜的生日,她在船上庆祝了她的12岁。蒙娜一手牵着儿子,一手拉着女儿,站在高层甲板上,看见了父母的身影,他们正在码头上向他们使劲招手。

"在那儿呢!看见他们了吗?"

吕茜大声喊叫起来:"外公,外婆!"皮埃尔也马上学着大喊。吉耶梅特赶紧来到舷梯脚下,紧紧地拥抱他们。她瘦了,皮肤也起皱了,有很多褐斑,但她的微笑一直都那么灿烂。至于伊冯,他的头发当然更白了。他开心地笑着,很高兴重新见到已经长大的外孙们。

家庭女教师告辞了,她要回布雷斯特的家中,去照顾老母亲。蒙娜感谢她整整一个月在船上尽心尽职。皮埃尔看着她走远,伤心地哭了。伤心事一个接着一个,他开始大喊:"爸爸,爸爸!"吉耶梅特爱抚着他:"不要再想你的……"女儿打断她的话,皮埃尔完全不知道她离婚的事,她轻声地说,要让他相信安德烈会回来的。

全家人都上了"标致"汽车,吉耶梅特挨着吕茜,"我们带你们去尼斯，去我们在山上的漂亮房子。"吕茜有些不高兴："我不喜欢山，山总是带来不幸。"母亲瞪了她一眼。皮埃尔哭了，伊冯试图让大家高兴起来。看到父母土黄色的农舍时，蒙娜感到自己获得了新生。现在，一切都真正开始了。

　　母亲为我感到担心。我不是睡不着觉，就是睡得不好，总之是睡眠不足。我乱吃东西。一下班，我心里就只有一个念头：写完这本书。红牛-卡芒贝奶酪、浓咖啡加淡咖啡、西兰花，这种食谱在正常情况下我是根本不会碰的。我现在才理解那些酗酒的作家，坚持不懈或让自己头昏脑涨，这差不多是同一回事。当书稿像一条无尽的长带伸展在你面前时，人会处于过于疲劳的亚健康状态。

吉耶梅特有时会丧失意识，目光朦胧，突然间什么都控制不了。但在通常情况下，这是个充满活力、可爱的老太太，她会让日常生活变得非常有趣。当她得知吕茜在班里学意大利语，便要外孙女当她的家庭老师。

于是，外婆与外孙女在厨房里围着一个蛋糕，吕茜教她重复句子，背动词变位。吉耶梅特很用功，但忘得也快。一天上午，大家看见她在厨房里，脚边放着软皮靴。

"妈妈，你要干吗去？"蒙娜问。

"你不是看得很清楚吗，亲爱的，我锻炼去。"

有时，她也大声评价妇女杂志里的内容："玛琳·黛德丽①跟以前不一样了。"蒙娜在她身边坐下，看着女星们的脸。那些女星应该不超过50岁，但身体衰老了，皱纹很明显，腰粗了，胸扁了。吉耶梅特继续刻薄地评论："奥黛丽·赫本②，我以前很喜欢她。啊，是的，她那时是多么漂亮。可你现在看看，不，真的，她一点都不时尚。"她把杂志扔到垃圾篓里。蒙娜悄悄地把它们捡了回来。

一天，吕茜正在给外婆上意大利语课，突然听见蒙娜和

---

① 玛琳·黛德丽（1901—1992），德裔美国演员，是好莱坞二十世纪二三十年代唯一可以与葛丽泰·嘉宝分庭抗礼的女明星。

② 奥黛丽·赫本（1929—1993），英国电影女演员，因在《罗马假日》中的成功演出获奥斯卡最佳女主角奖。

伊冯在大声争吵。

"你知道，我很愿意让你们住在家里。但离婚，坚决不行！这是很不好的主意。"

"爸爸，我没有选择。"

"我们永远都有选择。"

"你说得对，我选择了自由。"

客厅里，嗓门升高了。"我不跟你谈爱情，而是谈社会，谈经济。你一个人打算怎么办？"

"像所有的男人一样，我要出去工作。"

回法国后，蒙娜就经常去巴黎。她让父母照看孩子，自己跑去与情人约会。然而，第一天，一切都与预想的不一样。那个"左"派还是那么潇洒，出奇的冷静，但那是北方的阳光，又是秋天，街上车水马龙，没有了灰色的沙滩，他的美也变了。她觉得他没那么高大，晒得也不那么黑了。他的微笑失去了光泽。当他拥抱她的时候，她笑了，但那是尴尬的笑而不是温柔的笑。

在酒店的房间里，他点了加冰香槟。桌上放着一瓶酒和两个高脚杯，他跟她说了一大堆关于重逢的套话，让她非常失望。她爱他仅仅是因为他能让她去伤害安德烈，挑战安德烈？仅仅是因为那个背景、沙滩、马匹、森林和炎热的天空？在这个贴着彩色墙纸的暗淡的房间里，缺的就是红色的玫瑰。"瞧，亲爱的……"他从背后抽出一支红玫瑰。她破涕为笑，弄得他莫名其妙。

但这是在巴黎。巴黎及其喧嚣的闹市，人行道两边都是五彩缤纷的橱窗，学校，石板路裂开的索邦大学，巴黎和它的伟人们，花神咖啡馆，萨特和波伏瓦，知识分子，医生们，一个个杰出的团体和伟大的灵魂，刻在本世纪辉煌的历史上。

于是她经常回来，大约一个月一次。通过巴黎，她重新适应了那个情人。通过巴黎，就是通过梦想。

　　一天，那个"左"派告诉她，他有了新的任命，要去达卡尔当总督，4个月后出发。塞内加尔有些不稳定，但那是一个适合居住的国家。"如果你愿意，你可以带孩子们一起去。"她扑上去搂住他的脖子，他把她放倒在床上。非洲！在他的怀抱中，她不再抵抗。做完爱，两人一起分享同一支烟，梦想着未来。她仔细察看着他的每一寸皮肤、他的嘴唇、他平静的眼睛。她终于找回了他，把头枕在他的胸前，对他说："你真帅。"

　　4个月来，她一直在等待前往非洲。在塞内加尔，有狮子，有羚羊，有长颈鹿。她弄得吕茜满怀希望，急不可耐。"皮埃尔怎么办？"女儿问。"什么都别告诉他，到了最后一刻再说。"日子一天天过去，让人焦急，让人激动。

牺　牲

打了55天之后，奠边府的堡垒终于被攻破了。

在丛林最深处这块鲜血淋漓的土地上表现出来的勇敢，德卡斯特里①将军及其部队的贡献，飞行员和伞兵的奇迹以及他们前赴后继的牺牲，友好而失望的志愿者的冲劲，我们所知道的这些与狂热做斗争的自由人所投入的这场无情的战斗，让世人对此充满了敬意，让我写这几行字的时候，陷入了莫名的激动。

无法用语言来赞扬，所有的语言都不足以表达。

今晚，那些牺牲者要求我们的，是反省。

我们可以回忆一下吉卜林②献给一战受难者的墓志铭："我们之所以死，是因为我们的父辈欺骗了我们。"

奠边府的战士们之所以死亡，是因为我们自己骗了自己。

蒙娜放下1954年5月8日的《费加罗》报。从昨晚开始，

---

① 克里斯蒂昂·德卡斯特里(1902—1991)，奠边府战役的法国指挥官。
② 约瑟夫·鲁德亚德·吉卜林(1865—1936)，英国小说家、诗人，诺贝尔文学奖获得者。

印度支那就死了。这一次是真的死了。布里松的文章指出了谁该为此负责："多列士和杜克洛①这两位先生的朋友们"被人讹诈，发动了这场可恶的战争。蒙娜忍不住浑身颤抖，想象着安德烈的处境。卡蒂纳路，体育俱乐部，大陆酒店……结束了。他们在那里所熟悉的生活将成为一团灰烬，他们的爱情也同样。她把自己关在房间里哭泣，满脑子都是矛盾的思想。她恨印度支那，又喜欢印度支那，更确切地说，她爱印度支那给他们带来的东西：一个家庭。当然，她什么都不会忘记：狂喊、席卷一切的暴力、极端的疯狂、背叛。安德烈没有办法把她留住，却又想把她留住。情人，也就是那个"左"派给她的，恰好是安德烈下不了决心给她的东西：自由，哪怕是一点点！蒙娜不想再让别人告诉她该怎么做怎么想。但关于奠边府，关于这场失败，她想知道。

她扔掉报纸，这动作相当可笑——伤口可不是那么快就能愈合的。

---

① 莫里斯·多列士（1900—1964），法国政治家，1930年至1964年长期担任法国共产党领导人，1946年至1947年还曾在保尔·拉马迪埃的政府中担任过法国副总理。雅克·杜克洛(1896—1975)，法国共产党前总书记，法共创建人之一，国际共产主义运动的活动家；1926年因在军中展开政治活动而被判30年徒刑，1931年判决撤销后帮助组织人民阵线，成为议会议长。

几个月来，每天早上，吕茜都从那栋黄色大楼的门楣下穿过。大楼上写着"自由，平等，博爱"。

上高中的第一天，她坐在一个褐发女孩旁边，那女孩很漂亮，对她很友好，把自己的课堂笔记借给她，因为她9月份没有来上学。女孩叫朱迪特，两人课间休息聊天时，吕茜问她："你是犹太人吗？""是的，你也是？"一听这话，吕茜差点背过气去，扑哧一声，说："不，不是……如果我是犹太人，我父亲早就杀了我！"朱迪特大笑起来："你太有意思了！"

朱迪特吸引了班里所有的同学，由于她的美丽、她的名字和她的经历。只有她父亲从集中营里回来了，她的母亲、姐妹们、祖父母都死于奥斯维辛集中营。她的得救，要感谢一对农民夫妇，他们把她认作自己的女儿。朱迪特的目光中有一道冰冷的伤痕，十分吸引人，而吕茜则因为其他理由被大家关注，同学们都知道她来自殖民地。亚洲，新喀里多尼亚……金色的沙滩，异国情调。大家尤其知道她父母离婚了，她再也见不到自己的父亲。这两个形影不离的女孩散发出一种不幸的味道，魅力难以抵挡。

她们认识了好多个月之后，朱迪特才问起她过去的情况。她不怀念吗？努美阿、潟湖、赛马……

"怀念啊！玛德莱娜是我唯一的朋友，但由于他父亲跟我父亲关系密切，我无法继续给她写信。我不知道她现在怎么样了。"

"他们为什么离婚？"

"唉，太糟糕了。他们老是吼叫，互相伤害，一分钟以后又互相拥抱，然后又重新开始吵架，好像我和我弟弟不重要似的。"

她停了一会儿。太阳在天上宣告春天即将到来，海鸥为了一小截鱼而吵架。吕茜接着说："我在那里放弃了上帝。"朱迪特睁大了眼睛。"是的，我当时是个信徒，非常信。但是现在，这一切都已经结束。我根本不信了，没有什么上帝，只有人。"

"没有上帝，人也不会永远存在。"

朱迪特眼含泪水，从书包里拿出一张照片。吕茜看到照片上是一个半裸的男人，瘦得难以形容，骨头都要穿透皮肤了，肚脐眼像是一个小洞。然而，他还是露着微笑，但那是一种死人的微笑。朱迪特说："这是我父亲。"在他身后，好像是些棚屋，还有别的影子，别的行尸走肉。"照片是在集中营里拍的。"

吕茜恐怖地看着，目不转睛，怪自己刚才还为那么小的事情抱怨。离婚，与这比起来算得了什么？

"我想烧掉这张照片，"朱迪特接着说，"但我做不到。"

"为什么要烧？"

"因为每当我看到父亲，尽管他已经恢复了健康，这个景象还是会浮现在我眼前。死亡已经占据了他，死亡的脸永远都盖住了别的脸。"

"妈妈！"吕茜非常激动地对蒙娜说："朱迪特给我看了她父亲的照片。爸爸怎么能接受这种事情？"她拿出历史课本，翻到上课的那页，说："战争一开始，犹太人就遭到了迫害。爸爸在印度支那推行反犹太人的法律。对犹太人的大屠杀，他也有份！朱迪特全家被流放，父亲被摧残，他也有责任！"说完，她号啕大哭。蒙娜不知所措，试图跟她说理，"那都是过去的事了，你父亲只是做他当时觉得正确的事。"吕茜转过身去："别再这样说了！这样下去会变成摆脱不了的噩梦的。"她不想再听。父亲以前教过她的东西现在都得重新审视。离开房间之前，她甩给母亲这样一句话："奥斯维辛、比尔克瑙、达豪①……我感到耻辱！"

父亲的帝国几天内就崩塌了。吕茜白天都泡在图书馆里，安德烈所做的每件事都对应一个令人发指的事实，配以照片、图片、证据和图书。种族区分——奴隶制和被屠杀民族的痛苦；广岛悲剧的法律依据——被原子弹炸死的平民之叫喊；殖民帝国——1931年在巴黎举办的博览会，111个美拉尼西亚人被说成是吞噬儿童的食人魔。在大街小巷，在报刊上，大家都在说奠边府的事。吕茜在思考，把母亲当证人。父亲老是说印度支那是法国人的，如果他对民族的感情

① 这三处都是纳粹集中营所在地。

那么深，他就应该明白越南人也有自己的国家！蒙娜不知如何回答，她其实对政治并不感兴趣，只听从内心的召唤，渴望自由。

"你父亲曾经是一个了不起的人物，他勇敢作战……很受人尊敬……"

"我是在做梦，还是你在为他辩护？"

"不是我为他辩护，而是因为我不愿意他的女儿说他坏话。"

"那好，赶快让你的情人带我们去非洲。我喜欢戴高乐，不喜欢贝当！"

那是一个星期四。吉耶梅特最喜欢这天，因为孩子们不用上学。中午，她做了火腿奶油甜瓜生菜汤、西红柿馅饼、煎土豆、烤沙丁鱼，甜点是米糕。吕茜想帮着做饭，但被蒙娜拦住了："女儿，有的事情我不让你做，比如说铺床和做饭。女人总是被困在这种家务事上。凭什么？我宁愿你好好读书。"吕茜笑了："我并不会因为切了一个土豆考试就不及格了。""我不管。做饭、家务、缝补，这些事情你都不要碰。"

就在他们坐下来吃饭时，门铃响了。伊冯站起来想去开门，但让他们大为惊讶的是，蒙娜立即就制止了他，自己向门口跑去。他们还没看清客人的脸，她就已经扑过去拥抱来人了。吕茜叹了一口气：那个情人终于下决心了，真拖拉。但当那人走进客厅时，她觉得自己差点晕过去，两颊通红，心跳加快。这不是母亲的情人，而是她父亲。

皮埃尔跑过去扑到父亲怀里。吕茜没有动，她不可能这样做，整个世界都在她脚底下塌了。伊冯只说了这么一句："他又来了。"吉耶梅特好像出神了，被透明红色的火腿丝所吸引。蒙娜拉着安德烈的手，让他进来。他的额头有几根皱纹，但他的步伐总是那么矫健，他永远都那么潇洒。

"你不向我问好吗，吕茜？"

吕茜冷冷地让父亲拥抱她。父亲为什么到这里来？母亲什么都没跟她说，她怎么可能毫无准备就跟他讲和了？那她的情人怎么办？非洲还去不去？她遇到了他灰色的眼睛，跟朱迪特的父亲的睡衣一样的颜色。

爱，重又产生。侵犯，罪恶。蒙娜恨自己，她没有勇气告诉吕茜，知道女儿会指责她不能坚持自己的主张。玛尔特也会大叫的。这是一件蠢事，也许是一个错误，但她想安德烈，不知道如何跟他做斗争。爱情是她的动力，也是她的监狱。

他们每天在房间里做爱两次、三次、四次。她重新发现了他的皮肤，他肉体的香味。他恢复了昔日的温柔，让她欲生欲死。他们就像两只猫在一起转来转去。她喜欢他脱掉她衣服的时刻，首先是慢慢地，逐渐加快，都差点让人喘不过气来。伊冯默默地观察着他们，什么都没说。吉耶梅特则唱到："爱情是一束紫罗兰……"吕茜在赌气，皮埃尔看见父母像以前一样重新在一起感到很高兴，丝毫没有怀疑他们已经离婚。

一天晚上，蒙娜走进女儿的房间。时间已经很晚，起码11点了。吕茜睡眼蒙眬，但并没有真的睡着，因为她看了很长时间的书。在她的床头柜上，放着一本纪德的《田园交响曲》。吕茜打开小灯，看见了母亲手指上的戒指。

"他向我求婚了。"她轻声地说。

吕茜坐起来。

"终于复婚了……"蒙娜微微一笑，回应她的却是坟墓般的沉默。

"下星期六，我们复婚……在巴黎！"什么？母亲笑得很灿烂："我再次请求你，别对你弟弟说。他不懂得什么是复婚，因为他都不知道什么叫离婚。"

吕茜觉得眼前黑影乱舞。母亲跟她谈起了婚礼："我们将去16区政府登记，人尽可能少，然后4个人去香榭丽舍大街吃饭。"吕茜不明白，觉得很恶心。母亲曾经忍受不了安德烈，谎称他打了她，现在，却又要跟他复婚？吕茜感到一阵愤怒："以后怎么办？回努美阿？是吗？"她恐惧地问。

"是的……我们先在凡尔赛待几个月。你父亲在那里找到了一栋房子，他要跟罗贝尔·比隆处理一些公事。"

吕茜没听说过那个人。"可你知道的，管法国海外省的部长。"吕茜摇摇头，她清楚地知道，这些人母亲以前并不认识，安德烈回来后她才不得不认识的。她跟吕茜说过，她很讨厌那些人。蒙娜为争取离婚进行了斗争，现在却又让步了。

"他改了，你知道吗，他觉得我穿长裤好看了，我会开车也让他感到自豪。"

吕茜几乎大喊起来："可他仇视犹太人，他虚伪，撒谎！"

蒙娜连忙捂住她的嘴："闭嘴，大家会听到的。"然后她又放缓语气，"请原谅，吕茜。他犯了错，这是真的。但他没有恶意，他真的以为自己做得对，他是在为法国，为我们做好事。"

"希特勒也认为自己是为德国做好事。"

　　母亲像被针刺了一下，站起来："随你的便，既然你把他当作这样的人。"她关上门，然后又马上打开，"你不明白的是，我一直爱他。你将来恋爱的时候会明白的。爱情会让人做出古怪的事情。"

　　这次，门真的关上了。

复婚这事在这本书的初稿中没有展开，但我觉得很吸引人。埃弗利娜并不是真的不知道父母为什么要复婚。她跟我提到过各种协议，包括弟弟7岁时（懂事的年龄）安德烈要把他带走。但我不知道细节，我想埃弗利娜自己也不知道。她太气愤了。

爱情是说不清道不明的。从某种意义上看，这就是最真实的原因。蒙娜好不容易才离婚，没有任何东西迫使她重新对安德烈让步，除了自己想复婚。

在我看来，这场带来严重后果的复婚，可以让人看清蒙娜的真实面孔，也说明了欲望在她一生中的重要性，哪怕给自己带来危险——可以说这是一种自杀行为。

凡尔赛，辉煌、单调、烦恼，处处教堂。一切都很光滑，整整齐齐。在巴黎，至少街上有人，咖啡馆很热闹，妇女穿着长裤。20世纪50年代的凡尔赛是个老太太，或者说是看起来像老太太的年轻人，是吃圣饼的人，系领带的矮个子，向法国和上帝呼救的疲惫的被放逐的人。蒙娜没有说出来，但她自己也烦闷得厉害，除非出去骑马，她已经加入当地的骑马俱乐部了。

在学校里，吕茜一个朋友都没有，也不想去找。有什么意义呢？三个月后，她将回到努美阿。在这之前，她给朱迪特写了几封信，但没有寄出。她在信中讲述了自己一天天都是怎么过的，什么事都没有，平淡得很。自从她告诉朱迪特，她父亲回来了，全家准备搬到凡尔赛，朱迪特便断绝了跟她的友谊。维希①的影子太让人痛苦了。吕茜也因此怪罪父亲，让她失去这个他甚至都不认识的朋友。吕茜在心里痛苦地向朱迪特告别。两人曾一起交谈、反抗，现在，各走各的路了。

她感到极其孤独。这种孤独就像蜘蛛的黏液，蛛丝已经缠住你的喉咙。一天，她感到格外不舒服，便违心地进了一

---

① 维希政府，是第二次世界大战期间，纳粹德国占领下的法国傀儡政府。

个教堂，想见神甫，请求忏悔。并不是她又重新信上帝了，上帝是人创造出来的，它存不存在是由人决定的，吕茜不会再给它机会，但她需要说话，需要别人的建议。

一个五十来岁的矮个子男人笼罩在忏悔室的阴影中，十分和蔼地接待了她。

"我应该怎么办？阻止他们回到那个不幸的岛屿？逼他们重新分手，让我母亲重新找回被她抛弃、想带我们去非洲的那个男人？"

她每说一句话，每说一件事，神甫都睁大眼睛，喘着大气，轻轻地"啊"着，显得十分惊讶。她讲完之后，他长叹一声："我的孩子！"这声"我的孩子"深深地打动了吕茜，她都不知道该如何往下说了。

"我不想跟您谈上帝、宗教和惩罚。我所看见的，也是让我担心的，是您已经13岁，我们要求您像成年人一样行事。您父母的罪孽不是您犯的，他们要为自己的行为负责。您应该想想您自己，想想自己的未来，想想自己想做什么，想成为什么样的人，而不要再像他们一样生活。"

这番话说得她激动不已，出来的时候，她做了一个不合适但完全真诚的动作：她的嘴唇伸向神甫通红的脸颊，在那里印上了一个童稚的吻。

"谢谢。"神甫依然满脸微笑，轻轻做了一个手势，可能是"不用客气"的意思，也可能是"勇敢面对"的意思，然后，转过身，平静地回到了他的祈祷室。

她开始做准备。重回鸟儿别墅，重见瓦塔湾或柠檬湾的沙滩、玛尔特安眠的努美阿公墓和马让达的马术俱乐部，但情人不在了，他应该已经去达卡尔了，永远远离她了。"沙丘"也不在了，已经被卖给澳大利亚的有钱人了。重新回到了小岛，但也得到别的东西：痛苦的回忆，沉重的画面，后悔——这是最糟糕的。

一回去，安德烈就又变得残暴冷酷起来。他带着她到处溜达，好像她是一只宠物，出逃几个星期后，回到牲口棚里来找吃的了。他迫使她在俱乐部、大酒店、同事们娱乐的高级场所露面。要让大家都知道她回来了，这个背叛他的女人回来了，他要展示她。

蒙娜希望一切从头开始，希望和安德烈一同创造新的生活，而不想老是当一个追随者。吕茜没有回原来的修道院学校，而是去了公立学校。她脸色严肃，不像以前那样笑容满面了。她也得改变语言，在努美阿的学校里不讲意大利语，她改学西班牙语了。老师说得很清楚：她的同学们都已经有了基础，她得加倍努力赶上去。

为了帮助她集中精力，蒙娜给了她第一包香烟："大家都说，香烟对增加记忆、提高智力很有帮助。"于是吕茜点燃了她人生中的第一支香烟。一股辛辣的浓烟进入她的喉咙，弥漫了她的嘴，她的鼻子。她有点喘不过气来，然后又吸了一口，渐渐地觉得吸烟有点意思了。最后一口是最舒服的，让她马上就想再抽一支。一个月后，她就几乎要每天抽一包了，她的西班牙语也讲得至少跟同学们一样好了。

他身材高大，一头金发，笑得很欢，眼睛非常明亮，下巴有个很滑稽的小酒窝。她给他起了个外号，叫雷德福。公立学校有这个好处：男女混读。一到三年级，吕茜就注意到他了，他是个新生。吕茜已经15岁5个月了，感觉到有人觉得她漂亮，却不知道为什么。

雷德福不可能对她感兴趣的。不过，她很漂亮，阳光晒得多，肤色有一点点黑，眼睛蓝得有点罕见，头发是浅褐色的，美丽的身躯娇小而充满活力。一天晚上，母亲来接她，说了这么一句："啊，那男孩太可爱了！"然后问："你们是同学？"吕茜的心怦怦直跳。

"他贪婪地看着你……嗯。小心，你们不要一起睡觉啊。嗯？中学毕业会考之前不准！"蒙娜记住自己的教训，怕女儿太早怀孕。

"小心点。"

"妈妈，不会有任何危险的，他从来没有跟我说过话。"

"我可告诉你，他爱上你了。"

在课堂上，他们的目光相遇得越来越频繁。吕茜早上很注意着装，认真梳头，检查自己的仪表，安德烈一点都没察觉到。现在，他明显表现出自己的傲慢，犯错的妻子已经走上正道。他好像老是不在家，蒙娜告诉女儿他有一个情人，也许有好多个。"没关系，我也可以找情人，那就两清了。"吕茜问："你们不再相爱了？"母亲忧伤而疲惫地说："我不知道。"

雷德福有一天在操场上接近她，双手都渗出了汗。别人都看着他们。

"你好。"

"你好。"

两人都很尴尬，所以先说些套话。雷德福建议去椰子树广场散步。"好吧。"由于不知道说什么，吕茜便告诉他："我外公外婆以前就住在那里。"这句闲谈打破了坚冰。他打听她家里的情况，谈起了自己的旅行，说他父母以前是驻巴西的外交官。还没来到广场，他就在小路的角落，轻轻地把她推到墙上，凑上嘴唇。吕茜浑身发抖，但并没有感到害怕。她也凑上自己的嘴唇，沉浸在对方的气息中。什么都不再重要。她不断地吻他，心咚咚直跳。她喜欢这样。他马上就知道了，她将跟她母亲一样，她好像早就知道这样做。对爱上瘾。

她发现了自己的欲望，身体在召唤。雷德福知道手怎么放、舌头怎么吻、目光怎么看才能让她就范。她不可能长期与他保持距离，她不想这样。有一天，她在马让达的沙滩骑马，就像前几年她母亲那样。她策马奔驰，远离了众人。那匹马似乎很高兴能跑得比别的马快，感到脖子上的缰绳在勒。马越跑越快，吕茜让自己的身体与马的动作相协调，突然，不知不觉，她浑身发烫，肚子里涌动着什么奇怪的东西，她不禁大喊一声。马在继续奔跑，吕茜控制不住了。第一次高潮。几秒钟后，她才缓过神来，抓住马笼头，勒住马。当其他人追上来时，她大声地笑着。"你怎么了？"她笑得更大声了。他们永远不会知道她为什么笑。

第一次跟雷德福做爱不怎么成功。一切都来得那么快，让吕茜来不及感到什么东西。她已经要他注意，但他做不到。她对他太生气了，对自己更生气，立即就要走，雷德福都要哭了，她却嗤之以鼻。现在，只盼着月经来临。好在月经按时来了，但母亲的月经没有来。一天上午，蒙娜把她拉到一边，两眼放光，高兴地告诉她自己又怀孕了。吕茜惊愕地看着她。鉴于目前的环境，这难道是一件那么好的事情吗？

"我还没有告诉你父亲呢！这将是我们和解的礼物……"

"你的礼物？"

"是的，我的礼物，为了巩固我们的复合。"

吕茜觉得她疯了："可你对我说过，你们各自都有情人。"这孩子确实是安德烈的吗？

"一切都过去了。我们现在很相爱。"

吕茜喘息着，使劲呼吸，想起了凡尔赛那个善良的神甫所说的话："不要再像你父母那样生活。"于是，她勉强地笑了笑，说："妈妈，如果你高兴，那我也高兴。"蒙娜把她搂在怀里："啊，我的吕茜……有你我是多么幸运！我太爱你了。"然后微微一笑，说："这次，我很希望是个女孩。"

安德烈的回答很刺耳，他不接受这个"礼物"，当他摇头嘲笑时，蒙娜觉得就像有人在挖她的心："什么？不要礼物？不要孩子？"

他冷冷地盯着她的眼睛："必须约时间堕胎。"她惊呆了：他，口口声声说家庭的价值永恒，现在竟然强迫她去堕胎？他，不断要她生孩子，现在竟然强迫她去堕胎？她拒绝了："这是我的孩子。我爱他，我要留着他。"安德烈可怕地笑起来："你现在真像个女权主义者！我还以为你更加摩登，更加……你曾经怎么说的，进步？"

她号啕大哭起来："可是，安德烈，这是两码事啊！如果一个女人想流产，她有权流产，那是另一回事，可我恰恰不愿流产！"

"你愿意怎么样就怎么样，反正这个孩子我是不会认的。如果你要生下来，那我就要求离婚。你休想从我这儿得到一个子儿。你自己一个人勇敢地养三个孩子吧！"

这是一个噩梦。她没想到他能做出这样的事来。不，这不是真的。在奠边府事件之后给他写信是一个错误，甚至是一个严重的错误，她要为此付出沉重的代价。他是在报复。离婚，就是在社会中死亡，那种公开侮辱，他一直耿耿于怀。既然现在他抓住了她，他也就对她失去了兴趣。她擦干眼泪，决定流产。

在法国，堕胎是犯罪，是要受到法律制裁的。在岛上找个医生偷偷地干，这太危险了。不单是对蒙娜，对安德烈也危险。如果有人告发，他有可能会因此丢掉职位。他们最后决定在澳大利亚偷偷找个医生。安德烈一直掌管着外汇大权，他很快就凑齐了旅行和堕胎所需的美元。

当蒙娜把这消息告诉吕茜时，她差点要叫喊出来。这太危险了！"妈妈，我为你担心……我不愿意……"唉，没别的办法了。"如果我不这样做，你的生活就会受影响。我不能把你和你弟弟留在这里，跟你父亲一起过。"蒙娜抚摸着她的头发，拥抱着她，"女儿啊，我的女儿。"

吕茜产生了新的忧伤，强烈得都可以把它叫作失望。两天后，她看着母亲从努美阿国际机场坐飞机离去。也许永远不会再回来了。安德烈没等飞机在天上消失就转身走了。

母亲走了一个星期，没有任何消息，吕茜自我麻痹，以排解忧虑。她认识了一个男孩，至少20岁了，她觉得他很英俊，就跟他睡了。后来又遇到一个当地人，课后，她在一间小木屋与他约会。两人谁都没有让她怦然心跳，但她继续做，因为只有这样她才能报复，报复父亲，报复不幸，报复生活。她抽烟，看书。晚上，她在书中研究堕胎的危险，奇怪得很，在伯恩海姆图书馆竟然有几本这样的书。母亲一回努美阿就到图书馆办了证，有时也给小弟弟读童话，教他写字，带他到院子里看母鸡。

"你至少给那里打过电话吧？给那个医生？"

安德烈摇摇头，他没有电话号码。

"你约过诊，肯定有号码。"

"吕茜，你才15岁。我不能让一个15岁的小女孩来指挥我。明白吗？"

她把自己一个人关在房间里，给朱迪特写信，最后都扔在鞋盒里。她在日记中写道："妈妈，如果你不回来，我就杀了他。"

蒙娜回来了，脸色苍白，疲惫无力，老了很多。吕茜紧紧地抱着她。

"宝贝……啊，那些针很长很长……"她越哭越厉害。

安德烈只问了两个问题："做了？"然后是："悉尼，怎么样？"

吕茜心里非常气愤：但愿妈妈离开他，永远。

1956年2月，进努美阿的中学时，天气很不好。吕茜觉得不能长期待在这种学校里。父母再也谈不到一块儿去，真的谈不到一块。被迫堕胎让他们的关系恶化了。吕茜决定加快进程。除了练网球，她还学击剑。一个四十来岁的男教师，当众勾引过她，后来娶了一个叫尼科尔的女人。当吕茜得知，每周三和周五晚上，父亲悄悄地（但也不完全保密）与尼科尔幽会时，她决定大胆地跟父亲摊牌。安德烈暴跳如雷，不仅仅是因为自己的秘密暴露了，还因为他得知那家伙在引诱自己的女儿。蒙娜耸耸肩，她自己也跟邻居有染，知道吕茜知情。

"爸爸妈妈在做什么？"皮埃尔问。吕茜试图安慰他，说不要插手大人们的事。事实上一切都付之东流，这是一条悲伤之街，门纷纷关上，大家都在欺骗，互不信任，谁都不知道自己应该扮演的角色。于是，这次大家一致同意，蒙娜和安德烈决定再次离婚。这次将是好事。皮埃尔哭了，吕茜却没哭。

蒙娜一点都不感到痛苦，心里在向她曾经挚爱的人告别。结束了。她已经走到头，再也没有遗憾了。就在重新上船去马赛之前，她去了墓地。玛尔特的坟墓上只有一块普通的墓碑，没有鲜花。她在墓碑前放了一本《第二性》。

第三部分

二月，太阳冷冷地照在塞纳河边。葬礼过后一周，奥利维埃交给我一个袋子，里面有很多资料：埃弗利娜的一个U盘，里面有她的所有档案、发表在报纸上的文章、一本旧版的精装著作，还有一个资料袋，上面有她粗大的铅笔字，写着"古巴"二字，里面有许多精心收集的剪报，其中有一份《解放报》的头版，让我看了觉得好笑：奥朗德的一张肖像，仿阿尔贝托·科尔道①的那张切·格瓦拉像，下面有一行字："古巴。会议之岛。"

我慢慢地一页页翻阅资料，感到有点不好意思。有了，信件。我没想到能在这里找到它们，或者，我只等着它们。信是用打字机打的，有五十来年了——纸已经发黄，字已模糊，味道久远。信纸的抬头是：

勒内·巴列霍·奥尔蒂斯医生
妇科手术

---

① 阿尔贝托·科尔道（1928—2001），古巴著名摄影师，切·格瓦拉闻名世界的那张照片就出自他手。

哈瓦那

新维达度东街8号

电话：30-5182

    我的心狂跳起来。勒内·巴列霍·奥尔蒂斯博士，是古巴总司令的私人医生，也是他的中间人和信使。信封上，所有的字母都以"Mi amor"或"Mi cielo"①开始。那是总司令写的。我觉得推开了一扇门，走进了一个巨大的秘密——重大的历史秘密。我匆匆地浏览了一下：当然，谈的都是革命，也就是说，爱情与政治。除此之外，还能是什么呢？我以后会认真研究的，现在还没有这个勇气。

    还有其他信件和文章，好像是从神话中扯下来的时间片段，一些照片——放大的黑白照片。我认出了其中一张，我们有一次见面时埃弗利娜给我看过。照片上，总司令穿着长袖运动衫站在左边，张大嘴巴在辩论什么，劝说什么，也许在谴责什么，眼睛看着右边，看着照片外面的什么地方。我觉得他谁都没看，那是属于他自己的目光，内在的目光，飘荡在一个别人无法进入的世界。相反，他右边一个年轻的金发女子，却贪婪地看着他。这是一种在真正看东西的目光。可以感觉得到，她被总司令的演说吸引住了。埃弗利娜那时二十来岁，一副执拗的样子，对未来充满了憧憬。

---

① 西班牙语，意为"我的爱人"，"我的天空"。

还有一些照片让我发笑：总司令在钓鱼，总司令穿着泳裤，总司令和朋友们在野炊……照片上，同样可以清楚地看到皮西埃女士，她假装机灵调皮的样子，盯着那位"英雄"。那都是一些不可思议的照片，其中最后一张最打动人。

那是在室内拍的，几个年轻人围着一张桌子——但只看得见她。右边近景，她的侧脸皮肤黝黑，非常漂亮，各个细节都很美，双手托着下巴，眼睛里充满热情，目光专注，透出一种严肃。她戴着一顶军帽，上面别着漂亮的小珍珠，就像童话中的公主所佩戴的那种珍珠。一顶不分年龄的帽子。我停下来，看着这张照片，知道它将成为这本书的封面。

罗兰·巴特①在《明亮的房间》（那是一本关于照片的内心探索）里说，看到已经去世的母亲的照片，对他来说是多么残酷。他徒劳地看着照片，这个不朽的妇女绝不是曾经抚慰他、安慰他、给他无限的爱的女人……直到有一天，他偶然发现了母亲小时候的一张照片。那张黑白照片中的小女孩太神奇了：那正是他重新找回的母亲。那位语言符号学家这样写道："面对母亲的那些普通照片，我确实感到有种伤心的失望，但只有这一张让我仿佛看到了真实的她。这是一张丢失的、久远的照片，跟她一点都不像，是我不认识的一

---

① 罗兰·巴特（1915—1980），法国作家、思想家、社会学家、社会评论家和文学评论家，1977年被选为法兰西学院文学与符号学主席。

个女孩的照片。"

"我"的埃弗利娜已经75岁。我不认识封面上那个光芒四射的20岁的年轻女子。但永恒的是她,她是那么美,她的目光如水如光——那种沉静的不安让她显得那么真实。

夜晚永远不会结束。尼斯，1956年。美好的生活。当午夜的钟声敲响，吕茜便抓起自己的鸭舌帽，在母亲脸上吻了一下，骑上她的轻便摩托车，去找朋友们玩了。蒙娜定了一个规矩：午夜之前不准出去。晚上首先要用来学习，这是中学毕业会考所必需的。其余的，家庭舞会、夜总会、呼啦圈等，就看她女儿自己了，只要她上学不迟到。

蒙娜知道别人是怎么说她的——女孩儿可不是这样教的！当吕茜到了有钱人家里，阔太太们总会惊呼："快把你们家的儿子藏起来！"蒙娜觉得这是对她最大的恭维了。轻便摩托车的马达噼啪噼啪响着，带着她女儿消失在夜晚的霓虹灯中。

她点燃一支香烟，走到打字机旁边。最近一课讲的是"快速打字"，一种成为办公室标配的打字法。在报名参加皮吉埃打字班的15个妇女中，她不是最年轻的，但无疑是最勤奋的。两个月内，她有可能被聘为秘书。第二次离婚后，她一心想出去工作。玛尔特以前一直跟她唠叨：工作的妇女才有自由。而且，她已经向父亲做了保证。父亲送了她一台爱马仕H7"大使牌"不锈钢打字机，袖珍型的，她每天晚上都练。吉耶梅特觉得这简直在要人的命："有男人为我们这么尽职地服务，你为什么还要这么劳累自己？"

因为社会改变了！吕茜生气地说。50年代的妇女不再是花瓶，而是渴望另一种生活。"外婆，我以后也要工作。"吉耶梅特打着哈欠，装出公爵夫人的派头："孩子们，你们这是疯了。"

蒙娜喜欢听铅字敲打色带的声音，油墨抚摸着纸张。皮埃尔睡着了，他现在已经6岁。蒙娜打开台灯，享受着这宁静的时刻。夜晚是属于她的，她又开始练习了。盲打，眼前只有纸张。她的指头与键盘融为一体。再来，再来，直至完美。

布迪，酷爱漫画；弗鲁兹，身无分文；玛莎，假俄国人；毕毕，真正的红发女孩；约翰，有着田径运动员身材的骑士；她呢，改名为鲁克丝。沙滩上，小冰箱插在沙子里。姑娘们匆匆换掉外衣，穿上泳衣，腰间套上呼啦圈，开始晃动腰部，起初很慢，渐渐快起来。在充当裁判的男孩们的注视下，她们加快速度，越来越快。时间转得最久的获胜，如果她们当中哪个人能让呼啦圈升到腋窝，大家会鼓掌鼓励。接着，大家下水游泳、玩排球、想象着老年夫妇的生活，他们正在旁边玩填字游戏。

约翰穿着彩色运动衫，黝黑的皮肤格外醒目。他赤脚走在沙滩上，卷起牛仔裤，好像漫不经心。一缕头发落下来，遮住了他的眼睛，他称之为"阿兰·德龙发型"。吕茜抚摸着他的肩膀，金色的长发掠过他的脸。每次与他约会之前，她都溜进浴室，偷母亲的一点香水。蒙娜不会不让她用，但会唠叨，说化妆会破坏女孩身上的魅力：16岁就用香水，会不知不觉地丧失一些女人味。

日子一天天过去，夜晚是那么纯洁，但他们已经失去童真了。啤酒、薯条、欢笑、呼啦圈，娱乐至死。青春需要阳光与沙滩。她把自己最好的东西献给了他们：爱情，友谊，月光下无忧无虑的夜晚。直到吕茜怀孕。

诊所里热得让人喘不过气来，百叶窗关着，窗户关着，门关着。医生脸色严峻，问了她很多问题："闭经多少天了？"她睁大眼睛。"月经多久没来了？"她结结巴巴地说："两个月。"他要她脱衣服，坐在椅子上。她双手颤抖，慢慢地脱裙子。

"短裤也脱？"她明明知道，但还是想问……

医生厌烦地扫了她一眼，甚至都懒得回答。她脱掉短裤，冲动之下，把胸罩也摘了下来。"不用，上面不用。"医生冷冷地说。她重新扣上衬衣，泪流满面地坐了下来。

"双脚放在搁脚架上，坐在椅子边沿。"医生说着戴上手套，开始触诊。"我知道了。好吧，现在就做。"他走开了一会儿，回来的时候拿着一块雪白的毛巾：

"放在嘴里。"

"什么？"

"我不用麻药，所以要用毛巾。塞到嘴里，使劲咬着，我不想听见你喊叫，否则，我就停止一切，你自己倒霉。"然后，他好像已经恨她恨得咬牙切齿："你知道为了你这种女孩我得冒多大的险吗？"

吕茜把毛巾塞到嘴里，用牙齿咬着。她只看到长长的针反射着金属的光芒，除了痛苦什么都感觉不到，她咬着浸透唾液和泪水的毛巾，喘不过气来。

蒙娜痛苦地在楼梯口等她，清楚地知道吕茜正在里面经受着什么。她不能为女儿做什么，一想到这，她就心如刀绞。历史在重演。悉尼，那个走向现代世界的大灯塔，给她留下的印象就是灰色的长条形诊所，满是消毒水的味道。给她做手术的医生很轻松——流产，他每天做6例。"那是一门好生意……"手术没有持续太长时间，她被止痛药和抗焦虑药弄得头昏脑涨，她有一种耻辱感，就像牲口被烧红的烙铁在腰间烙了一个印。

门嘎吱一声响了，医生示意蒙娜进去。吕茜沮丧地坐在一张椅子上，脸又白又红。"您千万要注意她的体温。冰敷，镇痛药。"然后，他递过来一张纸，上面写着手术费用。蒙娜愤怒地差点要大叫起来。这混蛋，趁火打劫！她掏出自己存下来的钱，匆匆离开，走得要多快有多快。女儿浑身哆嗦，蒙娜紧紧地搂着她，甚至都没有回头谢医生一声。

吕茜发了三天烧。蒙娜向皮吉埃公司请假说自己严重消化不良。女儿睡着后，她重新复习"快速打字"，在打字机上噼噼啪啪地练。但吕茜一醒，她就停下来，给她换冰敷的袋子。皮埃尔问姐姐怎么了。"她太累了，宝贝。重感冒。她必须休息。"第四天，烧退了，吕茜慢慢地恢复了健康。应该回去上学，不能再耽搁了。上学前夜，蒙娜把一碟黑色的猪血香肠放在她面前："它富含铁，吃了它。"吕茜苦笑道："这比草还难吃，你知道……"这就像当胸一拳。蒙娜以为自己听错了，但孩子的目光表达得清清楚楚。她不会忘记。

学校的操场还沉浸在曙光里，那群人就已经聚集在一起，约翰领头。她不想见他。

"哎，鲁克丝，你出什么事了？大家都为你担心了……"他双手搂住她，准备给她一个吻。她轻轻地用肩膀把他顶开，挣脱了出来。

他惊讶地看着她："怎么了？"她转过身去。

"吕茜！你怎么了？"

她没有理他，加快脚步朝教室走去。

约翰还在喊："哎，告诉我！我给你带来麻烦了？"

关于她的流产，埃弗利娜只跟我说过一句话："我并不感到自豪。"我当着她的面大胆地说出"屠宰场"这个词时，她点点头，甚至点了很多次。接着，我们换了话题——耻辱也是一种痛苦。她嘴里没有说出来的东西，她的眼睛喊出来了："绝不能忘记针对女性肚子的暴力史。"我是这样理解的。

1943年或者是1944年，我奶奶落到了一个私下替人堕胎的接生婆手里。我奶奶是个爱打扮的女人，原籍是意大利还是西班牙，我一直都没有搞清楚。她的名字似乎奇怪地预示了她的命运：欧仁妮，从词源上来说，是"出生顺利"的意思。

生了两个儿子后，她已经疲惫不堪，加上不断怀孕、小产，德国占领法国，定额票据，欧仁妮现在渴望休息。看见肚子又连续第三次鼓起来，血变成肉，皮肤干枯，她一点办法都没有。

她梦想有个女儿，一个可爱的小女儿，但不是现在，等她身体好了再说。可她的身体不再听她的，她又怀孕了。最后，她决定流产。不知道我爷爷是否知情，我只能说：那天，接生婆在扔掉胎儿之前认真看了一眼，然后对我奶奶说："应该是个女儿。"十来个月后，我父亲来到了人间。

　　欧仁妮是在她的客厅里给我讲述这些的。她是第一次给我讲这些事，可能也是第一次有人强迫她讲。我那天跟她在一起，是因为我需要弄清在她的5个男孩当中，她为什么偏偏要抛弃我父亲。

吕茜偷偷地堕胎之后，蒙娜在拉斯卡里路的小办公室接待了几个失足的年轻女人，“意外怀孕的女人”，正如她常说的那样：一些不知危险程度、不当心的女人，或是一些被强奸但耻于说出来的女人。她听她们倾诉，指导她们，帮她们联系医生。“幸福母爱”——这是那个协会的名字，成立于一年前的1956年3月8日，它以“与私下堕胎做斗争，保证男女双方心理平衡，改善母婴健康”为宗旨。蒙娜每周去那里两三次，包括星期六。其余时间，她必须上皮吉埃的打字课，照顾孩子，幽会情人。她现在的情人很多，但相处的时间都不长。

那些女孩很多都没有经济来源，出身贫寒：女工，不能告诉家里的女学生，办公室小职员。有钱人的子女都到国外设备齐全的医院去堕胎了。在法国，法律就像一堵墙，挡在人们面前。蒙娜专心地听协会创始人玛丽-安德烈·韦拉莱的演讲，那是受过专门培训的医生，一头短短的鬈发，一副玳瑁眼镜，有一天来尼斯的办公室做讲座。“吕茜，千万不要错过啊！”

大厅里有三十来个女性，没有一个男人。在一小时的时间里，大家安安静静，只有安德烈·韦拉莱医生在讲述自己的观点，强调在卫生条件恶劣的情况下匆忙堕胎的危险性。再也不能容忍这种现象了！蒙娜用不着看自己的女儿。在她们身上，有着同样的形象、同样的忧伤，就像细雨打在玻璃窗上。"夫妻的稳定关系建立在男女双方欲望平衡的基础之上，一个被迫怀孕的女人是会恨自己的丈夫的。她会痛恨自己的身体，最后也痛恨丈夫的身体。到了那个时候，一切都完了。"

讲座结束后，蒙娜走到安德烈·韦拉莱跟前，做了自我介绍后，说："我真心敬佩您的斗争，原因就不必说了。"她神色坚定地把手放在女儿肩上："我也同样……"安德烈·韦拉莱点点头，等待下文。

"只是，我觉得你们做得还不够。"

"哦，是吗？您这是什么意思？"

蒙娜停了一下："是这样，你们是在捍卫母亲的权利，但不是女性的权利。"

安德烈·韦拉莱轻轻地"啊"了一声，有点吃惊，与其说是生气还不如说是惊讶。

"'幸福母爱'这个名字不就说明一切了吗？原谅我这么说，但关于社会的这种看法还是太狭隘。将来，要是女人在怀孕之前就能自由支配自己的身体，那就好了。"

"您知道，避孕已经是协会的工作重心了。"安德烈·韦拉莱回答说，她轻轻做了个道歉的动作，被另一群妇女拉走了。蒙娜有些生气，她从总是放在手袋里的本子上撕下一页，找了支钢笔。吕茜在门口发现了7个字："把运动进行到底！"

淹没在冬雾中的太阳保险公司，办公室位于克龙斯塔特路，就在英国人散步道后面，离内格雷斯科酒店不远。高高的发髻让她高了10厘米，她装作轻松地推开门，轻声地自我介绍说："我叫蒙娜·马加拉，乔托让我来面试。"

女前台从嘴唇里挤出一个"好"字，指了指对面的那排椅子。

蒙娜坐下来等，翻阅着杂志，让自己平静下来。她悄悄地检查自己的指甲，看是不是干净。这时，电话铃响了。

"乔托请您进去。"女前台面无表情地把她带到走廊尽头。

"谢谢您。"蒙娜感谢了她。

太阳保险公司的老板是一个五十来岁的男人，大腹便便，头发稀疏。"请进！"她有些吃惊地坐在人造革的长凳上，注意挺直身体，说话清晰。她在这里的主要任务是处理信件：打字，做信封，贴邮票。

"这非常适合我。"

"好吧，我非常愿意录用您。试用期一个月，如果一切顺利……那就长期做下去。"说完，他咯咯地笑了一声："明天见，8点。"

两人握了握手，面试不到一刻钟。她走了出去，那个像鼬鼠一样的女前台甚至懒得跟她说再见。

第二天，天刚亮她就起床了，穿上一件橙色的衬衣，外面套上黑色的西装。她把皮埃尔放在儿童假期露天活动中心后，匆匆赶去克龙斯塔特路上班，激动得像放假后回学校上课的小女生。她跟坐在柜台后面、不怎么讨人喜欢的女前台打了个招呼，然后走到老板隔壁自己的办公室里。桌上放着一部电话机、一台打字机、几支钢笔和一个便条本。她身后是一堆堆的纸和信封，还有一个邮票夹。门外传来了声音，突然，门开了：

"您好蒙娜，听清楚了。我每天早上都要在办公室喝淡咖啡，加糖。咖啡机在那儿。"他指着一个柜子，里面果真有一台咖啡机。

"您也可以喝。现在就煮咖啡吧，我给您拿信件过来。"

老板的这番话让她有些吃惊，她给咖啡机接上电，铺好过滤纸，放进咖啡粉，然后按了按钮。这些都是她禁止女儿做的。

"这样，您要把信折好，然后准备好的信封，巴巴拉会把地址给您的。"

她转过身，信件起码有30厘米高。她把咖啡倒进杯子里，放在老板的办公桌上，发现忘了放糖，于是马上送过去，然后关上门。

"巴巴拉，您能把地址给我吗？"女前台没有作声，只递给她一本年鉴。

"没有地址本？只有客人的名字？"

那女人的嘴角露出一个吓人的微笑。蒙娜拿着年鉴走了，一上午都在翻年鉴，寻找收信人的地址。中午，老板探过头来：

"还没搞完？我给您的还仅仅是上午的信，下午还有同样多的信。您会来不及的。"

她脸红了，感到不好意思："很抱歉，先生，您吃完中饭回来应该一切都弄完了。"

"但愿如此！"他出去了。

她利用休息时间舔信封，然后粘贴上，弄得自己的舌头都苦苦黏黏的。下午一点，上午的信件准备寄走。老板并没有在意，又在她桌上放了一沓信，站了一会儿，看了看表，突然大骂起来。她就在他面前——但他好像当她不存在一样。

"你不要说我当过秘书。"当我把小说已完成的部分放在母亲面前时，她这样对我说。

女秘书是一种形象，穿着平领上衣或库雷热式样的直筒裙，外面是粗花呢冬装，模仿夏奈尔的时装。头发梳得整整齐齐，化了妆——无可挑剔，但总那么俗气。小脚跟在地面上咔嗒咔嗒地发出令人愉快的声音。大胆自然是大家都喜欢的清新之风，当然是因为她年轻。她不应该超过40岁，没有读过书，但能对付。懂得待人接物，也就是大家所谓的礼节，也有教养。她给绿色植物浇水，搅拌咖啡——或者说是搅拌两块糖？给紧急的信件打字，跑去送给相关部门，整理文件，给档案分类，预订车票，组织旅行，"给某某先生预订午餐，下午一点的。谢谢"。她的武器就是电话，塑料的电话线不管怎么弄总是缠在一起。最重要的是，不管发生什么事，永远要笑容满面。

法兰西第五共和国刚刚发生动荡。吕茜怀揣着中学会考毕业文凭，被女权主义的论文所吸引，上了尼斯的法学院。她接近学生中的"左"派组织，其中大多数都是共产党人。新宪法是他们讨论的主要话题，吕茜跟其他同学一样，对戴高乐希望通过的第16条十分愤怒，这一条让总统在受到威胁时拥有特权……一定要保持警惕，不要落入戴高乐的陷阱，他完全不是站在人民一边，"更不是站在被压迫人民一边"，她咬牙切齿地说。去殖民化的进程十分缓慢，这让她感到非常愤怒。

她虽然才17岁，母亲已经给她看弗朗茨·法农①的著作了，《黑皮肤》《白面具》成了她的枕边书。她一口气读完了，激动不已：法农谈到了她父亲的种族主义、白人的傲慢、被殖民者面前漫长的道路，他们被自己的软弱所束缚。她在书中整段整段地画线，画出重要的句子，大声地念给同学们听：

"太平洋战争中的那个残疾者对弟弟说，'要适应你皮肤的颜色，就像我要适应我的残肢一样，我们俩都是事故中的受害者。'然而，我全身心都抵制这种残缺，感到自己的

---

① 弗朗茨·法农（1925—1961），法国作家、散文家、心理分析学家、革命家，20世纪研究非殖民化和殖民主义的精神病理学较有影响的思想家之一。

灵魂像世界一样广阔，真的，这是一个比最深的河流还要深的灵魂，我的胸膛具有无限的扩张力。"

大家都鼓起掌来。学校的走廊和食堂里经常进行政治会议，学生在衬衣外面套上白色的T恤衫，上面用毡笔写着这样的口号："全世界的无产阶级，联合起来！""捍卫自由和民主！""反对男性对女性的剥削！"

让、萨缪埃尔、卡利尔、奇亚科莫、帕特里西娅、阿里纳、法尼和拉菲尔，各个小帮派都歌颂革命，组织游行，支持工人阶级。吕茜特别喜欢拉菲尔，他是组织里面最稳重的，也是最擅长宣传的学生，负责写传单，然后交由其他人去分发。他中等个儿，一头褐发，皮肤光滑得就像被瀑布冲刷的卵石，白得几乎透明。让、萨缪埃尔、卡利尔、奇亚科莫这几个则伶牙俐齿、能说会道，拉菲尔与他们恰恰相反，好像一直都那么深沉，朋友们都叫他"湖中的兰斯洛特"[①]，这跟他风度翩翩有关。他说话字斟句酌，不需要叫喊大家就能明白。他是组织里面最闪亮的灵魂。

冬天里的一天，吕茜和拉菲尔在大学的校园里分享一个三明治，突然看到一个蓝眼睛、金色头发的学生走到他们的摊位旁。所谓的摊位，不过是一张酒吧间里的那种圆凳，上面放了一些印着镰刀和锤子的宣传册。"苏维埃允许人民扫盲！"奇亚科莫在远处喊着口号。那个学生拿起一本宣传

---

① 亚瑟王传说中圆桌骑士团成员之一，出现在欧洲很多文学作品中。

册。"他们能养活工人阶级!"卡利尔在另一头助威。但那本宣传册最后被那个学生揉成一团。

"你看见了吗?"吕茜大声地说。

"湖中的兰斯洛特"没有出声,目不转睛地看着这场面。这令人愤怒的一幕可没逃过让的眼睛,他朝那个学生走上一步:

"你好,同学。我们的主张你不赞成?"他指着那本被揉成一团的宣传册。

"这么说吧,你们的主张罔顾苏联的现实。"

吕茜放下三明治,卡利尔、奇亚科莫也不再贴标语,向那个学生走去。

"他说我们的主张罔顾苏联的现实?"让的脸上浮现出恶狠狠的笑。

"可这是真的!我了解情况,我是立陶宛人。"

"你有什么不满的?"萨缪埃尔也向人群靠过来。

"我有什么不满的?在我的国家里,20万人被流放!"

奇亚科莫皱起眉头。

"我和我的家人不得不逃离祖国,抛弃房子、记忆和我们埋葬在维尔纽斯墓地里的亲人!"

萨缪埃尔示意他冷静,但那个学生已经停不下来:"你们这些崇拜苏联的人,不知道自己在讲什么!有人在那里饿死,有人在那里割腕,他们互相揭发,互相监视,互相背叛!难道这就是苏联的自由吗?"

吕茜和拉菲尔同时站起来,那个学生四周一片嘈杂声。卡利尔啐了一口："你是什么东西？法西斯？法西斯分子？"金发男子转过身，只看见大家青筋暴起，下巴咬得紧紧的。

"我不是法西斯。"

让首先用肩膀撞了他一下："那就太好了，我们可不喜欢法西斯。"

气氛非常紧张，吕茜抓住拉菲尔的手。

"我说过我不是法西斯！"那个学生说。

他们冷笑着在他背上猛击一拳，打得他踉踉跄跄："你说你不是法西斯？"

"我确实不是……"

圈子越围越紧。"放开我，我不过是说了自己的真实想法。"但他的声音已被窒息。一阵沉默。"我不是法西斯。"他最后又弱弱地说了一句，接着，吕茜就什么都看不见了。同学们已一拥而上，扑上去揍他。

"住手！"她拉住让的上衣，然后又求卡利尔，但毫无作用。他们使劲地打，那可怜的家伙在地上缩成一团。"拉菲尔！"吕茜叫了一声，但拉菲尔没有动，而是愣了一下，脸色像死人一样苍白。她恐慌地跑去求救，但没有用，这类解决办法，谁都在使用。

当她回来的时候，"同志们"已经消失，那个学生躺在地上，满脸是血。拉菲尔用手帕轻轻地把它擦去，弄得他的鼻子白一块红一块。

"对不起，吕茜……我没能……""湖中的兰斯洛特"

哭了，眼睛里充满了惊恐和耻辱，吕茜立即就原谅了他。那个立陶宛人学生在痛苦地呻吟。吕茜擦拭着他肿起的嘴唇，又用湿布给他擦脖子、眼皮和额头，脑子里一团乱。时间很快过去。伤者轻声地对她说了声"谢谢"。她向他弯下腰去，扶起他，在拉菲尔的帮助下，送他去医院。

我属于不介入社会政治运动的一代。我从来没参加过什么党派，也没有为什么而斗争过。我唯一一次上街，也不是为了游行，而是为了不那么孤独。那是2015年《查理》周刊和"超级卡谢尔"超市恐袭事件发生之后。不过，我对政治感兴趣，我有自己的主张。然而，对于逼我选择阵营、表明立场的运动，我是完全陌生的。

在二十世纪六七十年代，政治无处不在，生活中充满了政治色彩，日常事务和家中装饰无不如此。埃弗利娜曾在一个地毯上绣着卡斯特罗和切·格瓦拉像的房间里给一个右派旧总理的儿子当家教，但这并不妨碍她多年后祝贺她的前夫，昔日的学生联盟主席，祝贺他成为萨科齐手下的外交部部长。"我想，他以为我会骂他！所以，当我为他鼓掌时，他都不敢相信。"就这样，一切都过去了。

自由与制度很难相容。自从托马斯受攻击之后（托马斯后来成了她最好的朋友之一），吕茜就与"左"派拉开了距离。那个年轻的立陶宛人的鼻子上有个紫色的伤疤，永远在提醒大家：人类会多么疯狂。那是印在肉体上的恶的标志。她以前深信革命是必需的，或者说，革命只能通过暴力的方式，正如弗朗茨·法农所说的那样，但她现在开始怀疑了。在公共场合打人，这太不公平了。暴力，真的必要吗？"左"派，真的正确吗？某些国家一边说自己站在人民一边，站在被压迫人民一边，一边把自己的领土扩张到邻国，剥夺他人的权利。托马斯找不出更严厉的词来形容这种现象。帝国主义，不管它冠以什么名字，打什么旗号，都是一种殖民主义。自由！没有什么比独立更加宝贵。

吕茜和托马斯在旧货市场到处收集咔叽上衣、革命者的帽子和阿尔及利亚味道的奇洽酒，拉菲尔也跟他们一起行动。自从那场悲剧后，他更加活跃了。为了让"人民自己拥有权利"，他们在晚上组织集会，唱着费拉、费雷和穆鲁基①的歌。"如果要流血，那就流你的血，你是真正的教皇，总统先生。"《逃亡者》②每次都引来一片欢呼声，总

---

① 费拉、费雷和穆鲁基均为二十世纪四五十年代法国著名歌手。
② 法国作家鲍里斯·维昂1941年2月创作的一首歌，其反军国主义思想引发了很多争议。

让人觉得要被下架：从1955年起，他的唱片就在法国被查禁了。但拉菲尔信誓旦旦地说，在瑞士能搞到。吕茜和托马斯对视了一眼。一个微笑就够了。

尼斯到日内瓦，7小时的路程。"你带三明治了吗？"托马斯加大油门，安慰她说："带了，应有尽有。"吕茜和他结成了一种哥们儿友谊，无性的爱，精神同盟。对她来说，收集一夜情是件新鲜事——一种给人安慰的陶醉，一股快乐清澈的激流。

普罗旺斯金褐色的山丘逐渐变冷，石头越来越多，道路崎岖，十分可怕。下午两点左右，越野车来到了巴尔多内边境检查站，穿制服的海关关员走了过来。吕茜和托马斯说他们只是来瑞士过个周末，游览一下日内瓦——看看湖。他们出示了自己的证件。托马斯让他们大为震惊，尽管他是法国籍，但他的大鼻子让他看起来像个苏联逃亡者，瑞士人太不喜欢这样了。经过两个小时的交涉、充满怀疑的电话咨询，海关终于放行了，但好像很不乐意。

日内瓦像个围湖而建的资产阶级圆形剧场，一头看不见身影的鲸鱼在那里吐出一条近十米高的水柱。不美也不丑。湖的上方，灰色的天空渐渐变白，几乎成了透明的了。吕茜和托马斯摘掉手套和帽子，开始在城里寻找唱片店。他们打听到三家。在第一家店里，他们找到了二十来张《逃亡者》，老板是个流亡异乡的布列塔尼人，紧跟时事；在第二家店里，没有一张反叛内容的唱片，老板很讲原则；在第三家店里，一个无精打采的女孩在削铅笔，对顾客不理不睬。他们一共买了7张唱片，藏在一个袋子里面，袋子又藏在车尾箱里，汽车向瑞士的森林里开去。在离公路有一定距离的地方，他们找了一个僻静的角落，托马斯拿出三明治，"沙拉酱金枪鱼"。他们咬干硬的面包，默默地嚼着。夜幕降临，天气很冷。

"如果你想听听我的意见，我可以告诉你，我们会被冻僵的。"

"如果你想听听我的意见，我可以告诉你，我们已经被冻僵了。"

两人大笑起来。

托马斯拿出两张粗糙的旧毯子，给了吕茜一张。吕茜把自己裹成一团，躺在车后座。托马斯最大限度地放倒前排座椅，自己也躺下来，并摸了摸鼻子上的伤疤，好像是想检查一下它是不是还在。

日内瓦的星星没有唤醒他们。

"如果你也反对阿尔及利亚的谋杀，拿着！"

他们在大学的走廊里悄悄地分发唱片，选择目标，尤其是一年级新生和极右派的反对者。维昂、穆鲁基，那都是他们梦想中的英雄。吕茜送了一张唱片给母亲，母亲放给她的每个情人听。"解放阿尔及利亚！民族的解放！"有些人觉得危险，有些抗拒。"那就背熟它，星期六游行用。"整个学校都回响着他们的战斗口号。希望是一件重要的事。

在他们组织的迷途诗人晚会上，人们到处传诵《逃亡者》。

"五楼左边，从这儿走。"蒙娜和女儿来到城外一栋死气沉沉的大楼脚下，看清楼层，上了楼，短促地敲了两下门。

门开了，她们走进烟雾弥漫的客厅，脱掉大衣。吕茜看到客厅中央的一张沙发上铺着白色的床单，沙发前面有十来张椅子，几个年龄不等的妇女已经在那儿聊天了，一个五十来岁的金发妇女过来招呼她们，拥抱了一下她母亲，然后面对着她，说："很高兴认识你。蒙娜经常跟我谈起你。我们很快就开始。你们想喝点什么？"她下巴很厚，眼睛很圆，说话没有一点尼斯口音。

"妈妈，能告诉我来这里干什么吗？"

"别着急，你会知道的。"

那个金发女人给她们端来两杯果汁，然后走到沙发旁边。"朋友们，"她大声地说，"比歇特马上就到。不过，大家请看，我们要什么有什么！"她手里晃着一个很怪的小碗，淡黄色的，或者说是米黄色的，让吕茜想起意大利南部的一种面食，在尼斯也找得到：猫耳朵。在她面前，放着一个垃圾桶和一盒一次性手套。

这时，有人敲门，一个气度不凡的女人走进来。她一头红发，嘴唇涂得很艳丽，高跟鞋亮晶晶的。蒙娜和其他人马上就鼓起掌来。

比歇特稍稍欠了一下身，脱掉自己的小背心，笑着说：

"通常我没有这么多观众。"掌声更响了。那个金发女人自我介绍说，她叫苏珊娜，然后从沙发旁边走开了。吕茜还没反应过来，比歇特就已经脱掉裙子、袜子和短裤，躺在床单上。苏珊娜自豪地宣布："今天，是示范放置阴道隔膜！"

蒙娜兴奋地对吕茜耳语道："看清楚了，这是一种很有效的避孕措施。"苏珊娜用戴着手套的拇指和食指拿起柔软的透明薄膜，在做技术性讲解。吕茜尽管听得很用心，但还是不明白。"必须让隔膜靠着尿道口。"她把那东西塞进比歇特的大腿间，比歇特用脚跟踢了一下沙发，大笑起来，笑声盖过了大家的喊叫声。

蒙娜点燃一支香烟，吕茜也点了一支，感到很不自在。"女士们，你们学会了吗？好了，大家试试！"苏珊娜取出湿漉漉的隔膜，在面前拉着。比歇特支着肘部，半坐起来，调皮地看着大家。

"李丽安娜，你先开始。"但那个二十来岁的女孩不干："为什么我先来？"

"因为你想当医生。你不想当了？"

她点点头。

"那就来吧！"

吕茜低声地问母亲，这个苏珊娜是什么人。

"她过去是妇产科医生，现在不让她执业了。"她压低声音："她有一次替人堕胎出了问题，病人的丈夫把她告上了法庭。"

吕茜看着沙发，李丽安娜一动不动，比歇特声音欢快地引导她："没放到位。再高一点。啊！对。明白了吗，李丽安娜？"那年轻女子点点头。

"好了，下面轮到谁了？"

在一个小时当中，大家都在比歇特的指导下进行了尝试。

"为第一次欢呼！"

"啊，不，我觉得有问题。"

吕茜已经抽了5支烟，她十分紧张，当然，练习是有用的，甚至是必要的，但真的要强迫她们这样做吗？比歇特怎么就受得了……

这时，蒙娜把手套扔到垃圾桶里："轮到你了！"吕茜没有动。

"快点，别傻呆呆的了！拿着！"

比歇特鼓励她："别害怕，宝贝，我一点都不……"

吕茜觉得自己的眼泪冒了出来。不可能，她做不到。她感到耻辱，结结巴巴地说："我想……我宁愿用避孕套……"

苏珊娜笑起来："太好了，这将是我们下一堂课的课题。但你从哪里可以拿到避孕套，又怎么拿到？"

蒙娜生气了。

"算了，"苏珊娜打起了圆场，"你女儿才17岁。"

1974年11月，埃弗利娜的母亲参加了西蒙娜·韦依①在议会所做的关于堕胎权法案计划的所有演讲。

目前的情况非常糟糕，我甚至要说非常可悲，简直是灾难……当医生在诊所里违反法律并将其公之于众的时候，当检察官面对每个案件都要向司法部请示才能继续调查下去的时候，当公共组织的社会服务部门向意外怀孕的妇女提供可能，方便其终止妊娠的时候，当这些妇女出于同样的目的，公开组织起来甚至包机去国外的时候，我要说，我们处于一种混乱无序的状态，这种状态不能再继续下去了。

我在网络上寻找视频，西蒙娜·韦依神采奕奕，穿着淡蓝色的衬衣，口若悬河，让人难以置信。她讲话平静，给听众留有思考的时间，清楚地阐述自己的论点。

后来还有别的视频，在议会上所做的同样的讲演。镜头扫过全场，突然停在一个挤满妇女的大厅里，她们都是来支持这项计划的。我按了"暂停"，寻找着，检查着，多

---

① 西蒙娜·韦依（1927—2017），法国广受尊重的著名政治家和女权捍卫者，她在1974年出任卫生部部长时，推动立法，允许妇女堕胎，成为法国历史上的重大事件。她是第五位进入先贤祠的女性。

么希望蒙娜的面孔能够出现，而不仅仅是一张照片，一幅画像——总之，不是在埃弗利娜的抽屉里。母亲自杀以后，她就把一切都烧了。我寻找着一个幽灵，一张从未见过的、我完全陌生的脸，但只要让我看见我就能认出来。她可能在那儿。镜头切到一个很抢眼的女人身上，她穿着白色的衬衣，淡绿色的背心，脖子上挂着一串珍珠，耳朵上也挂着一串，珍珠圆圆的，很大。她戴着墨镜，褐色的头发挽在脑后，抱着双臂。可能是她。是的，很有可能，但我再三研究，也没有进一步的发现。

大街小巷都是欢声笑语，人们点鞭炮放烟花，"新年好！身体健康！"大家都用香槟酒来拥抱1959年。吕茜庆祝新来的一年。巴蒂斯塔①，这个被美国人推上古巴第一把交椅的倒霉蛋，刚刚经历了血淋淋的失败，狼狈地夹着尾巴逃到了多米尼加共和国。

卡斯特罗和切·格瓦拉领导的反对派战胜了他！这是大卫对歌利亚②的胜利，是一个小岛对垂死的帝国主义的胜利。"新年好！""自由万岁！"吕茜应答着别人，一心想着古巴。

接下去的那个星期的周四，她跟托马斯和拉菲尔决定，在一个无政府主义者的酒吧里为此庆祝一下。一进去，吕茜就看见里面有一群男孩。

"那里不错。"

托马斯轻轻地拍了一下她的脑门："你真坏。"

---

① 鲁本·富尔亨西奥·巴蒂斯塔–萨尔迪瓦（1901—1973），1933年至1940年为古巴实际的军事领导人，1940年至1944年当选古巴合法总统，之后他又通过军事政变于1952年重新成为古巴最高领导人，但同时也招致诸多反对。1959年巴蒂斯塔被卡斯特罗所领导的游击运动驱逐出境。

② 西方传说中的著名巨人之一。《圣经》中记载，歌利亚是腓力士将军，带兵进攻以色列军队，他拥有无穷的力量，所有人看到他都要退避三舍，不敢应战。最后，牧童大卫用投石弹弓打中歌利亚的脑袋，并割下他的首级。

其中一个男孩转过身来点东西喝，刚好遇到了他们的目光："嗨，拉菲尔！"

吕茜看见拉菲尔脸红了。

"我们去跟他们干杯。"托马斯说，他什么都没有发觉。拉菲尔一声不响，嘴边挂着一丝微笑。托马斯扑到桌上，拿起不知是谁的酒杯，对着众人大喊："古巴革命万岁！"大家都很吃惊，那家伙仰起头，对拉菲尔说："你就不介绍一下？"

"一个朋友。"拉菲尔只说了这么一句。

"我的朋友的朋友就是我的朋友。"吕茜回答说。那人有点不知所措地摇摇头。

第二天晚上，吕茜手里拿着一个石榴，躺在客厅的沙发上，等待母亲跟她当时的情人度假一周回来。这是她们小小的习惯之一：周五晚餐之前见面聊天，互相讲述自己的生活。蒙娜对自己的生活非常满意，他们在意大利海岸租了一栋别墅过圣诞，"对了，在古巴发生的事，真的……开年大吉！"

吕茜点点头。那个岛国向世界其他地方的人们送去了希望——现在，自由已经呈现出自己的面目，变得越来越吸引人。

"我太想去那里了，妈妈……去看一看哈瓦那、马埃斯特腊山脉、圣地亚哥！我已经跟托马斯和拉菲尔说过。你知道吗，那是我的两个朋友。"她舀着碗里的花生，停了一会儿，"说起拉菲尔……我得跟你说些事。"她嚼着花生，说，"你想象得到吗，他的性取向有问题。"

这已经是他们的第三瓶桑格利亚酒①了。他们的脑袋嗡嗡作响，目光模糊。那群小伙子离开酒吧已经有一段时间了，根本不理吕茜。

"你向我们介绍的那人很可爱……"

拉菲尔喝完杯中的酒，说，"忘了吧！"然后又有点醉醺醺地说："他是同性……"

托马斯说不出话来，吕茜也愣了几秒钟，然后突然回想起拉菲尔刚才涨红的脸。她明白了："你的意思是说，同性……像你一样？"

拉菲尔点点头，把瓶里的酒全都倒在自己的杯里。他早就是同性恋了，尽管他一直没有承认。

"可你刚才为什么不告诉我们？"吕茜问。

羞耻，担心被人抛弃。托马斯不由自主地后退一步。

拉菲尔对他说："别担心，你不是我喜欢的那种人。"

吕茜恶狠狠地瞪了她的这个立陶宛朋友一眼，托马斯马上就坐回原来的位置，为自己刚才的举动感到尴尬，其实他完全是无意识的。吕茜把拉菲尔拉到自己身边，说，"我喜欢你这样的人。"并补充一句："你仍然是我的兰斯洛特。"

拉菲尔朝她笑笑，突然加重语气，声音里充满酒气，转身对托马斯说："我想告诉你……他们打你的那次……我想

---

① 红葡萄酒与橘子汁混合而成的饮料。

插手的。真的……但太暴力了，我被吓瘫了。他们越打，我越觉得人们在对着我吼：'同性恋！同性恋……'我就越觉得羞愧，我真的很抱歉。"

托马斯走到他身边，抓住他的手，轻轻地放在自己的伤疤上：

"朋友，忘了它。未来在我们的前面。"

吕茜把这一幕讲给母亲听的时候，觉得自己仍像前一天晚上那样激动："告诉你吧，我以前还有些怀疑，现在起码清楚了。"

蒙娜吞了一口花生，轻描淡写地说："那些家伙，他们让我感到讨厌。"

吕茜张开嘴，心悬了起来："你这是什么意思？"

"我不知道……这很肮脏，你知道，他们所做的事……那些人有病。"

她母亲没有说过这话，也不可能这样说。吕茜点燃一支烟，深深地吸了一口，试图让自己平静下来："那是他们的生活……"

蒙娜扑哧一声，耸耸眉毛："说实话，我不能接受！一个男人和另一个男人……啊，饶了我吧！别说了，我都要吐了。"

吕茜生气了："你知道自己在说什么吗？"她在客厅里踱着步，双手捧着脑袋："老年人才这样想！"

蒙娜差点想骂，但忍住了，她站起来，走到吕茜身边：

"你不要用这种口气跟我说话。"

"我用这种口气跟你说话是因为你不允许我用其他口气跟你说话。"

蒙娜抓住吕茜的上衣："闭嘴！你18岁了，还什么都不是。"

"你呢，你就像爸爸！"

一个耳光扇了过来。

两人都愣了一会儿，好像不明白发生了什么事。接着，吕茜的眼睛噙满了泪水，跑出客厅，砰的一声把门摔上。

"我喜欢足球、历险小说、游泳、打球。像别的男孩一样。十多岁的时候，我恋爱过，总之是糊里糊涂的，爱上了同班的一个女生。她有个滑稽的名字，叫苹果。是的，她父母就是叫她苹果的，班里的同学也追在她后面说：'来，苹果，让我咬一口。'然后大家都笑起来。我不知道她为什么看中了我。她邀请我去她家做客，我去了，我想认认真真地爱她——所有的男孩都喜欢她。她的房间贴满了关于披头士的海报，散发着香草的味道。我们坐在她的小床上。苹果看着我，她很漂亮，真的。她扑到我的身上，但是……她贴在我嘴唇上的柔软的嘴唇，她甜甜的香味，她的肉体，一切的一切都让我讨厌。太可怕了。我不想让她痛苦，我向你保证。我用力推开她，然后擦了擦自己的嘴。我真的没办法。"

吕茜把打火机递给拉菲尔，拉菲尔用长长的手指点燃没有过滤嘴的高卢牌香烟，紧了紧自己的大衣。在他们面前，大海像湖水一样平静，像黑色的镜子，一直延伸到天际。吕茜恨她母亲——愤怒，不解，一切都凝结成一团，落在胃里，沉重得像犯人脚下的铁链。

拉菲尔向她转过头来，问："她生气了？"

吕茜叹了一口气："她以前不是这样的，我向你保证。我们大吵了一架。"

对她伤害最大的，是在母亲身上发现了近似安德烈的态度："我父亲对待越南人、美拉尼西亚人和犹太人就是这样的。"

拉菲尔对她笑笑："我对她的反应一点都不感到惊讶。"

当他鼓足勇气把自己的秘密告诉父母时，他母亲号啕大哭起来，然后狠狠地推开他，而已经气得满脸通红的父亲也大声嚷嚷，父母俩没有一个能接受他的主张："在我们这个家里绝对不允许这样。"他们说。接着是别人的侮辱、蔑视和恐惧的目光。

"最后怎么解决？"

"他们把我赶出了家门，"拉菲尔叹息道，"我已经有三年没有见到他们了。"

天开始暗了下来，沙滩上的乳白色影子越来越大。两个朋友沉默着。

尼斯是世界上最忧伤的城市。

"尼斯城计划生育"。

强烈的阳光下，大楼的门楣上拉起了一条红色的横幅。对蒙娜来说，1960年标志着计划生育活动正式拉开序幕。这是由"幸福母爱"协会发起的，玛丽-安德烈·韦拉莱、埃弗利娜·苏勒罗和众多跟随她们斗争的妇女，最终选择了一条更加彻底的路线。吕茜帮助她们在办公楼前设立摊位，还是那么威严的苏珊娜站在人行道上派发传单。介绍计划生育宗旨的是李丽安娜，那个想当医生的年轻女子，吕茜在阴道隔膜示范活动中见过她。比歇特坐在塑料椅子上晒太阳。她们周围还有很多人，请行人喝水或果汁，然后进行讨论。有的行人停下来，称赞、感谢和鼓励这些积极分子；还有些人则破口大骂："叛徒！婊子！"一个戴毛皮帽子的男人指责她们说："你们是一群母狗！"

一听这话，吕茜就狂吠起来，脖子伸向天空。她母亲，然后是所有的女斗士都跟着学起来："汪""汪""汪"，俨然是一场"母狗"音乐会，声音越来越尖，越来越响，大家噘起嘴唇，眼珠圆睁。苏珊娜假装要追上去咬那个男人，那个男人跑了，骂她们有病。大家都哈哈大笑起来。一条猎獾犬刚好经过那里，停下脚步，惊愕地看着她们。

每个星期六，那些妇女都在摊位前轮班。吕茜趁午饭的时候溜出来，问母亲："你还要再待一会儿吗？"

"是的，直到下午4点。"

"好吧，那就待会儿见。"

三点半左右，一个年轻男人走过来。蒙娜马上就注意到他了：身材高大，皮肤很白，一头褐发。"啊，终于有男人关心妇女的事业了！"她笑着大声地说。

"当然。我觉得，你们的斗争也是我们的斗争。"

苏珊娜把自己的椅子拉过去给他坐："听到这话真让人感到高兴！"大家开始攀谈起来。那个风度翩翩的年轻男子支持女性避孕和流产的权力；认为女性应该像男性一样工作，同工同酬；可以拥有银行账号，而不只是在家里照顾孩子。"真的应该发展托儿所，否则，女性将永远被困在家里。"蒙娜贪婪地看着他，请他喝橙汁，他礼貌地接受了。他的眼睛是蜜糖那样的金黄色。

他们正在交谈，吕茜穿着春天的裙子兴冲冲地过来了。"对了，这是我女儿。"蒙娜给那个年轻人做介绍。那人朝吕茜笑了笑，蒙娜还没弄清这个笑是什么意思，吕茜已经俯过身去贴他的脸了："哎，拉菲尔，都好吗？"她一手搭着那男孩的肩，一边说："妈妈，我向你介绍拉菲尔。这就是我常常跟你谈起的那个朋友。"

半夜里，蒙娜感到有些闷，便把窗户开得大大的。空气中满是松树的味道，那是风吹来的清爽而甜蜜的液汁的味道，她深深地吸了一口。下午那一幕不断在她脑海里回放。

拉菲尔。她女儿已经设了陷阱，那么周密，她只能欢呼了。必须承认，她的这个朋友很有魅力，很出色。他对女权主义的态度很让她高兴。浅色的皮肤，金色的目光。"湖中的兰斯洛特"，吕茜曾这样说他。一个好听的名字，跟他很般配。四方的窗框投来树木的剪影，蒙娜看见有蝙蝠飞过，要么是海鸥，她不肯定。到处都同样寂静，死一般的寂静。她回到床上躺下，心里有些不快，脑子里乱糟糟的，睡去后噩梦不断。

第二天，她起床比平时晚，早餐拖的时间也比以前长，又在浴室里泡了一个小时，好像有种东西重重地压在心头。她清楚地感觉到这与昨天的那个插曲有关。很不舒服。罪恶感和厌恶感混淆在一起，也有对女儿的佩服。快到中午的时候，她无所事事地打开收音机，调到"巴黎国际台"。她每当有空，都会去听"一天十万法郎"游戏，想象着要是自己得到那笔钱会怎么花：旅游，买辆新车，可能性更大的是存下来留给孩子们上学用。

"有条纹的马是什么马？"她在沙发上伸直双腿，听起游戏来。斑马嘛！木琴慢慢地响起来："叮，叮"。

"斑马？"选手迟疑不决。这太容易了，谁都答得上来。

"下面是历史方面的问题。查理大帝是哪一年被尊为西方皇帝的？"

啊，不，千万不要问日期，她从来记不住任何日期。

"公元800年？"

"布克先生的回答也算对吧。恭喜！"

她看着自己的指甲，觉得有点褪色了——最近要抽时间去修指甲了。

"现在是文化方面的问题。下面这句名言的作者是谁？'自己想自由，是否也希望别人自由。'"她的心在胸膛里猛烈地跳动起来："西蒙娜·德·波伏瓦！"她对着收音机大喊。

选手没有说话，木琴又响了起来，让他的呼吸声显得格外沉重。"叮，叮"。

蒙娜站起来："是波伏瓦！"

主持人给了一些提示，但是白搭，布克先生还是不明白。"叮，叮"。

"啊，笨蛋！他这样会输的。""叮，叮"。太晚了。她气恼地倒在沙发上。那个倒霉的选手带着一本《拉鲁斯专名词典》和主持人的祝贺下场了，西蒙娜·德·波伏瓦让他的十万法郎化为泡影。

"可怜的玛尔特，你真应该听听……"她跑到书架前，抽出那本书，书中的那句名言已经被她用笔画出来，"作为一种模糊的道德"。突然，她的血凝住了。"自己想自由，是否也希望别人自由。"每个人都是自由的。当然，每个人都是自由的。妇女所要求的自由，别人也有权得到。她仿佛又看见了拉菲尔英俊的脸，觉得心中卸下了沉重的负担，于是穿上一条裙子，去拥抱阳光了。

　　我一直在写，夜幕笼罩着巴黎。现在是初春，樱桃树冒出了红色和珍珠白的花蕾，嫩绿的树芽已几乎变黄，但这个时候，谁会相信呢，黑暗吞没了一切，就像一张可怕的大嘴。我的客厅乱糟糟，其实它从来不曾被好好整理过。我在客厅里一边写一边想着埃弗利娜。外面一片漆黑，里面也一片漆黑——但黑暗中也有光芒。

　　半夜一点半。有人在楼下大喊，其中一人不断重复："你为什么要这样做？你为什么要这样做？"我很想打开窗户，同样大声地喊道："该死！你为什么要这样做？"但我面对电脑屏幕，身体一动不动。

　　当马路安静下来——但这只持续了一秒钟——如果伸长耳朵，可以惊喜地听到首都竟然有蟋蟀的叫声。音乐般的声音，很有节奏，几乎难以察觉。温柔的清风吹拂着人行道。金银花的味道盖过了汽车发动机的味道。

　　夜晚的巴黎，就像是地中海边的一个郊野花园。

他的双手颤抖得很厉害，喝水的时候杯里的水都有点洒出来了。他白皙的皮肤现在似乎已经发灰，嘴里只说了两个字："开除。"

吕茜和托马斯泪水汪汪地围着拉菲尔。他刚刚被学院的行政法庭召见，处罚下来了，像砍头一样让人害怕，他被学校开除了。吕茜和他一起哭，托马斯则咬牙切齿。学校当局是怎么弄到他和他当时的恋人的照片的，他一无所知。但证据在那里，确凿无疑，无可争辩。

"必须做些什么……把告发你的人揍一顿！"托马斯激动地说，"你们甚至在这里也有告发者？"

"这里最多，我告诉过你，"吕茜回答说，"无处不在的盖世太保……"她在拉菲尔伤心的脸上贴了一下："总该有办法的，我们要对他们的决定提出上诉。"

就在此时，大家听见了钥匙在锁孔里转动的声音。蒙娜带着皮埃尔走进客厅，怀里抱着购物纸袋。皮埃尔看见他们时怔住了："他为什么哭？"一听这话，拉菲尔便用衣袖擦去眼泪："我没有哭。"皮埃尔好像不信。蒙娜把袋子放下来，问："出什么事了？"当拉菲尔把情况告诉她时，她的脸色大变，显得十分激动："不行，他们不能这样破坏别人的生活！"她大声地说，"我去找他们说理去。"

双方愣了一分钟，曾经的争执变成了温情，吕茜搂住母亲的脖子感谢她，两人就这样拥抱了几秒钟。

"我不允许他们伤害你的朋友……"

拉菲尔低下头，心里很感动，面前这种母女之爱也让他有些尴尬。吕茜终于松开了双臂，对蒙娜低下头，自豪地说："这才是我妈妈。"

几天后，托马斯和他的同学们重新来到吕茜家里，庆祝一件意想不到的事情。两小时前，蒙娜带回来一个好消息：大学法庭收回了拉菲尔全国禁读的决定。拉菲尔当然不能再在尼斯上学了，但法国的其他大学的大门仍向他敞开：马赛、蒙彼利埃、巴黎……是的，巴黎，他喜欢。也许将来有一天他会当律师，但在这之前，他必须离开尼斯，这就让这一胜利带有一些苦涩的味道。

不过，现在首先是庆祝胜利。吕茜要托马斯带她母亲去城里，说要送给她一个礼物，趁这机会，她通知朋友们马上带吃的喝的到她家里来。当蒙娜由托马斯挽着手臂回到家里时，大家都站起来热烈欢迎她。

拉菲尔围着她即兴跳了一段太阳舞。

"啊，我真没想到！你们都疯了！谢谢……"

"你应该给我们讲讲是怎么回事。"托马斯催促她。

蒙娜满脸微笑地在客厅的地毯上坐下。一个出色的讲故事的人。

交锋在铺着浅色木地板的漂亮的阶梯教室进行。她面对的，是6个教授，全都是学院的代表委员会成员。"一群羸弱的老头，淹没在浅绿色的丝绒服装中……"她戴着珍珠项链，穿着白色的上衣，他们没有看见她进来。"先生们，谁在你们卧室里做了调查，然后才任命你们做大学教授的？"一个戴眼镜的瘦高个儿愣住了，另一个枯如灯草的老头开始打嗝。"我不认为您的反对有什么依据。"第三个教授反驳说。

蒙娜在客厅的沙发上模仿着那些学究，挥舞着指甲尖尖的修长双手。"怎么！"我对他们说，"你们以为他们只根据知识、文化和教学法来判断你们的吗？"

吕茜用胳膊肘捅了一下托马斯，说："你知道吗，她真的是对他们这样说的。"托马斯竖起拇指表示敬意。

这时，蒙娜站起来，挺起胸膛："当然是这样，人们是根据那些优点来判断你们的，只根据那些优点。那我就要问了……"说到这里，她扭头对女儿说，"我就照你跟我说的那样做了，我停顿了一下……"

拉菲尔眼泪都笑出来了。蒙娜接着大声地说："是的，先生们，那我就要问了：你们怎么能不根据这些优点来判断一个年轻人？这些优点正是你们坐在这里，坐在这知识的殿堂里的理由。"

她笑得直不起腰来："老实说，要说出这个句子可不那么容易……我还以为自己会把话说乱。啊！但愿你们能看到他们那副嘴脸……"

笑声慢慢地平息了之后，蒙娜重新在沙发上坐下来：

"后来，我就发连珠炮了。'你们想开除拉菲尔先生，可他并没有妨碍你们！'"

拉菲尔深陷在沙发上，吕茜叹着气。

"他们就这样同意了？"托马斯很想知道。

"没有，"拉菲尔回答说，"蒙娜不得不继续斗争。后来，他们商议了一下，做出你们所知的裁决。其实，他们仅仅是想摆脱我。"

吕茜把脑袋靠他肩上。

"将来有一天，你告诉他们，他们大错特错了。"

大家都笑了。

"妈妈讲得太对了。"

眼下，我觉得写作是世界上最让人泄气的事情。

一个个情景清楚地出现在你的脑海里，可你却无法在纸上把它们表现出来，这真令人绝望。我耳边仿佛响起了埃弗利娜的声音："我永远做不到'小说化'。"照我的理解，"小说化"就是让事情变得像小说一样"传奇"(romanesque)，而不是变得"浪漫"(romantique)。但埃弗利娜能让一群博学的大学教授呆若木鸡，然后去看《年轻和骚动不安的一族》①的最后一集，这为什么就不能说是"浪漫"呢，假如浪漫意味着倾听内心的感情甚至是感觉？

我总是这样形容我的编辑工作，我觉得写作更是如此：理智没有太多的位置，只有你身体里的那只动物知道往哪里去。而且，那只动物必须站起来，目光炯炯，毛发光滑——准备进攻。

---

① 李·菲力普·贝尔和利利安·查维1973年联合导演的美剧。

　　1962年10月。从月初开始，古巴的局势就显得十分紧张。独立后的阿尔及利亚总理本·贝拉①和卡斯特罗的照片已属于往事。照片上，两人脖子上挂着花环，坐着敞篷车行驶在哈瓦那机场的停机坪上。肯尼迪颁发禁止出港令之后，赫鲁晓夫就威胁要当场发射导弹，出动潜水艇。美国人没有让步，他们的信息非常清楚：绝不允许遭遇这样的危险。蒙娜来到太阳保险公司，手里拿着一张为追踪该新闻而专门买的《解放报》。

　　6年来，她天天向讨厌的巴巴拉打招呼，放下自己的东西后，给老板的咖啡加糖，然后开始处理成堆的信件。她动作机械，连她自己都感到厌烦。这份工作毫无乐趣可言，除了在固定日期发放的微薄薪水。

　　乔托把一包文件放在她办公桌上，意外地看到了《解放报》。

　　"马加拉夫人，这团废纸是从哪来的？不会是你买的吧？"

　　蒙娜根本没想到老板是"左"派，但这句有点尖刻的话让她觉得很不舒服。

---

① 艾哈迈德·本·贝拉（1918—2012），阿尔及利亚政治家，1962年9月25日任阿尔及利亚人民共和国首届政府总理，1963年9月当选阿尔及利亚的首任总统，1965年6月被军事政变推翻，此后直至1979年一直遭政变当局软禁，获释后流亡海外。他被喻为"阿尔及利亚国父"。

"是我买的。"

乔托啰唆起来，他的雇员……《解放报》……

正当她以为他会一巴掌打过来时，他的脸紫得像茄子一样。

"乔托先生，没事吧？"巴巴拉已经听见声响，跑了过来。"啊！"她向他扑过去，就像"哀伤的母亲"[①]。

"共产党，一个肮脏的共产党分子！"他伸出手指，结结巴巴地说。

巴巴拉恐怖地大叫一声。蒙娜站起来。世界可能陷入原子弹爆炸的混乱中，但在太阳保险公司，遇到一个《解放报》的女读者可能会要你的命。她穿着小小的平底轻便女鞋和漂亮的衣服，戴着金光闪闪的耳环，觉得自己很滑稽。她在尼斯的生活毫无激动人心之处，一份荒谬的工作，天天度日如年，情人见了一次面就没了影。她在骂声中拿上自己的手袋，离开了公司。

回到家里，她发现吕茜正在沙发上拥抱一个年轻男子。

"妈妈！"

"对不起，对不起……就当我不在！"没等女儿说什么，她就把自己关在房间里，从抽屉里拿出一沓纸，抽出一张，塞到打字机里，起草辞职信。打完最后一个句号，她感到自己解脱了，解放了，像小女孩一样兴奋。再见了尼斯！

---

① 指圣母马利亚。

决心已下。他们要去巴黎生活。

　　她已经梦想了很多年，现在，到时间了。她会重新崛起，找到新工作的。太阳保险公司，结束了！

说谎是为了梦想成真，这就是吕茜的想法。她刚刚跟托马斯到位于保尔-庞勒韦广场的学生联合会报了名。1963年，她一到巴黎，上了索邦大学，就继续为民族解放事业而斗争。当她得知学生联合会准备于1964年夏天去古巴旅行时，她就打电话给托马斯。他不能不去，无论什么条件都可以：前往古巴，对他们来说太重要了。托马斯丝毫没有犹豫。他离开了尼斯，高兴地来巴黎与吕茜会合。"你知道，毕竟学生联合会跟法共的关系不好……苏联那一套吸引不了他们，因为苏联人支持南斯拉夫的铁托……"吕茜费尽口舌，想说服学生联合会改变立场。学生联合会支持不结盟者，但并非完全不可交往。

活动是由两三个极为善辩的年轻人领导的，其中一人叫维克多，浅头发，蓝眼睛，是医学院的学生。召开代表大会的时候，他解释了旅行的目的：参观那个岛国，这是当然的，学习革命模式，为学生会的报纸《光芒》采访卡斯特罗，通过农业劳动的方式来帮助当地人，比如说砍甘蔗。

蒙娜又高兴又担心，她给他们买了几件"防蚊"衬衣和几副墨镜。"托马斯，你要在伤疤处涂一些药膏，否则会留下痕迹的。"她把一支新药膏塞到他手里。皮埃尔现在已经14岁，要求他们给他带一顶像格瓦拉那样的帽子。

拉菲尔到了巴黎后就跟政治拉开了距离，不想再跟他们这群人接近。"兰斯洛特去古巴……"他自己嘲讽道，"不，对不起，对我来说已经结束。不过，拿着，这可能对你们有用。"

他递给吕茜一盒药片："如果你们担心水质问题，放一片消毒剂，你们就安全了。"

"别担心，"她回敬道，"我们是冒险家！"她和托马斯准备好了，随时可以出发，只要法国政府允许古巴的飞机降落在奥利机场，但当局封锁了古巴的飞机。学生联合会找到了一个解决办法，他们租了两辆长途汽车，一直开到荷兰，古巴的飞机获权在那里降落，然后立即起飞。

空气炎热而潮湿，到处都是巨大的椰子树。一下飞机，他们就看见了这条巨大的横幅：

"Bienvenidos al primer territorio libre de América."① 吕茜感到很享受。哈瓦那机场跟她所期待的古巴很像：一个粗犷而令人激动的地方。大家在中转大厅耐心等待，因为有架旧飞机要把他们直接送到圣地亚哥。第二天，也就是1964年7月26日，卡斯特罗将发表演讲，纪念蒙卡达军营进攻取得胜利——古巴革命就是在那个军营里诞生的。吕茜激动得浑身发抖，一心想着见卡斯特罗。她所期盼的那场演说，一定可以跟1953年的那场著名演说相媲美。当时，卡斯特罗在前政府的法庭上说："判决我吧，这没有任何关系。历史会接

---

① 西班牙语，意为"欢迎来到美洲的第一个自由领土。"

受我的。"

在转机大厅里，一些乐手带着吉他走过来，热情的声音混在一起，高唱 "Cuba...Qué linda es Cuba...Quién la defiende la quiere más..." [1] 很快，登机前往圣地亚哥的时候到了，有些战士在那里等待他们。

他们被分成十个组，安排在经过特别装修的屋子里：房间里放着折叠床，客厅被改成了食堂。人们给他们送来了晚餐：串烧鸡肉、大蕉和白米饭。晚餐后，他们又唱了一会儿歌，然后便溜回去睡觉了，大家都希望第二天能精神饱满。

第二天早上7点左右，天上无云，阳光照亮了岛屿。吕茜醒了。食堂里，她的同学有的已经站在那里。她站着匆匆吃了点馅饼，喝了一碗咖啡，然后手里拿着卫生用品和换洗衣服，排队去浴室。只有一个淋浴间，规定很明确：每个人不得超过5分钟。轮到她了。她脱掉睡衣，打开水笼头：没有水了。"快来水啊！"她摇晃着水龙头，祈祷着。

"快点呀！"门外有人喊。回答他的是稀稀拉拉的几滴水。她用双手捧着流下来的水，使劲搓着身体，肥皂就不用了。"说过不超过5分钟的！"外面的人生气了。"出浴"后，她擦了点古龙水——幸亏先前把它塞到了手袋里，然后

---

① 西班牙语，意为"古巴……古巴多么美丽……谁都想捍卫它要它。"

穿上棉布的黄裙子。

"你太夸张了，在里面待了10分钟。"维克多指着自己的手表抗议道。吕茜什么都没说，赤脚跑回自己的房间。

"8点出发。"

她刚刚把门关上，又听见有人喊："真不敢相信，她把水都用完了！"

房间里共住着四个女孩，除了她还有尼娜、奥德莉、布里吉特。吕茜梳了梳自己的金色长发，扎成马尾，又从手袋里掏出小镜子，画了一下眼线。由于天热，黑蜡都已经有点融化了，让她的眼圈黑黑的，像个东方人。

"能借我用用吗？"尼娜问。

"当然了，同学！"她把化妆品递过去。布里吉特请大家用她的防晒霜，奥德莉也把她的口红拿给大家用。大家欢声笑语，看谁的嘴唇水灵，谁的皮肤光滑——一群法国女生在度假，准备参加舞会呢！

马路上，政府租用的两辆大巴已经在等他们。吕茜非常激动。下了汽车，到了路的尽头，就能见到卡斯特罗了。人民，自由。

周围，一股油腻的尘土从地上升起，钻进她的衣服和轻便凉鞋的鞋底。维克多坐在大巴前部，手里拿着名单在点名。她终于上了车，维克多默默地瞪了她一眼。她感到很好玩，便坐在托马斯旁边，高兴得像个女顽童。大巴开了。

革命广场黑压压的一片，已经挤满了人。密集的人群激动不安，淹没了整个广场。有的人甚至爬到椰子树上，以便能更清楚地看到主席台。吕茜和托马斯一起下了大巴。儿童、老人、年轻姑娘、戴着棕榈帽的蕉农、穿着西装或作战服的男人、开怀大笑的年轻人、婴儿——全国人民都聚集在圣地亚哥了。

欢叫声、歌声、即兴双人舞，群情激奋。他们听到了管弦乐和打击乐。这时，一个清晰的声音响起来："Chiquita mía！"①音乐声瞬间就响得更欢了。

尼娜向吕茜转过身来，开始扭动腰肢，摆动肩膀，挥舞手臂——这是她的跳舞方式。她随着大家的节奏跳起舞来，吕茜也笑着模仿她。"Chiquita, chiquita..."托马斯也举起了手臂，大声地喊："古巴万岁！"

他们在工作人员的引导下，在人海中拨开一条路，一直被带到木头搭的主席台上。几个穿橄榄绿制服的人已经在长凳上就座。这时还不到10点，卡斯特罗要下午才发表演说，但革命的洪流不断壮大，人越来越多。

"托马斯！"吕茜抓住他的衣袖，眼睛里闪着光芒：主席台上，劳尔·卡斯特罗和妻子比尔马·埃斯平肩并肩站着。他们四周到处是舞动着的古巴旗帜。比尔马头上斜戴着贝雷帽，对民众微笑着。卡斯特罗那时还很年轻，悄悄地跟

---

① 西班牙语，意为"小将们！"

她耳语些什么。吕茜轻声地说："他很爱她啊……"

卡斯特罗夫妇挥着手，回应古巴人民的欢呼声，然后消失了。一场持续不断的舞蹈让场面显得非常热闹。一些她不认识的游击队员上上下下，走向讲台，在麦克风前讲一两分钟，然后转身离开——太阳非常烤人。

尼娜头上围着一块围巾，遮挡正午的阳光。吕茜忘了带帽子，差点晒晕过去，她的头发好像都要着火了。"我渴死了……"托马斯也要脱水了，他踮起脚尖，看到学生联合会的几个负责人正在远处跟一些穿迷彩服的人激烈争吵。"维克多！"他大喊。但在吵闹声中，他们的领导没有听见。他提高嗓门，还是白费劲。最后吕茜和尼娜跟他一起喊，维克多终于扭过头来，做了一个手势，意思是说："又出什么事了？"

托马斯模仿喝水的动作，然后张开双手，露出询问的样子。维克多有些生气，中断了跟古巴革命者的争吵，消失了一会儿，然后拿了一箱水回来，先是分给其他部门的几个头头，然后才挤过来把剩下的几瓶水给他们。

"我们可不是来度假的，"他说话的口气很冲，"你们事先就应该想到的。"他目光刺人，吕茜觉得他生气还是其次，主要还是傲慢，好像没有他什么事都办不成，他很想让别人明白这一点。他把第一瓶水递给尼娜，第二瓶递给托马斯："你们分着喝，省一点儿。没有水了。"

"你呢？"吕茜问。他显然很小看吕茜，耸耸肩："跟刚才一样，我有办法对付的。"说完，他嘲讽地扫了她一眼，回到了那几个古巴要人身边。

他们在太阳底下等得头脑发昏，而对面的人群却似乎已经习以为常，若无其事。有的在吃夹心面包，有的在继续唱歌跳舞。小孩在家长的怀里睡起了午觉。吕茜躲在托马斯的影子下避开阳光，她的皮肤已经被晒红了，困得眼睛都睁不开。

突然，一阵嘈杂声把她从麻木状态中惊醒。大家都站了起来，空中回响着喊叫声和掌声。吕茜转过头，握住托马斯的手，激动得眼泪流了出来。切·格瓦拉站在他们上方的主席台上，他身材魁梧，激动人心，跟照片中一样（她在尼斯就开始收集他的照片）：嘴里叼着雪茄，戴着无檐帽，神情阴郁，英气逼人，卡斯特罗和比尔马站在他后面。人群高呼："切·格瓦拉！切·格瓦拉！"吕茜双手捂着嘴唇，浑身发抖。切·格瓦拉靠近舞台，说出后来大家都会背的那句名言："Hasta siempre la victoria！"①

许多人热得开始脱衣服，女性撩起裙子，露出肩膀，男人则脱掉了衬衣。人群中间涌起一种巨大的波浪，一种强大的涌动，互相越靠越近。"前进！前进！"切·格瓦拉严肃地看着大家，闭上眼睛，举起左拳。

"卡斯特罗要来了。"尼娜大声地说。人群开始大喊。"卡斯特罗！""卡斯特罗！""卡斯特罗！"但卡斯特罗还是没有露面。吕茜被人推来推去，有人踩了她的脚。她太

---

① 西班牙语，意为"永远胜利！"

瘦小了，像"pequeñísima"①一样。她很怕自己错过那位英雄上来的时刻。

"托马斯，我什么都看不见。"托马斯尽力推开人潮，"等等，我觉得好像是他……不是……还没上来……"后来，他一阵冲动，抓住吕茜，把她举到肩膀上。吕茜高兴得大喊。他们后面有人抗议，但他们假装听不到。当格瓦拉和劳尔神情严肃地在讨论什么的时候，人群继续有节奏地喊道："卡斯特罗！""卡斯特罗！"

突然，一阵波涛汹涌，群情激奋，全场沸腾。他来了，就像一个神，一脸大胡子，穿着游击队员的服装，肩宽腰壮。他拥抱着他的军官们——这是男人间的真诚拥抱，然后走向古巴人民。

"卡斯特罗！"在场民众都在为他欢呼。吕茜激动得浑身发抖，革命英雄，她的英雄就站在她面前，真真切切，她都不敢相信自己的眼睛。"卡斯特罗！""卡斯特罗！"维克多站在稍远处，向前伸出身体，使劲鼓掌。"卡斯特罗！""卡斯特罗！"卡斯特罗向人群举起双手，人群马上就静止下来，好像施了魔术一般。在充满爱的气氛中，鼓乐喧天，国歌回响：

　　快起来，上战场，巴亚莫的勇士们！
　　祖国正骄傲地注视着你们，

---

① 西班牙语，意为"绳头"。

不要惧怕光荣的牺牲，

为了祖国献身，就是永生！

在人群的欢呼声中，卡斯特罗走到放在木桌上的话筒前。吕茜的双手都渗出了汗，当卡斯特罗的声音响起来时，她像遭到雷击一般。一开始就是"圣言"，而卡斯特罗就是圣子，吕茜目不转睛地看着他。卡斯特罗发表了长达几个小时的演讲，滔滔不绝。人民必须起来斗争，反对世界给他们造成的威胁；反对帝国主义这头鲨鱼，反对大国的贪婪；殖民主义可耻。卡斯特罗的声音很清晰，甚至有些尖，时而沉默，时而突然加快，时而讽刺性地停止。人群不断地有节奏地跟他高呼革命口号，60个法国学生也举着拳头，热情澎湃、有板有眼地跟着呼喊："不爱国，即死亡！""人民，团结，永远不败！"

这是一种全民大合唱，是拥有共同信仰的民众的狂欢。托马斯终于把吕茜从肩上放下来，把她紧紧地抱在胸前。

在圣地亚哥，现实是由梦想创造的。

第二天上午，学生们参观城市、莫罗城堡和托洛瓦音乐之家，下午去雪茄厂，所到之处都受到热烈欢迎，古巴人民很高兴他们越洋来听领袖的演说。前一天，吕茜度过了一个激动的夜晚。炎热，太阳的余温，尤其是激动的心情，让她无法睡着。黄昏的时候，他们被带到寝室旁边的一家餐厅里，她犹豫了一会儿，不知道是否立即去睡觉更好。

"啊，不，跟我们一起去。"尼娜命令道。餐厅非常简陋，墙被刷成蓝色，挂着切·格瓦拉和卡斯特罗的画像，大桌子排成一线。他们刚刚坐下，就进来两个军人，要找他们的负责人。维克多迎了上去，那两个军人跟他耳语了一阵，马上就离开了。

他们每个人面前都放了一碟米饭，里面有炖肉和红豆。吕茜不饿，但考虑到主人的热情，她还是感谢了一番，然后开吃。就在这时，灯突然灭了，大家嘀咕起来。维克多喊了一声，但口气好像不是很肯定："大家都别动！没事的，别惊慌！"

吕茜看到三辆车在外面停了下来。门开了，"我怕……"尼娜轻声地说。黑暗中，传来了瓷器打碎的声音。吕茜被吓了一跳。"是我的碟子。"托马斯战战兢兢地说，他不小心让碟子掉到地上了。话音刚落，灯亮了，几个拿着武器的大胡子紧挨着走进餐厅，表情凶狠，不太友好。尼娜又颤颤巍巍地说："我害怕。"一个军人用钥匙把门锁上，站在门前，成为一道屏障。

吕茜用目光寻找维克多，维克多也愣住了。当这群武装人员终于散去之后，全场都惊呆了。卡斯特罗出现在他们面前，他还是穿着那套永远不变的橄榄绿军装，脸色平静。学生们都喊叫起来，既有敬仰的成分，也有松了一口气的感觉。吕茜的喉咙都哽住了。

卡斯特罗跟他们打招呼，说，很高兴见到法国大学生，跟你们谈谈革命，然后紧接着问，"谁想提问题？"大家都惊呆了，没有人出声。

卡斯特罗提示大家："你们认为古巴的火柴怎么样？"沉默。终于，餐厅角落有人怯生生小声地说："这要看盒子怎么样了……"吕茜结结巴巴地说，"甚至在同一个盒子里，也要看每根火柴……"

卡斯特罗站在她面前："你说得对。鼓掌！但你要知道，在古巴，我们无权进口火柴，我们同样也不能进口肉类、牛奶、发动机和汽车。所以，我们只好自力更生，慢慢改善。总有一天，"他提高了声音，"我们将出口这些东西，就像出口革命！"

掌声如雷，吕茜激动万分，惊喜地遇到了卡斯特罗明亮的目光。

次日，学生联合会应邀观看一场大型球赛。卡斯特罗是主力队员，托马斯不信。这位最高领导人不怕人家笑话，也不怕被暗杀？维克多一摆手，让他们别瞎担心："看着吧，他们会让他赢的，而且，国家会派人保护他的。"

吕茜皱起眉头："国家？好吧，但美国中央情报局呢？"美国仍然是古巴领袖的敌人，他们什么都干得出来。

球场上的人跟7月26日革命广场上的人一样多。吕茜借她个子小的光，被安排到第一排，就在维克多旁边。维克多拍了拍她的帽檐："你好，女革命者……"他开玩笑地轻声说。"别烦我！"

看台上，人们在有节奏地欢呼。雷动的掌声中，卡斯特罗出现了。他穿着一件运动服，衬托出他魁梧的身材。他稍微热了一下身，便用拍子拍打着球。接着，赛手们疯狂地跑起来，突然在场地的一个角落停下。其他人扑上去，借助一副巨大的手套在抢球。

"我一点都看不懂……"吕茜叹了一口气。维克多侧身对她说："跟棒球差不多。""谢谢，如果你觉得这就能让我弄懂的话。"

尽管天气很热，卡斯特罗好像并不累，他一直掌控着球，从来没有丢过。每次得分大家都站起来。射门的动作很快。胜了一局。

"我对你说过，他们会让他的……他毕竟是英雄。"

人群又欢呼起来，欢呼声持续了10分钟。在这期间，卡斯特罗在球场迅速巡场一周，然后走近看台。吕茜踮起脚尖，使劲鼓掌，虽然只持续了一秒钟，但拍得很真诚。卡斯特罗朝她笑了笑。

当吕茜在圣地亚哥的竞技场兴奋激动时，蒙娜正在炎热似火的巴黎走街串巷，去文具店和烟草店推销雇主"图片坊"制作的最新款贺卡：圣诞老人卡、耶稣诞生卡、生日卡、哀悼卡、感谢卡、祝贺卡、复活节卡、新年卡……什么卡都有。她从离家最远的右岸开始走，然后回到左岸，先是7区，然后是5区、13区和15区。她每次都把顾客的订单记下来，满腔热情，想让对方多进点货："你们将会看到，这些款式很快就会在市场上畅销"，然后回去向销售中心汇报成果。她每月工资是700法郎，付了房租、水电和伙食费，所剩无几。7月底，当巴黎人纷纷涌向海边时，她结束了第一阶段的街头推销。大家全都去了地中海海边的沙滩或是布列塔尼，还可能是阿基坦，而她却待在这里，待在一个墓地般死气沉沉的城市里。

一进家门，她就脱掉鞋子。由于天热，她的脚都肿了，皮肤上磨出了水泡。她用凉水洗了洗脸和脖子，在镜子里照见一个疲惫不堪的老太婆，皱纹很深，尤其是眼睛下面，眼部的妆也被破坏了。才41岁，这么快就老了，而且孤零零。皮埃尔夏天去了尼斯，照料身体越来越糟的外婆；吕茜在古巴寻找自由。她呢，在巴黎15区的公寓里，和她的小贺卡为伴，脚走痛了，满脸皱纹，孤独难忍。

安德烈一定会觉得她很丑，皮肤松弛，下巴起皱，眼睛失去了光泽，她不由得产生了一种极为不平衡的感觉。她不再是西贡体育俱乐部穿着绿绸裙的仙女了，也不是瓦塔湾沙滩那个充满魅力的女人。远远看去，人们会看见什么？一个颇有风度的家庭妇女，好像挺富有。但近看呢？一个疲惫的女斗士，头发稀疏。她知道自己还不至于如此，她了解自己，不怀疑自己的能力，但那天，她产生了一种莫名的伤感。

当然，她知道生活本来就是这样的，孩子们远走高飞是教育成功的表现。但吕茜不在身边，尤其是由此所预示的未来，让她心里很难受。将来有一天，女儿会离开她的，她会失去女儿，失去一个闺密，一个盟友，一个知己，也可以说是一个榜样。正如我们可以向前辈学习一样，后辈也有值得我们学习的地方。

当然，皮埃尔还会在她身边待一段时间，但他是个男孩，他要和奉部里命令回巴黎工作的父亲待一段时间。蒙娜看着镜中的自己，觉得自己很没用。

　　我觉得当母亲的都会撒谎。没有什么比孩子离开更让人伤心了：他们求学、结婚或过自己的生活去了。当然，她们会庆贺自己完成了自己的职责，孩子自立了，可以独自生活了。然后呢？孤独，怀旧，这并不是礼物。母亲都是自私的，孩子更自私。谁都拿了对方的东西不还。有种爱太强烈，人们享受不了。这个问题老是在人们头脑里纠缠不清。

午夜，巨石街。"有人"在等待她……

随着时间临近，吕茜心里越来越紧张。早上，有个军人给她送来一封信。"午夜，巨石街"。她的心怦怦直跳，老想着某件事。一个她每天做梦都会唠叨的名字，一个她天天担心的名字。他等她做什么？只是来看看？集体晚餐一结束，她就假装睡觉，离开了饭桌，到盥洗室整理了一下自己的发型后就悄悄地溜走了。

夜里依然很热，但她穿着长长的花裙子还是发抖。没有任何人来，这是一个玩笑，也可能是个陷阱。她也许根本就不应该赴约。黑暗被路灯的亮光切割成一块一块的。这时，来了三辆车，停在她身边，一个男人示意她上中间那辆车。车门开了。是他。

她坐在他旁边，浑身发抖。他没有看她：一个军人的侧脸，双目直视前方。当她发现自己脚下踩的是一挺机关枪的时候，她都不敢再动了。车开了，这时，总司令才向她转过头来，笑了笑，抓住她的手：

"你叫什么名字？"

她轻声地回答："吕茜。"

"吕茜，你觉得古巴怎么样？"说着，他吻了一下她的手。她搜肠刮肚，竭力想回忆起自己学过的西班牙语，来描述自己的一天，讲述自己游览的情景，以便有话可说——一切都是为了拖延那个不可避免的时刻。他没等她说完，就把嘴唇凑了上来。他的嘴有雪茄和咖啡的味道，很烫，很软，尽管周围都是大胡子。他往后挪了一点，以便把她看得更清楚，然后，抚摸着她的头发。

"一切都来得太快了。"她轻声地说，整个人都蒙了。

他点点头："你知道，对我来说也一样，一切都来得太快了。"他又拥抱了她，但更用力了。她什么都控制不了，总司令把她搂进怀里。她闭上眼睛，投降了。一个永远难以忘记的晚上。

第二天的行程，是在巴黎就已经确定好的，整个参观团都很激动：在巴亚莫①路边的甘蔗地里劳动。吕茜凌晨才回来，脑子还糊里糊涂的，在规定的时间登上了大巴。尼娜用胳膊肘捅了她一下："昨晚去哪了？"她没有回答。托马斯惊讶地看了她一眼，但什么都没说。大巴还是8点半停在给他们的寝室前面。维克多坐在司机旁边，有点尴尬地向大家宣布，计划改变了："砍甘蔗项目取消了。我们去哈瓦那。"

大家在车里就感到不高兴了，一个女孩嚷嚷："你干什么吃的，维克多？"另一个学生也附和道："你没有告诉他们我们是来帮助农民的？"

维克多举起一只手，让大家安静下来，说命令来自上

---

① 古巴格拉玛省首府，也是古巴东部地区几大主要城市之一，城内有大学和殖民时期的遗迹。

头。旅游学院担心遭到谋杀，他们必须离开圣地亚哥。就这么回事。吕茜还没收起笑容，托马斯就突然来了一句："你高兴了？"她向他眨眨眼睛。

车开了几个小时，途中多次在路边的村子里停下来，向他们介绍扫盲中心和妓女改造中心，妓院已全部关闭。终于，哈瓦那到了，海滨大道被夕阳染得一片金黄。哈瓦那面向大海，被海盐侵蚀得千疮百孔，城里既有19世纪末的痕迹，也有当代领导人卡斯特罗、格瓦拉和卡米洛·西恩富戈斯[①]的画像。晒在窗外的衣服应该有阳光、柴油和碘的味道，破旧的房子有一种说不出来的美。

大巴钻进一条与大街垂直的小巷，然后从一个广场旁边钻出来，停在一座白色的大楼前，大楼干净得与其他建筑形成了鲜明的对比。

"可这里太豪华了，"维克多抗议了，"我们不是来住三星级酒店的。"

托马斯完全同意他的意见，转身对迎接他们的几个军人说："我们不想住在游客住的摩天大楼里。我们是战士，想住在老百姓住的宿舍里。"

吕茜再次忍不住笑了。她脸红了。

---

① 卡米洛·西恩富戈斯(1932—1959)，古巴民族英雄，革命家，1959年10月28日，其专机在从卡马圭夜航回到哈瓦那的途中失踪。

大家被迫在这豪华的酒店里放下行李。每人一个房间，晚饭后大家必须回自己的房间，这是命令。吕茜刚刚关上门，灯就突然灭了，有人轻轻地敲了两下门。她打开门，黑暗中站着三个军人，他们要她不要锁门。一分钟后，有人进来，关上了门……事情发生得那么迅速，让她觉得宛如梦中，既让人不安，也让人疯狂。

阳光照亮了早餐的平台。面前是一个大游泳池，他们很想下去放松放松。托马斯过来贴了一下吕茜的脸，在她旁边坐下，手里拿着一杯咖啡："睡得好吗？"她大笑着点点头，让他觉得莫名其妙。

喝了咖啡，学生们就去参观哈瓦那了。巴蒂斯塔住过的旧总统府已被改建成革命博物馆，那栋建筑的外墙是巴洛克风格的，齿形的白石头，在阳光下如同镜子一般。学生们在里面看到了起义用的武器、旗帜、照片、模型，其中有一艘18米长的快艇，他们马上就认出来了：格拉玛号。1956年，卡斯特罗、格瓦拉和80名游击队员就是乘坐它离开墨西哥前往古巴的。

出来以后，他们先是去海边参观圣萨尔瓦多·德拉蓬塔城堡，然后在滨海大道的波涛声中随便对付了一顿午餐，看着20世纪50年代红色、蓝色、黄色的凯迪拉克在喇叭声中钻来钻去。

吕茜和同学们在城里玩了三天，散步、与当地居民聊天、听音乐会、跳舞，感受海边热情和有鱼腥味、充满音乐的气氛。一天下午，她正在酒店的游泳池游泳，高音喇叭突然响了："吕茜·德福雷女士，有人找。"维克多在躺椅上脱口问了一句："他们想要你干什么？"她悄悄地安慰托马斯，让他放心，因为他也为她担心。然后，她从水里出来，跑到大堂去接电话……

1964年夏天，伊冯死于心脏病。他是睡觉的时候去世的，走得非常平静。吕茜一直在古巴，皮埃尔则在尼斯陪外婆。蒙娜向新老板请了三天带薪假期，匆匆回到南部。吉耶梅特在葬礼上哭得很伤心，但她好像并没有真正明白，他的灵魂仍飘荡在人间。

阳光从百叶窗中钻进来，蒙娜午睡醒了。昨晚的葬礼让她身心疲惫，陷入无限的悲伤。钟已指向三点——她逼自己起床。这个点儿，母亲通常在看愚蠢的电视剧，但吉耶梅特今天没在客厅。

"妈妈？"她把头伸进厨房，看了一眼，没有人。她又叫了一声，一点回响都没有。吉耶梅特不在房间里，不在洗衣房，也不在浴室。

"皮埃尔，你在吗？"她在花园尽头找到了皮埃尔，他正在吊床上看书。"看见外婆了吗？"他也没有。这时，蒙娜发现小门开着。

在马路上，她也打探不到任何消息。家家户户都关着百叶窗，抵挡夏日的阳光。他们在路上只遇到一只猫，在前面逃走了。皮埃尔双手卷成喇叭状，大喊："外婆！"蒙娜则到处张望，希望能看到一头白发的小个子老妇人，一个虚弱的人，但什么都没看到。小路的下面就是尼斯城，上面是丛林。他们毫不犹豫，立即往城里走去。经过面包店时，他们问有没有见到一个小老太太。很遗憾，没有。"外婆！"皮埃尔一直在喊。他们越走心里越着急，走了一小时，终于到了尼斯城。

"你往那边，我往这边？我们最迟一个小时后在这里会合。"

蒙娜一直走，脚底起了泡，湿淋淋的皮肤摩擦着塑料的鞋底。正当她决定报警时，她突然有了一个强烈的预感。她努力回忆，然后加快脚步往东走，尽管已经疲惫不堪。马路越来越脏，到处都是水泥块，可以感觉到城外的味道。环城路，郊外的小世界死气沉沉、单调乏味。后来，她果真找到了母亲。吉耶梅特坐在丑陋的圆盘上，上面的广告在吹嘘即将到来的索卡①节。吉耶梅特手搭凉棚，正在看风景。

---

① 尼斯附近和意大利某些地区的一种特产，是将混合好的面糊摊入铁盘放入烤箱中烤制的一种薄饼。

岛国的生活满足了她的许多愿望：阳光、自由、爱情和政治。吕茜享受着每时每刻。一个星期天，总司令组织了一场大规模的海上钓龙虾活动。"邀请你的头儿维克多和你要好的朋友。"

吕茜不敢相信自己的耳朵。总司令建议出去野炊？大家唱着歌，沿着海滨大道往前走。维克多很高兴，前一天，他为《光芒》报采访到了古巴领袖，更高兴能参加这场并不是所有人都能参加的娱乐活动。

一艘由两艘海军巡逻艇护卫的渔船在等待他们。总司令光着上身，穿着一条沙滩短裤，正在高兴地晒太阳，旁边站着一个笑容满面、跟他一样满脸胡子的男人。

"你们认识勒内·巴列霍·奥尔蒂斯吗？他是我的朋友和医生，或者说是医生和朋友！"

吕茜朝医生笑了笑，医生向吕茜眨眨眼睛作为回应。在邀请学生上船之前，他就知道她是谁。

起锚了，开船了，一直开到水手们熟悉的指定位置。几个古巴人已经潜入海中，徒手捕捉不好对付的龙虾了，抓到后便把它们扔到箱子里。当天热得让人难以忍受时，托马斯和其他人也从船上跳入蓝色的大海，想凉快凉快。总司令要吕茜待在他身边给他当翻译，这没有躲过任何人的眼睛。但这时，大家已经不那么紧张了，也觉得没什么约束了。

"你是学什么的？"

"你呢？"

"你对古巴怎么看？"

勒内·巴列霍·奥尔蒂斯则跟学生们讲起革命以来，古巴的卫生事业进步得有多快，孩子们生病都能得到很好的治疗，疫苗是免费的。法国也是这样吗？

大部分时间，主要是总司令在提问题，要不就是长篇大论，尤其是数落别国的错误。在他看来，最严重的一个错误是把波罗的海附属国家纳入了苏德条约。"谁都无权侵犯别国的主权，哪怕是小国家。"托马斯又是高兴又是感激。尼娜提了几个关于美帝国主义的问题，维克多想再谈谈导弹危机和与苏联的关系。突然，总司令中断了谈话，看着吕茜："翻译工作得很辛苦，她也应该下去潜潜水。"托马斯现在已经知道他们的关系，会意地对吕茜笑笑。吕茜脸红了，在众人惊讶的目光下，跟总司令一起跳进了加勒比海。

这是非常美好的一天。吕茜从来没有感到这样开心过。天黑了，他们坐在甲板上，品尝着龙虾，那是总司令亲自下厨做的。气氛温馨愉快，但必须回去了。快到岸边的时候，总司令请大家唱《马赛曲》，许多人反对：不如唱《国际歌》！但总司令坚持要唱《马赛曲》，并且亲自唱起这首他熟记在心的法国国歌来。

几个星期过去，到了该整理行装回国的时候了。总司令建议吕茜待在哈瓦那，至少待一段时间。她丝毫没有犹豫，学生联合会的第二批成员8月份来，她可以跟他们一起9月初再回去。她想给母亲发个电报，他很快就同意了。

　　"妈妈，旅行顺利，很高兴。再待一个月。望你身体健康。吻你和皮埃尔。吕茜。"

　　发走电报之后，她有点伤心。自从踏上古巴的领土，她就越来越少地想念母亲。这一点她不得不承认。这里的一切都过得那么快，她看了那么多东西，在几天中体验了那么多事情……但跟法国联系不方便，只能寄希望那里的一切都好。

　　第二天，学生联合会的朋友们就离开了古巴。为了给他们送行，他们回法国的前一天晚上，在哈瓦那的一个大会堂组织一场舞会，总司令答应参加。托马斯习惯了当地生活，现在跳舞跳得跟古巴人一样好。吕茜在这方面没那么高的天赋，只满足于晃动晃动身体，按照节奏转一转。跳舞过程中，维克多突然一把抓住她的手，把她拉到自己身边。她没有反抗，而是陶醉于这气氛和欢笑中。他很英俊，这无可否认，而且聪明，也很勇敢，但吕茜开始厌烦他。在人格魅力方面，没有人能跟总司令匹敌。她跟他跳着玩，眼睛却一直盯着门口。傍晚时分，总司令下了舞池，跟她打招呼："吕茜。"
　　维克多假装什么都没听到，手腕一转，让她单脚旋转起来。吕茜喘过气来的时候，突然发现总司令两眼冒着凶光。她想松开维克多的手，但维克多紧握不放，甚至还一手搂住她的腰，靠近她的身体。总司令抬了抬下巴，他一分钟都不能等。

"够了，维克多！"吕茜从他臂弯中挣脱开来，来到穿橄榄绿制服的那些人身边。她的骑士生气地攥紧双拳，总司令却看都没有看他一眼，就拨开人群，带着吕茜钻进了古巴的夜幕之中。吕茜甚至都来不及向要回巴黎的托马斯和尼娜告别。

朋友们都走了，留下她孤零零一个人，独自在古巴生活。一大早，她就沿着老城走，跟老人家在有酒渍的塑料桌上玩多米诺骨牌，喝鸡尾酒。一天，她想在市场上买些水果，突然发觉即将没钱用了。怎么办？她不想打电话给母亲，告诉总司令又太不好意思，于是匆匆回到酒店的房间，把所有的衣服、鞋子、手袋和并不一定要用的化妆品都摊放在床上。这件米白色的毛衣！这支口红……看着香水，她犹豫了一会儿，改变了主意，那将是她唯一的化妆品。接着，她下楼来到大街。一刻钟后，6个古巴女人争先恐后地来到她的房间，买这些禁运后古巴就买不到的东西——卖掉一点化妆品，以延长在古巴的居住时间。完美的交易。

接到酒店保安的报告后，警察局局长皮内罗马上跑来威胁她，说她进行"黑市"交易，要驱逐她。她尽力辩解，说她无非是帮别人一个忙，也是帮自己的忙，是总司令建议她留下的，但没有钱了，怎么办？……皮内罗压下火气，但仍然用手指着她，威胁说，如果没有总司令的保护，她早就被强行驱逐了。古巴可不是法国，这里不允许胡作非为。

吕茜把这事告诉了勒内·巴列霍医生，几天来，她对他印象很好。医生叹了一口气，说皮内罗在尽自己的职，但……但是什么？

"我不是很喜欢他。"

她正想问他问题，他打断她："小心，卡斯特罗跟他关系很好。"谈话到此为止。

接下来的一个月，吕茜天天逛街、喝鲜榨的甘蔗汁、看书、幻想。她心目中的那位英雄永远在离她不远的地方，搞不明白她为什么要不顾一切地回法国。她要上学，她母亲和弟弟在法国，这些她都解释了，他也同意。最后一夜，他们又在酒店的房间里约会。又停电了，停得比平时久……

关于古巴的这些事情全都是真的。总之，埃弗利娜是这样说的。证据很多，可以用来证明：总司令假勒内·巴列霍之笔写的信，照片，网上可以轻易找到的贝尔纳·库什内①的证明："总司令和我争风吃醋。有一天晚上，我和埃弗利娜·皮西埃跳舞……他想带她走。我不干，但他最终还是把她带走了！"

次年，1965年夏天，她将回到古巴，这次跟学生联合会没有关系。她重新找到了总司令。

埃弗利娜跟我谈起他时，又变成了封面上的那个年轻姑娘，眼睛睁得大大的，显得非常漂亮。其实，她一直不相信他曾选择了她。神的选择……这也是她这部书稿最初的名字：上帝的手指。我们可以引用一下萨特的一个题铭："所谓的精英，就是被上帝的指头按在墙上的人。"我们可以在他的《魔鬼与上帝》中找到这句话。但对于一个11岁就抛弃了上帝的人，回想起过去的上帝，这似乎很不合理。

---

① 贝尔纳·库什内（1939—　　），法国政治家、外交家、医生，曾任法国卫生部部长。

"支持雷吉斯·德布雷①"

1967年9月，学生联合会的宣传小册子印了几百本。吕茜和蒙娜在巴黎政治学院旁边、他们居住的尼韦尔十字路口和政府部门附近分发。当蒙娜得知学生们已经动员起来，要求释放那个前往玻利维亚参加格拉瓦的游击队、已被关押了半年的年轻人，她也前来助威。

"抗议玻利维亚政府的折磨，抗议法国政府的沉默！"他们拿着捐款箱，在街上向行人募捐。

"为了自由，请给几个法郎！"吕茜大声喊道。

母亲认为读书是最重要的，在她的坚决要求下，1965年夏天之后，吕茜不再去古巴，跟总司令的通信也大大减少了。

但发生的事情太严重了，她忍不住写信给总司令，在信中谈起了"读书乐"书店的老板，即派德布雷去当地调查的出版商弗朗索瓦·马斯佩罗。马斯佩罗刚刚从玻利维亚回来，受到了美国中央情报局的长时间讯问，他竭尽全力想营救那个被判处30年监禁的年轻的游击队员。

"我求你了，救救他！"她写信给总司令，并补充了一句："我太想念你了。"

---

① 雷吉斯·德布雷（1940—　　），法国哲学家、作家和政治家，龚古尔学院成员，20世纪60年代曾加入切·格瓦拉的队伍，后被捕，遭到虐待。

在这种疯狂的气氛中，吕茜又和维克多好上了。他们是在学生联合会的走廊里碰到的，"嗨，我最喜欢的女革命者！"他向她跑过来，开心地大笑，"你好吗？"他在她脸上贴了一下。吕茜被他明亮的大眼睛迷住了，好像是第一次见到他似的。漂亮的嘴，任性的下巴。当他邀请她去喝一杯时，她没有反对。

维克多从医学院毕业了，刚刚当住院实习医生。"太难，我吃尽了苦头，但我很高兴能坚持下来。"他们说了许多发生在医学院阶梯教室里的事……"那是一种特殊的气氛，我向你保证。但我感兴趣的，是人道主义。"她想了解得更多。维克多说："我想帮助非洲人和亚洲人，那里的医疗条件不太好；我想和来自世界各地的专家创办流动医院。"

"怎么做？"

"我现在还不知道。必须成立一个协会，你知道，一个强大的组织。我会好好想想。"

夜幕慢慢降临巴黎，吕茜一直在和维克多喝香槟。他的人道主义计划打动了她，总之，他显得比在古巴的时候更成熟了——也更吸引人。好像由于总司令的出现，他被遮去光芒的那段时间里，他无法展现自己的本真。

天不早了，到了吃晚饭的时间，他邀请她共进晚餐，她接受了。他们开心地吃着比萨，交换着关于古巴的看法。苏联问题也越来越清楚，两人都感到有些担忧，那里的制度也许并不是解决办法……

"要甜点吗？"侍应过来撤盘子时，维克多问她。他的微笑很迷人，很容易让人犯错误。"好吧。"两人分食一杯咖啡冰淇淋，看起来很轻松，其实不然。11点左右，他把她送到地铁站。9月的夜风很温柔，已经有些秋天的味道。维克多握着她的手，轻声说："你很漂亮。"然后搂过她。当他们的嘴唇快要碰到一起时，她在最后一刻突然扭过头去："再见，也许很快。"然后便走下楼梯，坐地铁去了。

10月对他们来说是悲伤的一个月。在中情局的命令下，切·格瓦拉刚在玻利维亚被枪决。蒙娜和吕茜崩溃了，这不可能。英雄是不死的……他们枪杀了一个象征。尽管通信不便，吕茜还是打电话找到了在哈瓦那的托马斯。她的这个朋友一年前就去了那里养猪——这是他为革命做贡献的方式。两人在电话两头哭得死去活来。"我好像失去了大哥……"托马斯告诉她，街上的人都在哭，全国都在哀悼，旗帜降了一半，橱窗里一片黑色，人民伤心欲绝。

"请代我写信给你知道的那个人，"吕茜请求道，"通过勒内·巴列霍转交。"她口述了信件的内容，只有三个字："Pienso en tí."①

当晚，她在学生联合会的特别会议上又见到了维克多。切·格瓦拉的画像放在桌上。噩耗让大家悲痛不已，双腿发软。维克多也满眼泪水，吕茜走过去，扑到他怀里号啕大哭。那天晚上，当他弯腰拥抱她的时候，她没有反抗。

---

① 西班牙文，意为"我想你"。

1964年夏，1965年夏，然后是空白。旅行停止了。埃弗利娜尽管很伤心，但还是站在母亲一边。母亲劝她完成学业，不要再回古巴。总司令继续给她写信。

我的天空：

……我想你在那家医院住两个星期是件好事，这对你有好处，尤其是你可以利用这个机会摆脱杂念，专心看书……你说"展望未来不那么悲观"，我不是很赞同。我觉得你应该换种说法："我将怎么生活，就将用什么态度来展望未来——充满乐观，充满活力、快乐和希望！"请相信，你的前途将一片光明，由于你的自信、你的智慧、你的工作能力和学习能力，这一切都是不会被破坏的。而且，我们爱你，我们永远在古巴等你……

暂时写到这里，期待见面，希望你很快就能收到这封信。请接受这个永远不会忘记你的人最炙热的吻。

1967年4月17日
英勇的越南之年

为了战胜自己的痛苦，不再老是怀旧，埃弗利娜报读了巴黎政治学院的博士学位，在那里认识了以后将改变她人生的教授：乔治·拉沃，她的论文指导老师。

　　乔治·拉沃是受过专业训练的法学家、获得大学教师学衔者、第四十八届的入学状元，思想开明，热心肠，埃弗利娜很快就被他迷住了。"说到底，只有乔治懂得我从古巴回来之后的内心恐慌。我陷入了忧郁，天天想总司令。在那个时期，他真的救了我。"在乔治·拉沃的辅导下，埃弗利娜着手研究莱昂·狄骥①著作中的公共服务问题。日久天长，乔治成了她的一个朋友。

　　几年后，蒙娜见到他时，觉得他聪明、迷人、充满了幽默感，便悄悄地对女儿说："多么出色的男人啊！我在想，他是怎么做才这么成功的。"

　　"当然啦，大学教师学衔、博士、格勒诺贝尔大学教授……"

　　母亲皱起了眉头，她指的不是这个，"你没有注意到吗？乔治·拉沃是混血儿。"

---

① 莱昂·狄骥（1859—1928），法国法学家，社会连带主义法学派首创人。

"一定是发生了什么事,吕茜。"蒙娜目不转睛地盯着电视新闻。1968年3月22日,在一个名叫科恩-本迪特的红发小伙子的带领下,一些大学生占领了南特学院的行政楼。4月,中学和许多大学的学生开始热血膨胀。到了春末,尼韦尔十字路口的那栋公寓成了革命的实验室。

蒙娜坐在地毯上学习在三米长的横幅上抄写女权主义标语:

"妇女就像是台阶,由于老是被踩,最后别人就蹬鼻子上脸了。"

吕茜建议她这样写:"当现实主义者,做不可能的事",并且把横幅挂在了房间的阳台上。连皮埃尔也在毕业会考的间隙加入了她们的行列。

"明天有反越战的游行示威,我们去参加好吗?"

蒙娜和女儿不落下任何一场活动,她们举着横幅,跟人群一起呼喊口号。蒙娜很喜欢这样。"还有,要取下胸罩!"下午3点左右,共和国广场已经聚起密集的人群,共和国保安部队严阵以待。蒙娜从手袋里掏出两块围巾,递给女儿一块,然后拿出一瓶柠檬醋,把围巾弄湿。

"哈,你都准备好了酸醋调味汁?"吕茜善良地取笑道。

"反警察酸醋调味汁!你看着吧,待会儿他们投掷催泪弹的时候你就会感谢我了。"

大家喝着倒彩，宣传车播放着鲍勃·迪伦和琼·贝兹①的歌曲，队伍开始往前冲。母女俩在洒了醋的围巾的保护下，大喊反越战的口号。有人举起了拳头。

"做爱，不要战争！"扩音器扩大了他们的声音，把一代人的愤怒传遍了整个巴黎。

"不不不，不要殖民！"

游行队伍来到了伏尔泰大街，突然出现了片刻宁静，一个女声大喊："我的身体属于我自己！"所有的母亲、女儿和姐妹们马上就一起唱起战歌来——本来是支持越南的，现在变成捍卫妇女权益的运动了。蒙娜激情涌动，双脚不由自主地往前迈去，不断高喊这句口号："我的身体属于我！男人没有份儿！"

是谁先动的手？是谁打乱了秩序？她永远也不会知道。一群学生向十来个警察发起了挑战，于是，警棍纷纷落在他们的背上、腿上和头上。

"警察，法西斯！"怒潮突然席卷了人群，其他示威者跑上去帮助他们的朋友，被催泪弹呛得咳个不停。蒙娜尽管裹着围巾，也还是闭上了眼睛。当她重新睁开眼睛的时候，吕茜不见了。她想叫喊，但喉咙很痛，很辣，很不舒服。她走近警察，看到有个警察躺在地上，一动不动，旁边有个鲜血淋漓的年轻人。远一点的地方，一个警察正用脚在踢一个女孩，女孩在疯狂挣扎。

---

① 琼·贝兹（1941—　　），美国民谣歌手。

"放开她！"蒙娜大喊，但她发出的声音却像蚂蚁叫。吕茜，天哪，吕茜，她在哪里？警笛撕破了长空，一些年轻人被扔进警车，她好像看见其中有一绺金发，但在这样的混乱中，怎样才能确认？

"砰！"鸣枪了，她感到自己被人群裹挟着推着跑。人们跑啊跑啊，摔倒了。她看见有一个头先着地，小心！但人流滚滚，一条胳膊重重地碰到了她的脑门。对不起，很抱歉！而她呢，她需要空气，空气。她停了一下，但人太多了，喊叫声太响。吕茜……吕茜不见了，失踪了，天哪，女儿不见了。她的喉咙火辣辣的，两眼满是泪水，脑袋眼看就要爆炸。

幸亏，尽管情况如此混乱，路边还是有家商店开着门，她躲到了里面，咳嗽，咳嗽，想要点水，看不清眼前的人，因为眼睛里满是泪水。终于有人给了她一杯水。火气被压下去一点，她擦了擦眼睛，看见一位秃顶的老先生，一脸大胡子，正惊讶地看着她。在她四周，到处都是鞋底和机器。原来是个修鞋匠。蒙娜谢了他，他又给她倒了一满杯水，惊恐地看着游行队伍在警笛和喊叫声中四散。

"我不明白，夫人，我一点也不明白这个国家发生的事。"

蒙娜清了清嗓子，试图解释："社会变了。"

老人生气地皱了皱眉："在我那个时代，人们都尊重父亲，努力工作。"他好像真的不明白。

"您想听听我的看法吗？这是被宠坏的一代。"蒙娜噘了一下嘴。

"说得好！被宠坏的孩子！夫人，我参加过战争。"

他嘟嘟囔囔地回到柜台后面，然后问她："行吗？真的没问题了？"

蒙娜再次感谢了他，放下杯子，离开了。

吕茜不在家里，皮埃尔也开始着急了："你想我去找找她吗？"

不行。如果警察在继续巡逻，他们会把她儿子也抓走。蒙娜又喝了一大杯冰水，在房间里踱起步来。女儿处于危险之中，她忍受不了。如果他们碰她，她会毫不犹豫地……

这时，有人敲门。皮埃尔跑去开门。是吕茜，额头上肿了一个大包，但满脸微笑。

"他们把我架起来，扔进警车。"她一边用镇痛敷料拍打额头，一边讲述道，"我们被抓到警署的一共有7个人。"

蒙娜站起来："告诉我，他们打你了吗？"

"他们没有打我，至少我没有挨打。不过……"她叹了一口气，"不过，他们问我跟多少阿拉伯人和黑人睡过觉。"

皮埃尔非常气愤："那都是一些什么混蛋啊！"

"我对他们大喊：'阿尔及利亚独立了！'但他们不乐意。"警察局的办公室里一股汗味和霉味，很潮湿。她说了出来，说得很大声。一个警察用警棍威胁她，她毫不畏惧，把他给气疯了，破口大骂。"你们知道那家伙最后对我说什么吗？'就是因为你这种婊子才让阿拉伯人涌进法国的！'我想反驳他，但后来想想还是算了……我没有说话，而是非常开心地对着他笑。"

　　戴高乐生气地拍了桌子，他受到了各选举委员会的支持。人们开始用水清扫大街，刮掉涂鸦。妇女现在有权避孕了，至于流产，以后再说。窗口"当现实主义者，做不可能的事"的横幅开始褪色和过时，梦已经结束。吕茜不甘心一切就这样结束。秩序恢复了，但这是什么秩序啊！她觉得简直是邪门歪道。她通过大使馆得到了机票和签证，第三次前往古巴。但这次，她把母亲也带去了。

　　托马斯在机场接她们，由于跟牲口一起劳动，他白皙的皮肤晒黑了，变成了褐色。陪他一起来的是一个很可爱的年轻姑娘，皮肤黝黑，两眼带笑。大家互相拥抱。

　　"再次见到你真是太好了。"吕茜说。

　　托马斯摘掉她的帽子，亲切地说："你不怎么胖嘛……应该吃胖点！阿尼塔会把你喂肥的。"他搂住那个漂亮的古巴姑娘的肩膀："我们很快就要结婚了……"

　　吕茜高兴得跳起来，蒙娜却皱皱眉头："真的必须结婚吗？"但她还是向他们表示祝贺。她觉得一切都很新奇、有趣，包括停机坪上的横幅。到古巴后的前两天，他们去瓜纳哈伊参观托马斯管理的农场，二十来头大猪小猪在猪圈里拱地。

　　"上个月，猪生了重病，不吃东西，死了四五头。"托马斯成了一个真正的养殖户，机灵而敏感，"阿尼塔给我很多帮助。"那姑娘一直在细心照顾客人，在花园里摘花，在家里烤玉米蛋糕……早上都是她来叠被子。

"我觉得这样不好，托马斯……你知道，被子不用阿尼塔叠的。"

"没事的。我已经告诉她，但她知道有两件事你做不了：做饭和叠被子。"

吕茜大笑起来，用胳膊肘捅了一下蒙娜："怪我母亲吧，都是她的错……"

"千真万确！"蒙娜高兴地回答说。

第三天，吕茜收到了勒内·巴列霍的一封信，当晚有人在独立大道等她。

"这是我们的密码……"她低声地对母亲说。她把母亲交给朋友照顾，自己上了一辆出租车，前往独立大道。午夜，看到那三辆汽车开过来的时候，她心里又激动起来……

次日，吕茜按计划把母亲介绍给总司令。蒙娜走进一间临时准备的房间，显得很有女人味，充满自信。

"这么说，吕茜在世界上最爱的人，就是您了……甚至胜过爱我。"她用西班牙语说，然后转身对沾沾自喜的吕茜说："你说过这话吧？"

总司令对她笑着，请她坐下。在一个小时的时间里，他听蒙娜讲述她如何为女权主义而斗争，如何组织计划生育活动，也向她介绍了自己的革命历程和为了反对美国人而必须不断进行的战斗……哪怕让苏联得利。蒙娜知道这个问题太复杂，所以没有多问。

总司令对那场著名的"68年5月"革命及其法国年轻人的抗议也很好奇，想了解得更多。于是吕茜讲述了学生的暴动，开心地画着红色丹尼尔①和阿兰·克里文的肖像；讲起支持越南的斗争，讲起了因此而发动的游行，讲起了席卷法国的新激情。总司令点点头，但吕茜从他的目光中察觉到一种忧伤，也许是疲惫。他承认，格瓦拉的死对他是一个沉重的打击，让他更清楚地知道，从此以后，他将成为苏联人的"囚徒"……

"这是一场失败。"这一坦白让他非常沮丧，但他马上就振作起来，"不提它了，我要继续捍卫我的革命，但不是苏联人的革命！"他扫了一眼在门口站岗的军人，立刻就向她们告辞了。

吕茜不知如何向母亲解释，但觉得气氛有点不一样，不像以前那么轻松，那么愉快。1968年8月让总司令心情沉重，"布拉格之春"刚被镇压。托马斯气疯了，那个国家再次在一个卫星国播撒死亡与恐怖。阿尼塔设法让他平静下来，但没能做到，立陶宛的悲剧浮现在他眼前。总司令将就此发表演说。在预定的时间，大家都站在收音机前收听。那个洪亮的声音响了起来，吕茜明白总司令为什么要谈起失败："我们承认把这些部队送到捷克斯洛伐克极其必要……"

---

① 指科恩-本迪特。

托马斯的脸一下子变得很苍白，他用手摸着那道几乎已经看不见但一直留在鼻子上的紫色伤痕，"但如果美帝国主义要侵略我们的国家，我们请求华沙条约国的帮助，他们会派军队到古巴来吗？"由于总是害怕美国人，所以古巴老是看苏联人的眼色行事。托马斯一拳砸在自己的大腿上。

"亲爱的……"阿尼塔竭力安慰他。吕茜一直很消沉，蒙娜也感到很难受。

他们面前，猪继续在猪圈里拱地。

　　尽管总司令的演说让大家很伤心，吕茜还是珍惜在他身边的每一秒钟。他们的关系是建立在信任的基础之上的，他们有着共同的梦想，其余的一切都不重要。回国的日子越近，她越不想回国。在巴黎，她得完成论文，找一份教师工作，她将陷入一种单调的生活中，日子将过得既缓慢又烦恼，而在古巴，一切都那么灿烂，那么生机勃勃。

　　"我很想到海边玩玩……"有一天，母亲对她说。巴拉德罗海滩吸引她们很多年了……像浮冰一样洁白无瑕的细沙，透明而温暖的海水。吕茜给勒内·巴列霍打了个电话。两个小时后，她便收到了海滨一家酒店的地址，有人在那里等蒙娜。半小时后，一个司机来接母亲。

　　"瞧这工作效率！"她自豪地说。

　　"小姐现在被当作了王后，"蒙娜打趣说，"不过，你确实不是一般的人。"

　　"因为我是你女儿？"

　　"因为我是你母亲。"

　　蒙娜笑着准备了一下手袋，然后像孩子一样激动地上了车："你会到那里来找我吗？"

　　"会，三天后。"

　　汽车消失了，在路上扬起一些金黄色的灰尘。

当天晚上，吕茜与总司令在她陌生的一栋大楼里约会。在大堂里，她遇到了几个官员，他们都礼貌地向她问好，并投来鼓励的目光。但总司令一直没有出现，让她有些尴尬，她耐心地看着悬挂在墙上的剥落的墙皮，假装感兴趣。不一会儿，一个军人请她上楼到一个房间里去。房间里也没有人。

"一切都正常吗？"她斗胆问了一句。

那人噘了一下嘴，不知道是什么意思。

她待在房间里，里面陈旧而乏味。一张床，上面放着薄薄的床垫，铁床架上锈迹斑斑。墙壁因潮湿到处都冒出气泡，甚至木画框里的格瓦拉好像都很疲惫。她坐在凳子上等，地板的板条上传来了熟悉的声音，蟑螂可怕的小爪嗒嗒地迅速跑着。总司令没有按时来，应该发生了什么事。她感到不安起来。

终于，一小时后，门开了，马上又关上。总司令把帽子甩到椅子上，紧紧地拥抱她，眼睛里闪现着一道异样的光芒。松开吕茜之后，他只说了一句话，或者说叹息了一句："中情局。"

他再次躲过了一场暗杀。

她不禁大叫一声。他安慰她说："亲爱的，别担心，我习惯了。他们杀不死我的。"她好像听见外面有枪声，但这不是真的，仅仅是鞭炮而已，也许是孩子们玩的。

"如果你出什么事，我会崩溃的……"她看着窗外，喃喃地说。

　　总司令镇定下来，问："你愿意永远住在这里吗？"

　　她推开他，想好好看清他。这是开玩笑吗？然而，她在他脸上看不到任何开玩笑或戏谑的成分。他好像猜到了她的怀疑，强调说："我是认真的。"一听这话，她心里就慌了。她一直想住在这个岛国里，况且现在托马斯也在这里安家了。在革命的中心、自由的中心、爱情的中心，过着动荡的生活……但她毕竟还有学业，还有母亲……吕茜没有出声。

　　"给你几天时间，好好想想，然后告诉我一个好消息。"

　　没等三天，吕茜就去了巴拉德罗。还是在勒内·巴列霍的帮助下，第二天就有一个司机来接她，送她去海边。她的脑袋都要爆炸了：定居古巴？跟总司令生活在一起？

　　到了酒店，她马上去沙滩找母亲。蒙娜正穿着泳衣躺在躺椅上。吕茜拥抱了母亲，要她立即回酒店房间——有重要的事情要告诉她。

　　"这是不会有任何结果的！放弃，我求你了。你不能在这里建立自己的生活。"

　　吕茜哭了。没有他，她将怎么办？母亲已经见过他，对他有所了解。"他的第一情人叫古巴，你无法跟它竞争。你在这里能做什么？当保姆？干革命？你自己说过，你不可能去打游击！"确实如此。她感到头痛，脑门像被什么箍住了似的，不断受到打击。母亲说得对。总司令忠于他的国家，没有什么比它更重要。这一点，她必须承认。"你会毁了自己的一生的，吕茜！你会把一切都献给一个男人，就像我当年把一切都给了安德烈一样。你会后悔的。"

她就是这样才成为女权主义者的吗？放弃了一个男人，选择独立，不管这个男人是多么迷人？

"别让我失望。"

吕茜哭了，现实清楚地摆在她面前：她命中注定不能留在古巴。她不想毁了自己的一生，没有一个女人希望这样。母亲早就知道该怎么办。

几天后，她们一起回到了哈瓦那。在母亲的催促下，吕茜鼓足勇气，求见总司令。她得到了一个秘密地址，当晚见面。

"不，要白天见。这很重要。"

勒内·巴列霍很吃惊，但他很好说话，把这一请求转告了总司令，总司令允许当天下午见面。他来的时候，穿着一件普通的长袖运动衫，没带武器，也没戴帽子。吕茜感到自己的身体发抖了。他好像猜到了她的意图，穿得像个男人的样子，不像士兵，不像总司令，也不像英雄，而是一个普通人。她觉得他很帅。

"怎么了，亲爱的？"

她不管了，已经做出决定：回法国，不留下。

他非常惊讶，起初还以为是恶作剧：

"你想要一栋漂亮的公寓，是吗？你会有的。"

她不在乎公寓。

那你要一份工作？要保姆？要游泳池？

吕茜深深地呼吸了一口，说："我不是驻古巴的巴黎宫妓。"

总司令惊呆了，嘴唇抽搐，冰冷地抿着。他身上好像又穿上了军装，戴上了帽子，挎着武器。所有的温柔都消失了，他站起来，最后看了她一眼，目光中充满了强忍着的暴力，眼睛里闪着一道钢铁般的灰色光芒，就像当初她还不是太熟悉的一个万众崇拜的人。

接下来的几天非常可怕。警察跟踪她们母女俩，她们不再受欢迎，大部分时间她都不得不待在托马斯的农场里。不久，不知是不是偶然，吕茜收到维克多的一个电报，说他马上要出发去非洲——他打赢了赌，28岁就成了红十字会的医生，要去帮助当地民众。吕茜马上回信道："等我，我尽快回巴黎，至少要最后见你一次。"她没有说她跟总司令的事已经结束，更没有说她差点犯了人生中最大的错误，幸亏被母亲阻止。

2016年年底的一天，我一边做早饭，一边收听法国国际广播电台。90多岁的总司令昨晚在哈瓦那去世。我调高音量。那位强人确实永远离开了这个世界。

我立即写了一封邮件给埃弗利娜和我可以发送的人，因为一个我从来没有见到过、但人们经常跟我谈起的人走了。这次是总司令，一个历史人物，教科书上的一页，夹杂着梦想和幻想。

第二天晚上，埃弗利娜打电话给我："你看了吗？"她在《赫芬顿邮报》发表了一篇文章，简要地讲述了她和总司令的交往和他当年给人们带来的希望，并强调："……从此，古巴比世界上的许多国家都走在前面，我现在都认不出我曾那么热爱的那个'光明之岛'了，我是多么崇拜他们的民族解放。"她最后总结说："对我来说，总司令永远不会离开我们。"

在巴黎，彻底离开哈瓦那之后，吕茜不再希望过与众不同的生活。她又找到维克多，他比以前更帅了，马上就要去阿尔及利亚参战，这让他显得更有深度，也让她感到有些担忧，于是想陪他几天——无论如何，他完全有可能再也回不来了。出发那天，她轻轻地对他说："如果你回来，我们就生个孩子。"维克多把她抱得更紧了，然后就背着背包，去了机场。

几个月后，维克多回来了，他没有忘记吕茜说的话。吕茜笑了："给你生个孩子。"

蒙娜很生气："难道你不知道，你的论文还没有写完？"女儿白白活了29岁，竟然不知道在这种情况下生孩子简直是疯了，况且，维克多又去了国外。几个月来，他天天说他的人道主义协会，当然，那是一项伟大的事业，但眼下，吕茜将孤单一人。幸亏，皮埃尔在巴黎综合理工大学毕业了，这让她少了一块心病，但老大总是让她操心。吕茜如果论文通不过，就永远不能在更高的平台教书。那她就将成为一个普通妇女，而一个普通妇女就逃不过单调、乏味、黯淡的生活。"而且，你也不像以前那样为计划生育而斗争了。"她指责女儿。但吕茜没有改变主意。

维克多出差回来的时候，大家一起在蒙娜家里吃饭。

"我希望你好好照料我女儿。要细心。"

"行了，妈妈。"吕茜低声地说，她的肚子已经鼓起来了。

维克多拥抱着她，说："别担心，伯母。"但蒙娜还是不放心，问吕茜："你的论文，导师怎么说？"

"说我做得对，既要博士学位又要孩子！"然后又底气不那么足地说："还有，维克多和我要结婚了。"

蒙娜生气地拍了一下手。不是说不再结婚了吗？"68年5月"革命不是不提倡结婚吗？

"'一个女人如果不结婚，怎么能既写论文又生孩子？'这是乔治·拉沃对我说的。他本人无所谓，但他说得对，大学不会轻易放过我的。"

她女儿将嫁给一个男人……她都不敢相信。多年来，她一直给女儿灌输同一个理念：不要结婚，不要结婚。资产阶级的规矩真好啊！现在她的博士论文能不能通过全靠它了……这么说，1970年将是牺牲之年。她很生气。

几个月后，吕茜已经结婚，怀孕7个月，她来到答辩席。直到最后一刻，她都不相信他们的反应，所以，当她听到他们宣布她为法学博士，并且祝贺她时，她感到格外高兴，导师激动地拥抱她。

蒙娜也流泪了——这是多么自豪的事，这是多么大的胜利啊！她未能成为医生，但现在她的女儿成了法学院的博士。她仿佛觉得给吕茜的掌声都是献给她的。

安德烈也很高兴，她女儿成了一个真正的"知识分子"。

怀孕的最后两个月非常难过。吕茜感到背痛，怎么睡都不舒服。维克多婚后第二天就出差了，此后不断地来来回回。"我分娩的那天我要你在场。"她命令维克多，他答应了。其他时间，母亲都待在她身边照顾，不让她缺这缺那的。

12月的一天早上，她感到腹部强烈地抽搐。她坐在插满花饰的圣诞树下，脑袋嗡嗡地响。"维克多……"她痛得呼吸不上来。维克多马上跑过来，扶着她站起来。"一切都好，都正常。"他安慰她说。"我很痛。"他吻了一下她满是汗水的额头。几分钟后，她的羊水破了。"快通知妈妈……"在被送往医院之前，她无力地说。

这是一栋很大的白色建筑，地面洒了消毒水，很是晃眼，医生和护士脚步匆匆。有些妇女在大喊大叫，叫声在走廊里回响。这是一曲肉体与生命的交响。吕茜气喘吁吁，呼——吸——呼——吸，她照着人们教她的那样做，但痛得全身缩成一团。她坚持不住了，好像肝肠都被撕裂了。那个生命在她体内越来越大，她觉得一切都失控了。她该怎么办？以前的妇女们是怎么对付的？

走廊里，蒙娜坐在一张有机玻璃椅子上等待。嘈杂声，到处都是嘈杂声。一个蚕茧似的地方，声音的大杂烩，有野兽般的吼叫声，有金属推车的刺耳声，轮子卡住了，嘎吱嘎吱地发出可怕的声音；有的医生嗓门很大；有的孩子在哭喊。她忘了，1941年10月的那天，河内的医院是否也这么吵闹？也许吧，也许，是的。天哪，她怎么忘得了？她的叫喊声盖住了一切声音，好像那里只有她一个人。

"一切正常，夫人。已经开始生了，情况很好。"助产士的声音非常冷静，她像罗莎莉那样胖，很给人安全感。吕茜沉浸在这女人的温柔中，几乎没有注意到产科医生进来。是个男医生。必须把精力放在未来的幸福上面，把其余的一切都忘了。维克多紧紧地抓住她的手，鼓励她。

一个可爱的女孩，太漂亮了！吕茜，一个如此阳光的名字……这是她起的。她想把脸贴在女儿的金发上，感觉它的柔软，一连几个小时地看着孩子可爱的蓝眼珠。她怎么会想象得到恐怖会来临？集中营？"捡起草，把它吃了！"女儿皮包骨头，瘦小的身体，紧紧地扑到她的肚子上。这瘦小的女孩慢慢地睁开蓝色的眼睛，面前那群疯狂的男人把她吓呆了。

"好了，夫人，开始生了，用力……"分娩开始了。一阵阵宫缩像是有把钢钻在钻她的肉体。维克多用湿毛巾敷她的额头。

"我不想生了，我坚持不住了……"

"亲爱的，你当然行。"

她一阵吼叫，宫缩又开始了。

"用劲，夫人！"

她不知道自己在做什么。

"呼吸，呼吸……很好。休息一会儿，等会儿再来。"

蒙娜站起来，在走廊上兜圈。她已经等了三个小时。走廊的尽头，女儿好像正在受刑，那是她身上掉下来的肉，是她身上流出来的血，皮肤裂开了，撕破了。她很想共同分担此刻。和谁？安德烈在河内时和她分担吗？没有！在努美阿生皮埃尔时和她分担了吗？也没有。先打完仗再说，总是这样！他要先把那个可怜的美拉尼西亚人抓起来，扔进牢房……但现在是她女儿第一次生孩子！和谁分担？她在那张过于坚硬的椅子重新坐下来。头疼，脊椎痛，她可爱的女儿，很快要当妈妈了……她重新站起来，走到外面去透气。抽支烟。

"我痛，我受不了了，我痛……"

助产士摸了摸吕茜的额头："我知道，但这是因为你的小宝宝快出生了……您会很高兴的……深呼吸，出来了，用力，用力……"

她满脸泪水，维克多细心地给她拭去："勇敢点，亲爱的，快成功了。"

产科医生抬起头："差不多了，我向您保证。来，夫人，再用一点点力。"呼——吸……让一个生命来到人间。

为什么世界上的医院都那么丑陋，那么冰冷？墙上挂着难看的画，色彩刺眼或者褪色，都那么哀伤，还有这种消毒水的味道……就像在悉尼一样！不要再用消毒水了，够多了，那种死亡的气息让蒙娜想吐。她从包里拿出手帕，捂住鼻子，就像一个面具。等了5个小时，可能还会更长。"那是我在这世界上最爱的人。"吕茜曾对卡斯特罗这样说。吕茜说的是她。这种情况要改变了。

"头出来了，生出来了！"助产士喊道。吕茜最后一次用力，她的身体里面，婴儿也在努力，不用她了。真的，她不知道该怎么办了。突然，生了。叫声，很尖利，很坚决，好像是巨大的解脱。他出来了……活着！生命诞生了！"啊，一个漂亮的小男孩……"维克多紧紧地抱着她，泪水与吻混在了一起。她空了的身体好像成了一层雾，她感到里面什么都没有了，只感到儿子柔软的皮肤靠在她的皮肤上。爱。她剧烈地颤抖起来。

等待的时间如此漫长，但在生命的过程中却如此短暂。人生匆匆如此，她现在已经成了外婆？47岁。外婆。她很快就将成为吉耶梅特，被绑在小椅子上，接受放电疗法。

一个护士来找她——孩子在那儿，很漂亮，母亲很健康。蒙娜赶快跑到病房里，沾着血迹的白色床单，金属床，红色的人造革椅子，中间是拥抱在一起的小家庭。好一幅当代耶稣诞生图。

她哭了，走过去，拥抱着女儿，弯腰看着刚出生的孩子。

他长得很好，皮肤光滑得像时令水果，小手的轮廓精美细腻。她把所有的不愉快都忘了，享受此时此刻。孩子的小手紧紧地抓住她的手，露出一个微笑。吕茜一直深情地看着他。一种完全的、无限的、她太熟悉的爱突然把蒙娜击倒在地。不要……但她没有办法，她感到孩子的诞生改变了一切，打破了在这之前一直保持的平衡……她本来只想高高兴兴的，享受这一罕见而美妙的时光，但忧郁，面目狰狞的巨大的忧郁已经冒头。她成了多余的人，女儿希望和丈夫和婴儿待在一起。那她呢？开除。无情的主张。吕茜在她的生命中曾经有、现在还有那么重要的地位……她不还是她的母亲吗？于是，她的声音不由自主地强硬起来了：

"现在，你的论文通过了，你还得准备教师资格考试。这是艰难的竞争，但你会成功的，是吗？"

女儿目光茫然，转身看着她。

"答应我，吕茜，考教师资格。孩子让别人去管，好吗……"她用手指轻轻地弹了一下孩子的小鼻子。维克多显得有点不高兴："您真的觉得现在就应该这样做吗？"吕茜感到很疲惫，她答应了，然后马上就把注意力放在儿子身上了。蒙娜咬着牙齿——完了，女儿不爱她了。现在，女儿已经有其他人了。

　　儿子出生后的第一年，巨大的快乐与无限的失望交织在一起。吕茜看到孩子长得很快，心里充满了幸福。但维克多老是不在家，工作迫使他不断地出国，她非常怀疑他的忠诚。最后，她乏了，决定自己也放开点，随便编个理由，把孩子交给婆婆看管，自己外出度假了。回家时，她发现丈夫坐在客厅里，她一进门，他就跳起来："我妈什么都告诉我了！你以为我会同意吗？"

　　"你觉得我会接受你的行为吗？"她脱掉鞋子，去换衣服。维克多愤怒地跟上去。"很简单，"她接着说，"如果你想离婚，我们就离婚。但如果你不想离婚，我们就一起过下去。"他愣住了。吕茜已经赢了一仗。但她知道，战争将持续很久，而且很不稳定。

　　1972年，在导师的支持下，她参加了公共管理的教师学衔的考试。不能失败。"你要为我复仇。"考试前一天，母亲还这样说。吕茜不想跟她拌嘴，蒙娜早就已经复仇了。只是，情况不一样。母亲想通过这场考试，这场必须成功的竞争，跟她保持一种紧密的联系，仍把她当作一个小女孩。公布结果那天——维克多仍在出差——吕茜浑身颤抖地前往大学。在宽大的阶梯教室里，主任慢慢地念着名单，从最后一名及格者，也就是第27名开始念。没有她。第26名，第

25名，还是没有她。她的心怦怦直跳。她想，别太把这竞技场当一回事，但她做不到。11，10，9，8，还是没有她。没戏了。她永远不会通过的。所以，当她最终听到自己的名字时，她还以为听错了。但她并没有听错，她是第7名。她高兴坏了，跑到先贤祠附近的第一家咖啡馆打电话：

"我考上了，妈妈！我考上了！"电话那头，母亲抽泣了："太好了，真的太好了！我太高兴了……"从这几句话中，吕茜听出了母亲默默地对她所喊的一切：她的爱，她的承认——她需要自己。

当我得知，我获得了大学文学教师学衔，就像多年前的埃弗利娜一样，我也打电话给我母亲："我通过了，我通过了！"当然，她爆发出快乐的笑声；不过也有悲伤的色彩——她不能再跟她所爱的男人，跟我父亲分享这个消息了。她不断地重复："排名很靠前……很出色！排名……"

"排名"这个词让我印象深刻。80个人里排第23名，根据人数的情况，排名应该很不错了。当时，我已经在出版社工作，不能整天准备教师资格考试。但我毕竟不是第一名。不过，我感到，在母亲看来，这一排名很重要。被授予荣誉，被社会承认。我是不是也为她"复仇"了？尽管我从来没有说过这个词。那天，我收到了6个高脚香槟酒杯，是母亲送我的礼物。当晚就用了。我没有收到的，是乔治·拉沃写给他的女弟子那样的祝贺信，否则我会高兴坏的。那是这类文字中写得最精彩的。埃弗利娜曾对我说："我想，我写这本书，仅仅是为了抄录这封信。"

信是这样写的：

亲爱的同事：

如果我没弄错，这个评委会像所有教师学衔评委会一样，歪打正着，做出了正确的判决。

你是否知道自己是多么幸福？第一次考试就通过了，

你到了70岁都不用再考，再也不用拿别的东西来证明自己。这是一种永久的信用。你前面只有6个讨厌鬼可以说："我过去是，现在是，将来还是最优秀的。"但有二十来个人永远会是你难以克服的精神障碍（他们以后当然会给你使绊子）。你什么都不用做就会一阶阶攀上文学的高峰，仅因你在咨询委员会的同事们，尽管他们不太喜欢你，却不得不承认他们的竞争者太优秀……

当然，像我这样的施虐狂，暗中希望出现百年不遇的司法错误，我一直认为，如果你没有通过考试，那就更了不起……

　　吕茜的第二胎是对双胞胎，分娩之前的一天上午，吉耶梅特在医院去世。蒙娜一个人南下尼斯，参加葬礼。

　　母亲下葬之后，蒙娜很想到海里去泡一泡。温暖的阳光照在散步的小路上，地中海一片湛蓝。她走向沙滩，脱掉上衣。春天的海边暖暖的，她决定一个人走一走，就像过去在瓦塔湾一样。她把鞋子也脱掉了。天气温暖，空气清新。她走到海边，让冰冷的海水舔着她的双脚。她的生活本来可以跟现在完全不一样。她的对面，就是非洲，虽然看不见。她没能去非洲，也许以后永远都去不了了。她的情人已经在那里定居。他现在怎么样了？也许已经像玛尔特、伊冯、吉耶梅特（她的真名叫阿黛尔）一样长眠地下。那就不要去非洲。她曾做过自由之梦，有的已经实现。情况并不那么糟。52岁。3个外孙。不管自己如何努力，身体还是感到很疲惫。她踢走了一块脚底的卵石，泪水从眼里冒了出来，但她并不悲伤。如果事情不像现在这样，安德烈本来是会待在她身边的。他一直是她的至爱，也是她最大的败笔，她最热烈的激情。她成为现在这样的女性不是应该感谢他吗？不完美，但是自由。

　　她回到没有被海水打湿的沙滩上坐下来，看着大海。安德烈曾有一天承认他害怕，说："永远不能老啊，蒙娜。"他银发闪亮，就像印度支那的阳光所照耀的一块裹尸布。她回答说："让美留住。"那天上午，美在海边的反光中颤抖，在移动，在活动，随风而动。她把双手伸进沙子里面，捧起沙子，让它在手指间慢慢漏下，然后又重新捧起。她的一生本来可以不这样的，但会比此时此刻，在地中海边的春天里，面对平静如梦的海水更美、更幸福吗？

她感到了一种平和。这种感觉在她心头就像一块卵石，被海水冲刷得光滑而圆润。她现在可以支配自己的人生了。让别人去害怕吧！一切都会好的。她慢慢地站起来，回到了铺着柏油的小道上，赤着脚，一直走到城门口。

1986年，蒙娜家的电话响了。这次，安德烈没有失手，他坐在红色的椅子上，朝自己开了一枪。他履行了自己的诺言，"像德里厄一样"，身边放着一本书——《自杀手册》。蒙娜认出来，那是她几年前寄给他的。她已经不需要了，她对它已经"烂熟于心"。床头柜上，有件东西吸引了她的注意。她走过去。安德烈的假牙放在一个杯子里，就像是最后的嘲笑。

最近，女儿没那么好战了，而是试着用另一种办法来加强她的女权主义活动，尤其是帮助年轻妇女进索邦大学上学，她在那里终于获得了一个位置。《韦依法》的颁布当然让她很高兴，但随着双胞胎的出生，和维克多离婚，一个人要养三个孩子，同时还要工作，吕茜永远在跟时间赛跑。

蒙娜理解她，设法以别的方式帮助她。她同情在计划生育机构遇到的一个15岁少女妈妈，那女孩身体有些问题，要住院一周。星期六，她去医院探望，袋子里装着一盒巧克力，但没在那里待多久。离开病房的时候，她在急症室的走廊里摔倒了，撞到了一张病床上。

起初，她没有认出他来。他瘦得让人害怕，脸色苍白，发黄，嘴唇因脱水而发紫，声音细若游丝，但明亮的眼睛仍魅力不减。

"拉菲尔？"

他没有动。

"拉菲尔？"她犹豫片刻，然后喊："兰斯洛特？"

他转过头来。一丝可怕的微笑，不如说是痛得龇牙咧嘴，暴露的青筋就像是小小的毒蛇。

"这是怎么回事……"

他闭上了眼睛。女护士走过来，"走，西尔先生，我送您回房间好吗？"蒙娜看着她推着病床，就像推着一副棺材。当护士从病房里出来时，蒙娜叫住她："对不起，那个年轻人……我跟他很熟……他父母来看过他吗？"

护士摇摇头，一副遗憾的样子。

"啊！他……得了什么病啊？"她压低声音，轻声地问。

护士近乎无声地说了三个字："艾滋病。"

蒙娜浑身冰凉地回到家里。拉菲尔跟她女儿同龄，几天后，最多几个星期后，也许几个小时后，他就会死去。作为一个年轻律师，他有过成功，蒙娜曾关注过，但三四年来再也没有他的消息。现在她明白了。艾滋病……是的，她听说过。同性恋者常得的一种病，非常可怕，想起来就害怕。她重新感到了厌恶，就像过去一样。结束了，都已经那么久了。

拉菲尔要死了，一种巨大的忧伤让她心如刀绞，就像当年玛尔特死的时候一样。她那个朋友的脸从黑暗中显现，让她突然间什么都看不见了。一道光刚刚穿过她的身体，或者说是一道闪电。她的头脑还是糊里糊涂的，但她感觉到抓住了线团的一头，线头，终于抓住了。拉菲尔……玛尔特……当她明白过来时，她蜷缩着躺在地上，号啕大哭。往事如画，清晰地浮现在她脑海里。她竟然没有……她的目光，她对男性的评论。当她们俩单独在伯恩海姆图书馆的角落时，幸福洋溢在她脸上。可以说，她什么都不想看到。玛尔特喜欢女性，这毫无疑问。玛尔特喜欢她，一种无声的痛苦的爱。她装作什么都没有察觉到，因为一谈到这个问题就会破坏她们的友谊，而这种友谊对她来说是那么珍贵。她们再也不会有正常的讨论，因为怀疑和情感会破坏一切。她自私地忽视了这个朋友——她唯一的真正的朋友。一切都清楚了，但这是一道黑暗的光，令人窒息。多年来，蒙娜第一次喝朗姆酒，一口气喝光。

通往地狱的走廊——蒙娜找不到其他词来形容医院里的这个区域。它就像希罗尼穆斯·博斯[①]的一幅画。嘶哑声、呻吟声透过门缝传来，可以看见里面骨瘦如柴、佝偻的身体，脸色苍白，奄奄一息。她敲了敲拉菲尔病房的门，没等回应就进去了。他眼皮微张，露出浑浊的眼白。几乎没有呼吸。蒙娜抓住他的手，听见她过去曾保护过的那个年轻人无力地呻吟起来，便抽回了手：甚至这么轻的触碰都会让他感到疼。

"拉菲尔……"

他听出了她的声音，露出前一天那样的让人恐惧的微笑。

"吕茜拥抱你，她想念你，她很爱你。"

他眨眨眼皮，好像是说他听到了。蒙娜忍住眼泪。这是一个谎言，她女儿什么都不知道。太残忍了，她不想让女儿因此而痛苦。但愿拉菲尔能够知道，他风光时期的朋友并没有忘记他，因为事实确实如此。

他尽了很大努力睁开眼睛，她向他弯下腰去。

"莫……娜……"他什么都讲不出来。

[①] 希罗尼穆斯·博斯（1452—1516），荷兰画家，他以恶魔、半人半兽甚至是机械的形象来表现人的邪恶。

几小时后，在傍晚的微风中，太阳开始在天边西沉，拉菲尔最后抽搐了一下，离开了人间。蒙娜从医院餐厅回来时，接到了护士的通知。她仅仅是离开病房去买点儿快餐。"他父亲甚至都没来……"她两眼潮湿，轻声地说，然后沉默了。女护士搂着她，蒙娜抬起头，脸上又露出了坚毅的神情："他走了我很高兴，他已经生不如死了。"

拉菲尔去世之后不久，蒙娜告诉女儿，她准备积极参加ADMD①的活动。

"新的斗争？计划生育呢？"

"我可以继续啊！只是，我现在知道这种斗争也很重要，相信我，有办法的。"

吕茜耸耸肩，她有太多的事情要做了，备课、改作业、养孩子，要留时间照料他们。"但那些小东西，他们太黏你了……真像黏在裤子上的口香糖！"

吕茜笑了。

蒙娜每个周末都来看他们，递给她很多信，一封比一封让人失望："我想死，我什么都试了，但死不了。帮帮我！"吕茜不是很想看，但蒙娜逼她看。她花好几个小时看信，给每个人都写回信。但吕茜对这种举措越来越不感兴趣。几个月来，母亲东跑西跑，劝艾滋病人"有尊严地死去"，但遭到大部分人的抵制，他们宁愿"再活几天"。

---

① "有尊严地死亡的权利"协会。

　　"不能因为拉菲尔死得很惨，就要在他们没死之前杀死他们！"吕茜大声地说，迟迟才得到朋友的死讯，更让她感到生气。

　　但蒙娜不听，她对协会的工作越来越执着。她在荷兰、瑞士和美国寻找特效药。有一天，她终于找到了，"我要送一支给吉·霍克奎恩海姆①。"自从霍克奎恩海姆1972年出了那本书之后，蒙娜一天到晚都念叨着这个名字。"这是一个伟大的小说家，一个了不起的知识分子，他不怕告诉别人自己得了艾滋病。"吕茜并不反对这种说法，但要去打搅这个人，让他立即死在自己面前？"不，妈妈，别乱来！"

　　蒙娜排除万难，联系上了那位作家，获得了见面的机会。她给他送去了她宝贵的礼物，让她大吃一惊的是，霍克奎恩海姆拒绝了。她感到非常愤怒，也很看不起他，把药重新包好，放回手袋里。

---

① 吉·霍克奎恩海姆（1946—1988），法国作家。

1988年5月，安德烈去世两年后，治好了乳腺癌的蒙娜在"圣灵降临节"①自杀，离她70岁生日只有几天。她在身边放了一封信，最后一句话是："我走得不痛苦。"钢笔可能滑到她身子底下去了。她应该是直到最后一刻还在写。

埃弗利娜觉得自己永远也无法从这场悲剧中恢复过来，她不吃不喝，陷入巨大的悲伤中。不过，她还是渐渐地找回了生活的乐趣和爱，又有了欢笑。但几年后，妹妹的去世再次揭开了她的伤口。埃弗利娜不希望玛丽-法朗丝是个小说中的人物——太痛苦了，她不喜欢那种八卦报纸，她是一个非常低调的人。但在她的初稿中，有几个关于童年的条件句，写得非常好，应该抄录在此——我答应过她的：

如果我有个妹妹，她是演员，她每次在电影中死去都会哭；如果我有个妹妹，她肯定会是我从小到大最好的朋友，我们会一同历险，分享快乐，比如玩强手棋，尽管她不想输，我还是应该告诉她，玩游戏跟本领无关，只跟运气有关，所以，输赢都不重要。我们将团结起来，共同帮助母亲面对在新喀里多尼亚发生的种种不愉快的事；我

_____

① 每年复活节后第50日为"圣灵降临节"。

们将一起参与"68年5月"风暴，共同钦佩达尼；我们同样喜欢看书，尽管我应该略微担心她对维吉尼亚·伍尔芙的热情。

今天，这对亲如一人、不可分割的姐妹又重逢了。

亲爱的埃弗利娜：

如果我的表准的话，现在是半夜三点半。几个月前，在你失眠的时期，你就是在这个点儿给我写信的，你对我说，我们真的要一起做点事。我不知道没有了你，我是不是还能做些什么事，但我知道你已经为我做了：让你的生命成了一种命运，让你的力量成为一种榜样。

缺点，你应该是有的，肯定有，但我没有时间认识它们，你可能也不大看得到我的缺点。那也挺好，我们至少在这一点上不吹毛求疵。

我们第一次见面时，你曾跟我谈起了让-马克·罗贝尔，这本书你就是题献给他的。他是出版家和小说家，你的朋友，也是英年早逝。并非偶然，绝对不是。所以，告诉我，请诚实地告诉我：你是否一开始就已经预见到一切？一切都在沉默中合唱？这确实是你的风格。我没有看见你走来，但我知道你是个仙子。

外面一片寂静，巴黎在沉睡。我的窗口是路上最后一道灯光。写在纸上的每个字都是献给你的，也是献给他们的。我不断地想念你的5个孩子，你的外孙，你的弟弟，你的朋友，所有对你来说重要的人；想念奥利维埃。他们对这部小说会怎么看？他们能从中找到你吗？我一直不明白这一切怎么可能发生在我们身上，但我也知道，没有什么比这更清楚了。我们曾在一本书中相遇。

"想知道结局是件愚蠢的事情。我们是一根线，我们想知道线索。"老福楼拜曾说。结尾，将意味着中断我们的对话，也许是停止。我不愿意。当然，还有别的办法一起聊天，但通过一篇篇文章，一部部书稿，就像皮肤贴着皮肤，这种谈话方式最适合我。没有你，我会有点冷。夏天正在来的路上。

我不知道如何结束。该由生活来替我们画上句号。只是，你最后写给我的这几行字："谢谢，卡洛琳娜，我亲爱的朋友"，我要返还给你，满怀谢意、忧伤、快乐和惊喜。我满怀着爱，把它奉还给你，这种爱超出我的能力，但我接受并且完整地收到了。

谢谢，埃弗利娜，我亲爱的朋友。

卡洛琳娜

吕茜凝视着母亲的坟墓，慢慢地走开了。天还没亮。在这神奇的时刻，大自然在呢喃。她在红色的天空下走着，没有方向，没有目的。路边，沉睡着一个荒芜的花园。小巧的花朵在里面姹紫嫣红，中间长着各种野草。她跨过小小的沟壑，一直往前走，心中产生了新的感觉，平静而强大。安提戈涅①对保姆说的话给了她力量："没有人的花园，真美。"一个小小的世界，只有植物的汁液决定一切。

清风吹拂着头发。吕茜一直在往前走，她在不远处发现了一块长满青苔的石头，藏在一截树桩旁边。她伸手去摸，碰上去很粗糙，但凉爽得很舒服。她看看四周，当第一道阳光照在她脸上时，她闭上了眼睛。很温暖，很柔软。

吕茜继续往前走。到处都有虞美人翩翩起舞，就像是害羞的女士。一只蝗虫在歌唱。稍远处，可能是一只山雀。永恒的大自然。

吕茜还在前行，她什么都不知道，但在这荒芜的长方形花园里，有什么东西在呼唤着她。她双手抚摸着红棕色的花朵，蓟草刺得她的脚踝痒痒的。

太阳照来柔和的光芒，一切都在原位。总之，每个生命都在自己的位置上。就在这时，她看见了它。一条多节的树

---

① 古希腊悲剧作家索福克勒斯同名作品中的主人公，她不顾国王的禁令，因安葬了自己的兄长、反叛城邦的波吕尼刻斯而被处死。

干，细细的，与别的树干保持一定距离。浅绿色的树叶在风中奏乐，寂静而孤独的交响乐。她走过去。据说，有的树木可以活上数千年。她把手放在一棵橄榄树上。一动不动。在这地中海沿岸的清晨，只有她和它。它的树皮，她的皮肤。

她就这样待了一会儿，然后继续前行，内心平静，总是勇往直前。

鸣　谢

为了他所知而我又没必要说的一切，感谢奥利维埃。

感谢樊尚·巴巴尔，由于他，我才遇到了埃弗利娜，没有他，就不会有这本书——在写这本小说的过程中，他的信任是至关重要的。谢谢本亚明·罗的认真阅读，他总是感到不满足。也谢谢 Les Escales 出版社的所有同僚，感谢他们的热情、支持和如此宝贵的职业精神。

尤其要感谢瓦莱里·库比亚克的一路相伴和她半夜1点零8分发来的邮件。

最后要感谢马克随时随地的支持，感谢我母亲在毫无准备的情况下同意走进这本书中参与疯狂的历险。

出版说明

本书主人公吕茜的原型为法国作家、学者、政治活动家埃弗利娜·皮西埃。她于1941年生于河内，父亲是法国驻越南殖民官员。4岁时，她与母亲一道被日本侵略者关进集中营。日寇投降后，她随升职的父亲移居西南太平洋的新喀里多尼亚群岛。父母离婚后，她随母亲回法国，在尼斯外婆家居住。1964年，她参加法国"左"派组织，成了女权运动积极分子，并随学生代表团前往古巴，结识了卡斯特罗，有过一段难忘的经历。他后来嫁给了法国外交部部长库什内。1970年，她进巴黎二大攻读博士学位，是法国最早获得公权与政治学博士学位的女性之一。1989年，她被任命为法国文化部书籍与阅读处处长，1994年，她成了索邦大学名誉教授，1998年获荣誉军团骑士勋章，2007年因病去世。

在这之前的1986年，她父亲吞枪自杀，两年后，她母亲也服毒自杀。